Felix Dahn

Gedichte

Felix Dahn

Gedichte

ISBN/EAN: 9783741158711

Hergestellt in Europa, USA, Kanada, Australien, Japan

Cover: Foto ©Andreas Hilbeck / pixelio.de

Manufactured and distributed by brebook publishing software
(www.brebook.com)

Felix Dahn

Gedichte

Gedichte

von

Felix Dahn.

— — —

Zweiter Band.

Leipzig

Druck und Verlag von Breitkopf und Härtel

1898.

Von zwei Königskinden.

Ein Gedicht

von

Felix Dahn und Therese Dahn.
(Geborene Freiin von Droste-Hülshoff.)

„Es waren zwei Königskinde,
Die hatten einander so lieb:
Sie konnten zusammen nicht kommen, —
Das Wasser war viel zu tief!"

(Altes Volkslied.)

Hohe Wonne.

Die Elfenkönigin.

Hört ihr das Horn vom Waldesrande?
Ihr hört es nicht? Mir träumt, sagt ihr?
Mir gilt's: es ruft vom Feeenlande
    Die Königin der Elfen mir.
Sie ruft: — o horch, wie süß und leise,
Sie ruft: — wie mächtig zwingt der Ton!
Fahrt wohl, ihr weltbetretnen Gleise,
    Denn meine Seele schwebt davon.
Sie schwebt zu ihr, die so mich ladet,
Und mich mit ihrem Reich belehnt:
Mit allem werd' ich dort begnadet,
    Was je des Herzens Wunsch ersehnt.
O sieh, es steigt vom Buchenhügel
Empor ein epheugrünes Schloß: —
Mein Falke schlägt im Hof die Flügel,
    Am Burgthor scharrt mein schwarzes Roß.
Ihr harrt umsonst! Ein weißer Kerker
Schließt euren Herrn auf ewig ein:
Es liegt mein Haupt im stillen Erker
    Im Schos der Königin der Fei'n.
Ein Wasserfall von ferne gießet: —
Im Abendgold' die Halde ruht
Und über meine Stirne fließet
    All' ihrer Locken Ambra-Flut.

Versunken Welt und Weltgeschicke
In seliger Vergessenheit: —
Die Ewigkeit zum Augenblicke,
   Der Augenblick ward Ewigkeit.

Entschluß.

Du warnest mich, zu werben um deinen süßen Leib:
Du ahnst, dann muß ich sterben: — ich aber will verderben
Um dich, du göttlich Weib.

Ohne Wahl.

Du hast gesiegt, du starke Liebe!
   Hinweg, Besinnung und Bedacht!
Und ob sie ins Verderben triebe —
   Nimm ganz mich auf in deine Macht!
Die Vorsicht sprach: „das wird nicht frommen,"
   Die Sitte sprach: „vernimm mein Wort:" — —
Da ist der Strom der Liebe kommen
   Und ohne Wahl riß er mich fort.
So trage mich, du heil'ge Welle,
   Und, wenn du dies Verlangen stillst, —
In Todesnacht, in Himmelshelle, —
   Ich folge dir, wohin du willst.

Mein!

Du bist mein, bist mein,
Mein ganz allein,
Mein ganz und gar,
Mein jede Locke, mein jedes Haar,
Mein jeder Gedanke in deinem Haupt
Und wehe dem, der mir einen raubt!

Blitz und Flamme.

Wie das Hochgewitter in jäher Wut
  Hereinbricht über die Heide,
Brach dieser Liebe zündende Glut
  Herein wild über uns beide.
Wir wollten uns wehren mit Menschenwitz:
  Hui, brach er so mürbe zusammen!
Vom Himmel zucket der rasche Blitz
  Und gen Himmel schlagen die Flammen.

Stein und Stahl.

„Ihr seid beide so stolz, sagt an einmal,
  Wie kamet ihr denn zusammen?"
Wo harter Stein trifft härtern Stahl,
  Da zündet's in Funken und Flammen.

Feuer gegen Feuer.

Dein Glutblick scheuchte der Feigen Gelüst,
  Dein Reiz war nicht geheuer: — —
Ich habe dir lächelnd die Augen geküßt
  Und Feuer bezwungen mit Feuer!

Holde Scham.

O wende nicht, o berge nicht,
Kind, dein holdselig Angesicht!
  Nein, laß mich trunknen Auges schauen,
Wie dich Erröten wundersam
Gleich jungen Rosen überkam
  Vom Busen zu den Brauen.

Freimut der Liebe.

I.

Wozu noch länger sorglich hehlen
Das schöne Lodern unsrer Seelen?
Sie wissen's doch zu dieser Frist,
Daß du mein Leben und mein Sterben,
Daß du mein Heil und mein Verderben,
  Daß du mein Ein und alles bist!

II.

Laß sie ergrimmen, laß sie ertoben!
Schwinge die große Seele nach oben.
Laß sie doch krächzen unten, die Tadler: —
Hoch ob den Krähen kreiset der Adler.

Rosenlos.

Wenn aus der Erde dunklem Schoße
Zur Schönheit aufgeknospt die Rose
Und wenn sie dann in Maientagen,
Indes die Nachtigallen schlagen,

Ihr ganzes süßes junges Leben
Dem Kuß der Sonne hingegeben,
Erfüllt hat auch die schönste Rose
Die schönsten ihr bestimmten Lose.

Sehnsucht.

I.

Das läßt mich stets dem Schmerz zum Raube,
Das bleibt der Liebe Sehnsucht-Qual,
Daß du ein andres, außer mir:
O wärst du eine süße Traube!
Ich preßte dich in den Pokal
Und all' dein Sein entschlürft' ich dir.

II.

Auspreßt' ich all' dein Wesen gern,
All' deiner Seele süßen Kern
In goldnen Kelchpokal:
Den schlürft' ich leer in Einem Zug,
Daß ganz du lebtest nur in mir:
Denn das ist meine bittre Qual
Und darum wird mir nie genug,
Daß du ein andres, außer mir:
Ganz möcht' ich gern in Gier und Geiz,
In mich aufsaugen deinen Reiz.

Sehnsucht und Erfüllung.

O Zeit, in der unübertroffen
  Genuß und Sehnsucht sich umschlingt.
Da mir der Tag ein heißes Hoffen,
  Die Nacht ein heiß Erfüllen bringt.

Mir ist, entrückt aus Erdenräumen
  Wandl' ich an Edens goldner Bucht
Und pflücke dort von Wunderbäumen
  Zugleich die Blüte mit der Frucht.

Der Minne Born.

Was keines Weisen Sinn ersonnen,
  Was keines Dichters Traum erträumt,
Hab' ich entzückt in dir gewonnen:
Der Schönheit ew'gen Jugend-Bronnen.
Der von der höchsten Minne Wonnen
  Allunerschöpflich überschäumt.

Dank.

Wenn nun in allen seinen Tiefen
  Dein heilig Herz sich mir enthüllt
Und ob den Schätzen, die dort schliefen,
  Die trunknen Blicke Staunen füllt, —
Die Güte, die da ohne Schwanken
  Das ganze Leben lächelnd giebt,
Und diese Liebe sonder Schranken,
  Wie sie noch nie ein Weib geliebt: —
Dann treibt mich Schauer der Verehrung,
  Daß ich lobpreise Gottes Macht,
Der in unendlicher Gewährung
  Dich, holdes Wunder, hat vollbracht.
Und ich erkenne: solche Güter
  Ertragen nicht ein herrisch: „Mein!"
Ich soll nur dieses Kleinods Hüter,
  Die Muschel dieser Perle sein.

Ich wache nur ob dieser Seele
    An Gottes Statt mit treuer Kraft
Und einst geb' ich für die Juwele,
    Die ich verwaltet, Rechenschaft.

Seligkeit.

Nun trotz' ich allem, was mich quäle!
    Für immer ist mein Schmerz gestillt,
Seit ich, du weiße Blume, hehle
Im Allerheiligsten der Seele
    Dein wunderthätig Gnadenbild.
Seit du mir all' dein süßes Leben,
    All' beines Kelches Duft und Seim,
Des jungen Herzens scheustes Beben
Und alles hast bahingegeben,
    Was holb und heilig und geheim.
Seit beine Liebe, Schöne, Reine
    Sich wie ein Himmel mir erschloß,
Schau' ich ein Bild nur noch, das beine,
Und bin entrückt der Welt Gemeine
    Und warb der Seligen Genoß.

Glück.

Sie können's nicht verstehen, die blöben Menschen all',
Was aus der Brust mir flutet mit sel'gem Überschwall.
Sie staunen, wie ich wandle, als trüg' mich Flügelkraft,
Sie staunen, wie es schimmert ums Haupt mir geisterhaft.
Was ich berühre, glänzet, es glückt, was nie gelang,
Die Mühe wird zum Spiele und alles wird Gesang.
Mein Leben warb ein Tempel, mein Herz sein goldner Herb
Und alle guten Götter, sind leuchtend eingekehrt!

Stiller Stolz.

Geheimer Liebe Schmerzen brennen,
  Doch keiner brennt wie der so scharf,
Daß ich mich nicht zu dir bekennen
  Und deine Liebe preisen darf:
Wer je von Liebe war getrieben,
  Mit Lob, was er geliebt, erhob:
Denn Loben ist ein lautes Lieben
  Und Lieben ist ein stilles Lob.
Es stimmt in deines Ruhmes Reigen
  Ein Chor von fremden Zungen ein:
Und ich, dem all' der Reiz zu eigen, —
  Ich muß ein stummer Hörer sein
Und möchte doch so laut frohlocken:
  „O schweige still, du arm Geschlecht,
Die Süße mit den duft'gen Locken,
  Wie kennt, wie lobt ihr. sie so schlecht!
Manch blödes Auge blickt nach oben,
  Die Sterne staunt es schweigend an:
Doch recht mag nur den Himmel loben,
  Dem leuchtend er sich aufgethan!
Ihr preiset sie ein Glanz-Juwele,
  Weil ihr nur ihren Schimmer seht,
Doch was wißt ihr von ihrer Seele,
  Der Rose, die in Blüten steht!

Seliges Wissen.

Was ist das Beste, das ich weiß?
Das ist ein Wissen selig heiß!
's ist maienhold und elfenweiß,
's ist fein und zart und lieb und leis
Und aller Mädchen Ehrenpreis!

Das Urbild der Liebe.

Willst du die Liebe malen?
Nimm keusche Sonnenstrahlen, —
Nimm heiße Lavagluten, —
Nimm wilde Sehnsuchtfluten, —
Nimm Spiegelglanz vom Bergessee, —
Nimm Goldgelock der Waldesfee: — —
O nein, o nein!
Laß all' das sein
Und komm' zu mir und bitt' mich fein:
Ich sag' dir Einen Namen,
Einen Namen auserlesen,
Der schließt, ein goldner Rahmen,
Der Liebe ganzes Wesen,
Der Liebe Urbild ein.

Die Zeichen der Liebe.

„Was sind der Liebe Zeichen?"
Erröten und erbleichen,
Erjauchzen und erbangen,
Kömmt sie von fern gegangen:
Bei ihres Namens Klange
Ein Glutstrahl in die Wange,
Still, mit geschloss'nen Augen
An ihren Zügen saugen,
Das Licht, den Lenz, das Leben,
Kurz, was da köstlich eben
Ihr alles wollen geben,
In allen Erbenreichen
Nichts achten ihresgleichen
Und niemals von ihr weichen, —
Das sind der Liebe Zeichen.

Was heißt Lieben?

„Sag' an, was nennst du lieben?" —
Von Sehnsucht umgetrieben,
Versunken ganz im andern,
Durch Stadt und Felder wandern, —
In langen, wachen Nächten
Mit Gott und Menschen rechten, —
Vom Kissen, dem vielheißen,
Die nassen Augen reißen, —
In tobendem Verlangen
Die leere Luft umfangen, —
Die Augen manchmal schließen,
Der Bilder zu genießen,
Die durch die Seele fließen, —
In langen grauen Tagen
Stumm, stolz die Pein ertragen —
Und dennoch nie verzagen
Und dennoch nie entsagen,
Glück, Ehre, Leben wagen
Und lieber doch verbrennen,
Als diese Qual nicht kennen,
Die Mark und Kraft zerrieben: — —
Das, — etwa, — nenn' ich lieben!

Alles dein!

I.

Nimm alles dahin!
Ich acht' es Gewinn,
  Mein Bestes an dich zu verschwenden:
Dies sieghafte Erz,
Dies glühende Herz
  Und die Harfe aus tönenden Händen.

II.

Für immerdar nimm du dahin
All' was ich habe, kann und bin:
Was nur mein Geist an Gold und Erz
Und was an Liebe birgt mein Herz:
Ja, was ich habe, kann und bin,
Nimm alles ewig du dahin.

Schatz-Fund.

Wie wenn ein armer Bettelmann,
Der sich des Reichtums nie versann,
Zufällig an waldstillem Platz
Fand einen großen, großen Schatz,
All' seiner Lebtag zehrt daran, —
So leb' ich, seit ich dich gewann,
Von Einer Stunde Glück fortan.

In der Bibliothek.

Einmal hat mit leisen Tritten meine schöne junge Fei
    Spähend, staunend auch durchschritten meine staub'ge Bücherei.
Und die strengen weisen Meister merkten sie im Anfang kaum,
    Denn sie schwebet still wie Geister, Mondenschimmer oder Traum.
Doch als auf die Reih'n jetzunder sie mit goldnen Augen sah,
    Denket nur, welch' selig Wunder da durch ihren Blick geschah:
All' die ernsten, dunkeln Rücken, tot, vertrocknet, dürr, gelehrt
    Hat ein seliges Entzücken, hat ein goldner Streif verklärt:
Und es scholl wie Harfen-Psalter, als sie auf den Schrank gesehn,
    Wo Herr Wolfram und Herr Walter schweigend sonst beisammen stehn.
Aber als die Blonde, Holde nun auf Meister Gottfried sah,
    Scholl's: „Willkommen, schön Isolde, bist du endlich, endlich da?"

2*

Beim Schlafengehen.

Jetzt greift sie wohl mit lichten Händen
Ins lange Goldhaar noch einmal:
Der Gürtel gleitet von den Lenden,
Der kleine Schuh vom Fuße schmal.
Jetzt ist sie hart ans Pfühl getreten,
Die Arme kreuzend auf der Brust:
Und was die schönen Lippen beten,
Ist Gott allein und mir bewußt!

Wer ist wie du?

Wer ist wie du?
Dir streb' ich zu,
Quelle der Ruh',
In die ich tauche,
Vom qualmenden Rauche
Des Lebens bestaubt.
Komm und umspüle
Mit heiliger Kühle
Und Reine das schwüle,
   Das lechzende Haupt.

Wer ist wie du,
Quelle der Ruh'?
Dir streb' ich zu.
Mein Herz hob noch immer,
So oft es den Schimmer

Der Weihe verlor,
Den seligsten Frieden,
Der Menschen hienieden
Von Göttern beschieden,
   Aus dir sich hervor.

Dir streb' ich zu!
Quelle der Ruh', —
Wer ist wie du,
Wer ist dir ähnlich,
Du, die ich sehnlich
Gesucht sonder Ruh',
Durstend, vergebens!
Am Ziele des Strebens
Des ewigen Lebens
Quell wardst mir du:
   O, ströme zu!

Bitte.

O stehe fest, mein Prachtgebäude von Poesie und Liebesglück,
Du stolze, sternen-nahe Freude, sink' in den Staub mir nicht zurück.
Ihr kühn gewölbten Wonne-Hallen, o steht mir unerschütterlich: —
Und müßt ihr doch einst donnernd fallen, — in eurem Schutt be-
grabet mich.

Mädchenlieder.

Mädchenträume.

Im Winter.

Nun hat der Frost das Land gestreift,
Erstarrung hält die jungen Quellen,
Die Bäume stehen dicht bereift,
Kein Lufthauch rührt die Ätherwellen.
Die Spur im Wege fest und hart,
Die Felder schneeduft-überschwommen,
Nichts regt sich, alles schweigt und starrt,
Sowie der Frost es überkommen.
Mir aber geht, wie Andacht, tief
Dies Harren, fromm und still, zu Herzen,
Als ob mir Gottes Stimme rief:
„Fromm harr' auch du auf Glück und Schmerzen."

(Th.)

Vom Schneeglöckchen.

Was thust du, Glöckchen, auf der Welt,
Da ja noch Schnee vom Himmel fällt?

„Ich träumte vom Frühlings-Sonnenschein
   Und um ihn bin ich kommen allein."
Weh! hier ist tiefe Winterzeit,
   Schneeglöckchen, und der Lenz noch weit.
„Dann will ich harren und warten sein,
   Denn ich lieb' ihn, den goldnen Sonnenschein." —
An den Büschen glitzert Schnee und Eis,
   Schneeglöckchen senkt den Kelch so weiß.
Und in Frost verdarb und schneidendem Wind
Das arme, das erste Frühlingskind.

(Th.)

Von der Rose.

a.

Blau ruht die Nacht im Lande, viel Sterne sind erglüht,
   An tiefen Brunnens Rande die wilde Rose blüht.
„O! daß ich unten schliefe in deiner Wasserflut,
   Es kühlte deine Tiefe wohl meine Frühlingsglut."
Sie neigt sich voll Verlangen und wiegt sich durch die Luft
   Und ihre Blätter hangen voll, übervoll von Duft.
Und sinken ihr aus dem Schoße beseligt in die Flut: —
   Mit Duft und Glut die Rose in dunkler Tiefe ruht.

b.

Eine Rose nickt an Zweigen
   Sehnend durch die Morgenluft:
   „Sonne, willst du nicht dich zeigen?
   Will dein Strahl nicht niedersteigen,
   Aufzutrinken meinen Duft?
Willst du nicht mit heißem Grüßen
   Zittern über meinem Blühn?

Komm — und soll ich's sterbend büßen —
Laß in meinen Schos den süßen
Strahlen-Kuß herniederglühn."

(Th.)

Vom Sturm.

a.

Still ist's im Stübchen im Dämmerschein
Und leise geht der Uhren Schlag. —
Traurig bin ich und sehr allein,
Wie gestern, so heute, so jeden Tag. —
Still ist's im Stübchen: doch auf den Gassen,
Horch! Wie die Winde sich jagen und fassen;
Es pocht der Sturm mir an die Scheiben
Und ruft: „Wie lange noch willst du bleiben?
Und senken das Köpfchen und seufzen leis:
— „Ach! hätt' ich Flügel zu fliegen weit!" —
Thöricht Kind, geh' mit mir auf die Reis' —
Ich habe Flügel stark und breit;
Sollst nicht mehr sitzen im Dämmerscheinen
Und sehnen und harren und träumen und weinen.
Komm mit! Komm mit, du junges Leben!
Sollst frei mit mir durch die Lüfte schweben —
Will hoch dich bis zu den Sternen heben."
Horch! wie er rüttelt am alten Haus,
Unwiderstehlich zieht's mich hinaus:
Klirrend stößt er die Scheiben ein: —
Weit spannt er die Flügel und ich bin sein.

b.

Die Blätter tanzen im Wirbelwind,
Die letzten, die kaum gefallen sind.

Hei, wie sie fliegen und jagen und eilen,
Sie können nicht rasten, sie dürfen nicht weilen.
Im dürren Walde, da ächzt es und sauft:
Das ist der Sturm, der vorüber braust,
Und was er umschlingt und was er umfaßt,
Das muß ihm folgen in schwindelnder Hast.
Mir wandern die Sinne, mir schwindet die Ruh',
So zwingende Weisen singt er dazu.
Und wild und wilder sein dunkles Lied
Durch Seel' und Sinne mir lockend zieht.
Komm! dunkler Zauber, klingst so bekannt,
Woll'n singen und tanzen durchs öde Land! —
Da wirbelt und braust es und flüstert und hallt
Um Haupt und Herz mir mit Geistergewalt,
An Schulter und Füßen ergreift es mich schon,
Es hebt mich vom Boden, es trägt mich davon,
Er schlägt seinen Mantel mir um den Leib:
Ich bin des Sturmes erkornes Weib!

(Th.)

Traum-Erfüllung.

Selig!

O ich vor allen Weibern selig Weib!
  In Vollblust meiner raschen Jugend
Dem höchsten Mann an Sang und Tugend
  Zu eigen ward ich, Seel' und Leib!

(Th.)

Liebeszucht.

Niemals werd' ich dich verraten,
Freund, mit Worten oder Thaten:
Nur mein Antlitz wirst du müssen
Besser ziehen noch mit Küssen:
Ach es steht in hellem Brand,
Wird dein Name nur genannt.

Seine Lieder.

Die Psalter, die frommen Lieder, ich legte sie lange fort:
Und lese nur immer wieder sein süßes Liebeswort.

(Th.)

Am Abend.

Die Sonne schwimmt in Abendguld:
  Nun segne Gott dich, liebster Mann!
Ach, daß in meine Liebeshuld
  Ich heut' dein Haupt nicht betten kann!

(Th.)

Zur Nacht.

Nacht ist's und öde Weg' und Gassen,
  Zur Ruhe längst ging alles ein:
Nur blitzend durch die Nebelmassen
  Seh' ich noch deiner Ampel Schein.
Wie könnt' ich nun in Schlummer liegen,
  Da einsam ruhlos ich dich weiß:
Und mich in weiche Kissen schmiegen,
  Da du dich mühst in spätem Fleiß? —

Ich schwebe wie im Zaubertanze
  Dem Strahle deines Lichtes nach
  Und im gespenst'gen Dämmerglanze
  Betret' ich leise dein Gemach.
Und siehst du's nicht am scheuen Lichte,
  Wie's fein den frischen Luftzug spürt?
  Und fühlst du nicht im Angesichte,
  Wie dich mein leiser Hauch berührt?
Die Feder nehm' ich dir aus Händen,
  Die weisen Bücher schließ' ich zu,
  Und führe längs den Epheuwänden,
  Geliebter, dich zu süßer Ruh'.

(Th.)

Dein Immergrün.

Ich ließ ihn einst sich hoch verschwören,
  Zu singen nur zu meinem Ruhm:
Ich schäme mich! — Soll ich zerstören,
  Was aller Menschen Eigentum?
Nein, seinem Volk soll es gehören,
  Dies Harfenspiel von Gold und Erz,
  Mir nur — sein Herz!

O singe, Freund, wie dir in Tönen
  Die reichgestimmte Seele schwillt:
Du sollst im Heiligtum des Schönen
  Frei opfern jedem Götterbild
Und sollst mit jedem Kranz dich krönen:
  Ich sei, wo stolz're Blumen blühn,
  Dein Immergrün.

Stets bei dir.

Gedenk, daß wo du gehst und bist
Stets meine Seele bei dir ist.

(Th.)

Botenlieder.

1.

Wüßt' ich ein Ding, das kömmt von dem Süßen
Ei wie zärtlich wollt' ich es grüßen!
Gestern sah ich ein Vöglein fliegen
Dorther, wo seine Gärten liegen,
Heute sah ich ein Schifflein schwimmen
Dorther, wo seine Fenster glimmen:
War mir's doch, als flög' ein Bote
Zu mir aus Gottes Morgenrote!

2.

Bote, du sollst ihm mehr nicht sagen,
Als: „Sie kann's nicht länger tragen
  Sehnend nach dir auszuspähn,
  Bis die Augen ihr übergehn."
Sag' ihm das: dann, — säumet er,
Ach dann liebt er mich nicht mehr.

3.

Sag' ihm, Bote, daß ich ihm gönne
Alles, was ihn erfreuen könne:
Alles soll er thun auf Erden:
Nur nichts, daß wir geschieden werden.

4.

Sag' ihm, Bote, ich laß' ihn grüßen,
Doch weiter sage nichts dem Süßen:
Daß ich ihn sähe viel mehr gerne
Als den Himmel und alle Sterne,
Daß ich zähle Tag' und Stunden,
Bis ich völlig ihm verbunden,
Daß mein ganzes Herz sein eigen,
Daß ich ihm trage viel sehnlich Grämen, —
Bote, das sollst du ihm tief verschweigen,
Denn ich müßte zu sehr mich schämen:
Doch meinst du, daß es ihm Freude macht,
Geh' und sag' es ihm noch vor Nacht.

5.

O sprich, daß ich dir's ewig lohne,
  So sahst du den viellieben Mann?
 Ist's wahr, daß er in Freuden wohne —
  Und keinen Wunsch sahst du ihm an?
 Ich will ja, daß ihm wohl ergehe, — —
  Und dennoch, — barg er gar kein Wehe?
Fliegt noch sein Blick so kühn nach oben,
  Als ob er Falken steigen ließ'?
 Trägt er die Schärpe noch, gewoben
  Aus Seide blau: — o sag' mir dies?
 Und trifft sein Wort in Ernst und Scherzen
 Noch stets so tief in Frauenherzen?
O sage mir, mein treuer Bote,
  Und fürstlich lohnen will ich dir,
 O sage, daß im Aug' ihm lohte
  Der Sehnsucht Sucheblick nach mir:
 Ich will ja, daß ihm wohl ergehe: — —
 Und dennoch — barg er gar kein Wehe?

———

Tiefes Weh und Sehnen.

Das engste Band.

Was knüpfet fester liebende Herzen,
Als Liebes-Freuden? Liebes-Schmerzen!

Zuflucht.

Wenn sie mich zu hart bedrängen, schließ' ich in mein Kämmerlein
Mich mit deinen Liebessängen und mit meinen Thränen ein.
Leiden, Wonnen, die da kamen, die da schieden, treu im Sinn
Flüstr' ich deinen lieben Namen selig lächelnd vor mich hin.
Und gemach die Schmerzen schwinden, wie Gewölk vor Sonne fällt,
Und mit stolzem Überwinden tret' ich wieder in die Welt.

Mein Geheimnis.

Wohl ruht auf mir manch forschender Blick,
    Doch nicht ergründet ihr mein Geschick!
Ihr schaut nur dies wehmutbleiche Gesicht,
    Mein Glück und Leid ergrübelt ihr nicht. —
Vom Ew'gen stammt mein „Arm und Reich,“
    Auf Erden wohnt's und im Himmel zugleich.
Und der's mir gab, ach! Er nur kennt,
    Was mir im Herzen glüht und brennt.

(Th.)

Mit dir!

Durch die Länder, über die Meere möcht' ich schlafenden Auges gehn,
Fern auf einer Insel erwachen und dich harrend vor mir sehn.

Über uns und uns zur Seite keine Fesseln, alles frei, —
An das Herz dir wollt' ich sinken und wir wären eins statt zwei.

(Th.)

Trost.

Will mich dies Erdenleid erdrücken,
    Sink' ich vor deine Seele betend hin:
Und bebend fühl' ich voll Entzücken,
    Daß ich in deiner Liebe selig bin.

(Th.)

Mein alles.

An deinem Herzen' wacht ich auf
    Zu göttergleichem Lebenslauf.
Aus deinen Händen ganz allein
    Hab' ich empfangen Lust und Pein.
In deiner Brust unwandelbar
    Ruht mein Geschick auf immerdar.

(Th.)

Anblick aus der Ferne.

Augen-Weide, —
Herze-Leide!

(Th.)

Sehnsucht.

1.

Sehnsucht ist süßeste Pein:
Wo sie wohnt, herrscht sie allein,

Ist Weh, das niemals mehr vergeht,
Ist Leiden, das kein Sturm verweht:
Süß weiß sie von sich selbst zu klagen;
Doch schwer ist's: immer sie ertragen!

2.

Nicht kann ich der ew'gen Sehnsucht genesen,
Nicht kann ich vergessen, wie's all' gewesen —
Und kann dich nicht lassen und kann dich nicht meiden,
Mag lieber die süßen Qualen leiden, —
Will lieber dich lieben und drum verderben:
Für dich muß ich leben! Für dich muß ich sterben!

3.

Tiefer als in der tiefsten See
Wohnt mir im Herzen ein süßes Weh.

4.

Und müßt ich über die wilde See, —
Ich folgt' ihm nach vor Wonn' und Weh.

(Th.)

Im Traum.

O! du, zu dem sich dränget all' mein Sehnen,
Im Traumbild süß erscheine mir!
Laß mich die Hände zu dir heben
Und laß mich betend knien vor dir.
Laß meine bleichen Mienen klagen,
Was ich gewaltig leiden muß,
Und stammelnd meinen Mund dir sagen
Wie still er glüht nach deinem Kuß.

Im Traum nur ruhn an beinem Herzen,
Das unentreißbar ewig mein, —
Vergessend alle bittern Schmerzen
Nur fühlend: baß ich ewig bein.

(Th.)

Gehorsam.

Rufe mich und ich will kommen,
Selig an dein Herz genommen,
   Immerdar bei bir zu sein:
Heiß' mich in Verbannung gehen,
Nie sollst du mich wiedersehen:
   Glück ist, bir gehorsam sein,
   Nah und fern bir bin ich bein.

(Th.)

Wolkenflug.

Am Himmel, einsam, abgerissen,
   Zieht eine Wolke weiß und grau:
Woher? wohin? — Wer kann es wissen?
   Verloren schwimmt sie durch das Blau.
So zieht vieltreues Lieb-Gedenken
   Von meiner Seele nach bir aus: — —
Ahnst du es wohl? Führt Götterlenken
   Je meine Sehnsucht in bein Haus?

(Th.)

Allein!

Die langen Tage such' ich bich,
Die einsamen Nächte ruf' ich bich,

Im Schlummer träum' ich bei bir zu sein
Und wenn ich erwache, bin ich allein.

(Th.)

Dein Leid — mein Leiden.

Mein Wort kann nicht mehr zu dir bringen, —
Mein Blick soll scheu den beinen meiden:
Doch Tag und Nacht muß ich verbringen,
Zu benken beiner großen Leiden.

(Th.)

Am Fenster.

Am Gitterfenster siß' ich hier:
Weit kann ins Land ich sehen:
Dort zieht ein Weg: — er führt zu dir: —
Doch ich darf ihn nicht gehen.
Gar viele Wandrer ziehn vorbei
Mit Lachen und mit Scherzen:
Und mir bricht still das Herz entzwei
Vor Sehnsucht und vor Schmerzen.

(Th.)

Sein Schritt.

Tief zur Nachtzeit, einsam spät, fahr' ich vom Schlummer empor:
Er ist's, der noch vorüber geht, gut kennt den Schritt mein Ohr.
Er irrt die Wege rastlos hin, — er verblutet in Herzensnot: —
Und ach! ich weiß, daß ich es bin, die ihm gebracht den Tod.

(Th.)

Seine Spur.

Schon ist der Abendstern entglommen,
  Mein thränenfeuchtes Auge wacht: —
Ich hör' ihn fern die Straße kommen,
  Ich seh' ihn durch die blaue Nacht.
Horch, tiefe Seufzer aufwärts schweben:
  — Hier traf sein Blick mich sonst so gern: —
Ich bin sein Weh! — Und ich muß leben —!
  Vorüber, horch! Schon geht er fern. —
Nun dürfen meine Thränen fluten: —
  Was hat ihn noch vorbeigeführt?
Ich küss' am Weg in Schmerzesgluten
  Die Stelle, die sein Fuß berührt'.

(Th.)

Einsam.

Einsam wall' ich: langsam, leise aus dem Wald der Heide zu: —
  Gram ist meine Seelenspeise und die Sehnsucht meine Ruh'.
Wo der Sonne gold'ge Streifen sich ins Kraut die Heide flicht,
  Wo die dunklen Föhren greifen sehnend in das duft'ge Licht,
Such' ich, spähend in den Schimmer bunter Heidenheimlichkeit:
  Walle sinnend durch den Flimmer, fragend durch die Einsamkeit.
Fern, wo über Moos und Steine selt'ne Blumen nickend blühn,
  Zieht ein schmaler Weg am Raine in der Buchen tiefstes Grün.
Einsam wall' ich: trübe Reise, scheue Sehnsucht meine Ruh',
  Stiller Kummer meine Speise und mein Ziel: keins oder — du.

(Th.)

Waldrast.

Gieb, o gieb der Todesmatten, nach des Schmerzes Allgewalt,
Stille Rast in deinen Schatten, tannenduft'ger, tiefer Wald.

Meinem Fuß, dem heißbestäubten, breite sanft dein schwellend Moos,
Meinem Haupt, dem schmerzbetäubten, bette kühl in deinem Schos.
Ach, dies Herz ist zum Erwerben, zum Entsagen nicht, gemacht: — —
Solches Glück und solch Verderben bargst du nie, o Waldesnacht.

(Th.)

Verbannt.

Im Erker in mondburchfluteter Nacht
   Mein einsam Herz und Auge wacht:
Fern, über den Bergen, im nächtigen Tann
   Irrfahrtet ein weltverlorner Mann.

(Th.)

Kehrt er wieder?

Die Straßen sind vom Regen naß:
   Er zog auf böse Reise: —
Die Blätter fallen ohn' Unterlaß, —
   Der Herbstwind klagt so leise.

Mein Herz ist krank und voll Beschwerd':
   Dem Liebsten heißt's entsagen,
Und wenn er gar nie wiederkehrt, — —
   Gott, das werd' ich nicht tragen!

(Th.)

Mein Stern.

Das Ziel meiner Träume liegt fern und weit! —
Durch leere Räume, durch öde Zeit
Hinwandl' ich ins Weite mit mattem Schritt,
Zur Seite die trüben Gedanken mit;

Über dem Haupt mit leisem Flug
Weht süßer Erinnerung Atemzug: —
Und aus den Wolken, Götter-fern,
Leuchtet mir mein ew'ger Stern.

(Th.)

Im Mai.

Der Tag entschlief, blau flutet die Nacht, —
Der Abendstern ist kaum erwacht,
Es birgt die erste wilde Rose
Süß duftend sich im Waldesschose,
Tief in Gebüsch und Blütenweiß
Der Nachtigallen Schlag so heiß, —
Und durch die Sehnsucht atmende Luft
Haucht süß und lind des Maien Duft. — —
So war's in gottversunkner Stunde
Wir ruhten beisammen im Waldesgrunde. —
Die Stunde kam: — 's ist all' wie eh',
Nur: du bist weit — und ich voll Weh.

(Th.)

Siegesglocken — Sterbeglocken.

Fern im Lande hör' ich läuten
Und ich lausche tief hinab:
Mag's ein Siegesfest bedeuten
Oder trägt man dich zu Grab?

(Th.)

Hoher Friede.

Er lebt!

Dort fern, am morgen-tauigen Tann, —
Verträumten Sinnes geht ein Mann: —
Es fliegt sein Haar, sein Schritt erschwebt —
So wandelt nur Einer: — Heil mir: Er lebt!

(Th.)

———

Ergebung.

Was nun auch kommt, ich will es tragen:
   Dich lieben — das ist Seligkeit!
Anbetend, segnend, ohne Klagen
   Bin ich auf ewig dir geweiht!

(Th.)

———

Mein Schicksal.

Die Mondessichel schwimmt im Ätherduft
Und Frühlingsahnen flutet durch die Luft:
Rings dämmert heilige Nachteinsamkeit:
Zu meinen Seiten stehen Glück und Leid:
   Ich blick' empor zum Sternenreigen: —
   Mein Schicksal grüßt mich aus dem Schweigen!

(Th.)

———

Sternenschrift.

Nun hab' ich unser sehnend Lieben
Mit Flammenzeichen in des Himmels Blau geschrieben. —
Dorthin blick' auf aus Lebens Wirrgetriebe,

Wenn Wort und Gruß von mir dir nicht mehr naht:
In tiefer Nacht, wann Taglast ausgemüdet hat,
Grüßt dich aus Sterngefunkel meine Liebe.

(Th.)

Rasch und ewig.

Weisheit kömmt nicht über Nacht,
Thorheit geht nicht an einem Tag:
Liebe kömmt eh' du's gedacht
Und niemals wieder gehen mag.

(Th.)

Nur du weißt es.

Ach, was ich muß an Sehnsucht tragen,
Das weißt nur du allein zu sagen.
Und seufz' ich oft: „Es ist so schwer!
Verzehrend glüht mein Herzbegehr," —
Daß ich doch alles tragen kann,
Weißt auch nur du, geliebter Mann.

(Th.)

Fromm in Glück und Leid.

1.

Höchstes Glück und tiefstes Leiden
Heben zu Gott und machen bescheiden.

2.

Ich wandle hin im Deingebenken,
Weltstille, fromm und gut: —
Nun möge Gott dir einen Segen schenken,
Der dir desgleichen thut.

3.

Alles ward ich durch dich: —
Alles ward mir mit dir: —
Ewig bleib' ich in dir.

(Th.)

Scheue die Götter.

Den Glücklichen, der dir giebt, den Elenden, der dich liebt,
Sollst du in Ehren halten: — dabei ist göttlich Walten.

(Th.)

Das Beste.

Was ist von Weh und Wonnen mir unentrückt geblieben?
Das Höchste und das Beste: ich darf dich ewig lieben!

(Th.)

Kleine Lieder, Sprüche

und

Tagebuchblätter.

Jahrestag.

Heut' ist's ein Jahr. Wir schlürften die sel'ge Maiennacht:
    Am Himmel stand Frau Venus bei Mars in heller Pracht.
Lang schauten wir die Sterne und ihren Treuverband:
    Wir sprachen nicht, wir drückten verschwiegen uns die Hand.
Heut' liegen hundert Meilen wohl zwischen dir und mir:
Beisammen stehn die Sterne: — mein Herz verbrennt nach dir.

November.

Die Luft ist grau, das Feld steht kahl,
    Die dumpfen Nebel spinnen:
Kein Ton, kein Sang, kein Farbenstrahl: —
    Glück zog und Glanz von hinnen.
Rings Stille: — matt starb selbst der Wind: —
    Ein Rabe huscht an den Steinen:
Mir ist, ich hör' mein fernes Kind
    Bitter, bitter weinen.

Vom Raube des Abgrunds.

I.

O du, der ich mit Todesqualen
  Vergolten höchste, reinste Lust,
Könnt' ich mit meinem Herzblut zahlen
  Für jeden Seufzer deiner Brust.
Ich weiß dich sehnend und verlassen: —
  Das scheucht mich auf vom Pult mit Macht,
Das jagt mich ruhlos durch die Gassen,
  Das treibt mich rastlos durch die Nacht.
An deiner Thüre frierend steh' ich, —
  Im Schneewind fliegt mir Haar und' Bart:
Am hellen Fenster gierig späh' ich
  Nach schlankem Schatten deiner Art.
Dein Fuß schwebt über diese Schwelle, —
  Ich küsse sie mit heißem Kuß:
Mir ist, hier liegt die dunkle Stelle,
  Wo Lieb' und Wahnsinn grenzen muß.

II.

Wer hat heut' Nacht vor der Hahnenkraht
  Laut meinen Namen gerufen?
„Halt!" schrie ich empor und erhaschte sie g'rad,
  Wie sie glitt in die Flut von den Stufen!
Sie hat heut' Nacht vor der Hahnenkraht
  Im Traum mich bei Namen gerufen.

Die Lösung.
(19. Juli 1870.)

Schlägt Verzweiflung wild die Fäuste
An des eh'rnen Himmels Thor: —

Manchmal thut sich's auf mit Krachen
Und ein Wunder blitzt hervor.
Endlich schickt dir Gott die Lösung,
Grenzenlos gemartert Herz:
Gottes Donner kracht in Frankreich,
Und sein Blitz löst allen Schmerz!

Rhein-Übergang.
(Anfang August 1870.)

Gegrüßt, mein Strom! — Ich steh' in Feindesland:
Die Fahne Frankreichs weht von jenem Turm:
Nicht kehr ich heim, bis ich den Kugeln stand,
Dem Gottesurteil in der Feldschlacht Sturm.
Ihr Wogen aber tragt mir Kuß und Gruß
Der Lorelei an ihres Felsens Fuß.

In den Argonnen.
(Ende August 1870.)

Wochenlang durch Sturm und Regen
Zieh' ich nun dem Feind entgegen
Und er stellt sich nicht zur Schlacht. —
Ringsum Wald und ringsum Nacht,
Öde drohend, finster, stumm: —
Haß und Mordgier schleichen um. —
Aus dem Dickicht Schüsse knallen:
Hier, vergessen, könnt' ich fallen,
Und du würdest nie erkunden
Wo und wie ich dir entschwunden.

Autrecourt bei Sedan.
(31. August 1870.)

Die roten Feuer glimmen: rings ruhen Roß und Mann: —
Nur windvertragne Stimmen dorther vom dunkeln Tann:
Ein Hornruf durch die Halde: — ein Schuß von ferner Wacht: —
Die Nacht verrinnt — wie balde! und morgen — — in die Schlacht —

Sedan.
(1. September. Mittag 1 Uhr.)

Noch einmal hier, wo regnet
   Um mich Verderben rot,
   Wo Grau'n und Sterbensnot
   In Flammen um mich loht, —
Noch einmal sei gesegnet
In Leben mir — und Tod.

Ew'ger Liebeshimmel.

Alles ist, was kam gezogen
   Über unsern Liebesbund,
   Nur Gewölk mit Regenbogen
   Auf dem ewig blauen Grund.

Segen.

Und trug mein Herz um dich an Leibe schwer, todes-stark!
   Und traf ein Dolch mit scharfer Schneide mir tief ins Mark,
Und mußt' ich opfernd für dich geben was froh und klar,
   Und viel, was über Licht und Leben mir teuer war: —

Ich sprech' es nicht im Wonnerausche, nein, ernst und schlicht:
  Daß ich den Schmerz um dich vertausche um alles nicht!
Und bin ich, seit du mir begegnet, dem Tod geweiht:
  Du sollst mir dennoch sein gesegnet in Ewigkeit.

Trost im Lied.

Ich weiß, der Schmerz um mich bog nieder
  Dich hart bis an des Abgrunds Bann:
Laß sehn, ob nicht empor dich wieder
Der heil'ge Rhythmus meiner Lieder,
Stark wie des Adlers Sturmgefieder,
  Hoch zu den Sternen tragen kann.

Trost in der großen Liebe.

Bist du fürs Leben mir entrissen, —
Das Eine, Große mußt du wissen:
Es wird nie mehr gleich dir auf Erden .
Von Manne Weib geliebet werden.

Unverwehrbar.

Ich will, trennt von der Holden mich eine Welt von Weh',
In Liedern sie vergolden vom Scheitel bis zur Zeh'.

Die weiße Frau.

Mein Leben liegt in Trümmern und Ruinen, —
  Der Epheu flüstert klagend durch den Bau:
Doch leis und lieblich wandelt zwischen ihnen
  Dein Bild: — du meines Herzens weiße Frau.

Du weißt es doch!

Und ob sie mich in Fesseln schlagen
  Und dich verbannen länderweit,
Ob wir uns nie mehr können klagen
  Von Mund zu Mund das süße Leid: —
Des Himmels treue Sterne tragen
  Uns Botschaft in Verschwiegenheit:
Fort tönt das scheuste deiner Worte
  In meines Herzens Tiefe noch,
Und was du denkst am fernsten Orte: —
  Ich weiß es doch, ich weiß es doch.
Und ob sie alles dir entwunden,
  Was deines Lebens Leben war,
Und ob dein Tag in grauen Stunden
  Dahinschleicht, aller Hoffnung bar: — —
Daß uns der schönste Gott verbunden,
  Der höchste Gott auf immerdar,
Daß ich für dich kann alles leiden,
  Für dich ertragen jedes Joch,
Und daß wir ewig nicht zu scheiden:
  Du weißt es doch, du weißt es doch!

Nach dem Abschied.

Sei nun gegrüßt in weiter Ferne! —
   Und aus dem stark ertragnen Leid
   Den höchsten Trost des Herzens lerne:
   „Die Liebe kennt nicht Raum noch Zeit."
Fest hält sie, bis die Sterne sanken,
   Was sie gewann von Seligkeit,
   Sie bringt durchs Meer, durch Alpen-Schranken:
   „Die Liebe kennt nicht Raum noch Zeit."
Kein Scheiden giebt's und kein Vergessen:
   Was einmal war, ist Ewigkeit:
   Dir nimmt kein Gott, was du besessen:
   „Die Liebe kennt nicht Raum noch Zeit."

Abschiedstrost.

Und wenn ich nun von dir geschieden,
   Mir bangt um deine Seele nicht:
   Es bleibt bei dir ein ew'ger Frieden,
   Es glänzt in dir ein ew'ges Licht.
Es grüßt von mir dich Stern und Sonne
   Und Wald und Woge spricht von mir:
   Ja, in geheimer stolzer Wonne
   Von mir spricht jeder Herzschlag dir.
Der Sonnenstrahl, den aufgefangen
   Die Muschel hat in ihrem Schos,
   Als eine Perle bleibt er hangen
   Unendlich schön und wandellos.

Auf Wiedersehn.

„Auf Wiedersehn!" — Melodisch Wort,
  Du Hauch des Trostes: Wiedersehn! —
Durch unsre Liebe fort und fort
  Still fühl' ich deine Zauber gehn.
Beim Abschied, gleich das erste Mal,
  Sagt' ich dir leis: — „Auf Wiedersehn!" —
Da traf mich tief dein Augenstrahl: —
  Und da war alles schon geschehn! —
Und mußt' ich, still und heiß gekos't,
  Nach kurzen Wonnen von dir gehen,
Erklang der Liebe Scheidetrost:
  „Ein letzter Kuß": — „Auf Wiedersehn!"
Und als uns grimm getrennt die Not,
  Als in verzweiflungsvollen Wehn
Ich ging von dir in Kampf und Tod: —
  Leis klang mir's nach: „Auf Wiedersehn!"
Und muß es einst gestorben sein
  Und kannst du nicht am Pfühl mir stehn,
Blick' ich empor zum Sternenschein
  Und hauche noch: „Auf Wiedersehn!"

———

Vergeltung.

Oft hatt' ich's fest mir vorgenommen,
  Wußt' ich dich tief gebeugt vom Leid:
„Geduld, mein Lieb, dir soll noch kommen,
  All-lohnend die Vergeltungs-Zeit."
Wohl sah'n wir wechseln Mond und Sonne: —
  Doch heut' drück' ich dich an die Brust,
Bis du berauscht von Lust und Wonne
  Die Augen selig schließen mußt.

———

Dein Wesen.

Immer, wann ich dein gedenke, —
  — Und wann dächt' ich deiner nicht? —
Ist's, als ob ich schlürfend tränke
  Silberduftig Sternenlicht.

Glück im Leiden.

Ich kann nichts thun für dich, als um dich klagen,
Das aber will ich in so holden Weisen,
Daß Glückliche dir Neid drum sollen tragen
Und dich um deine Schmerzen selig preisen.

Ganz und ewig.

Manch Weib wohl lockte leises Tönen
  Aus meiner Laute, liebgewohnt:
  Denn meine Seele folgt dem Schönen
  Notwendig, wie das Meer dem Mond.
Doch nur wie uns der Blumen Düfte
  Allunvermeidlich überwehn
Und rasch verhauchen in die Lüfte,
  Kam solcher Reiz, — um zu vergehn.
Du aber mit den Marmorwangen,
  Die mich geliebt mit Todespein,
  Du hältst auf immer mich umfangen: —
  Ganz ist mein Herz und ewig dein.
Des Lebens tiefsten Hauch getrunken
  Vom süßen Munde hab' ich dir:
Verschlürft, versogen und versunken
  Dein ganzes Wesen lebt in mir:

Und im geheimsten Heiligtume
  Der Seele, voller Duft und Glanz,
Blühst du mir ewig, weiße Blume,
  Und schmückest und erfüllst mich ganz!

Unaussprechbar.

Oft hab' ich Frauenreiz empfunden
  Und stets mich aus dem Bann befreit,
Hatt' ich den Schlüssel ausgefunden
  Zu ihres Wesens Eigenheit.
Den Geistern ist die Macht gebrochen,
  Hast du bei Namen sie genannt,
Und ist sein Rätselwort gesprochen,
  So löst sich jedes Zaubers Band.
Das aber ist dem Dichter eigen,
  Der selbst lebend'ge Menschen schafft:
Ins Herz dem Menschen muß er steigen,
  Enträtselnd seine tiefste Kraft.
Doch jahrelang such' ich vergebens
  — Ich find' es nie in Ewigkeit —
Das Reizgeheimnis deines Lebens,
  Das Rätsel deiner Lieblichkeit!
Oft hielt die Formel ich gefunden
  Und sprach sie aus in Liedgestalt:
Bald Melusine schaumumwunden
  Und holdverträumt Dornröschen bald: —
Aspasia nun und jetzt Miranden
  Rief ich und bald die Waldesfei,
Titania hoch aus Elfenlanden
  Und tief vom Rhein die Lorelei: —
Maiglockenduft und Harfenklingen,
  Der Amsel Lied, den Abendstern: —

Bei allen wunderschönsten Dingen
  Sucht' ich nach deines Wesens Kern.
Umsonst! Nie fass' ich ganz dies Wesen!
  Nie sag' ich ganz, wie schön es sei.
Drum kann ich ewig nicht genesen
  Von deiner Liebeszauberei.
Drum kann von dir ich niemals lassen,
  Wie von mir selbst in Ewigkeit,
Kann deinen Reiz so wenig fassen,
  Wie meines Wesens Eigenheit.
Mir ist: aus einem Lichtesstreifen
  Schied uns der Gott die Seelen zu:
Kann dich nicht lassen noch begreifen:
  Denn du bist ich und ich bin du.

Verlorne Liebesmüh.

Ob ich dich singe spät und früh in Weisen jeden Bau's: —
's ist all' verlorne Liebesmüh: — ich singe dich nicht aus!

Madonnenhaft.

Nun endlich hab' ich ausgesonnen
  Den Reiz, der dich verklärt und weiht:
Du gleichst den umbrischen Madonnen
  Aus Rafaels Epheben-Zeit.
Es hält ein Glanz von ew'ger Trauer
  Und ew'ger Wonne dich umsäumt,
Es ruht auf dir in heil'gem Schauer
  Ein Gotteskuß, still nachgeträumt.
Jungfräulich bist du Weib geworden,
  Ein'st Knospenreiz mit Blumenglut:

Ums goldne Haupt in Gold-Accorden
Spült dir der Engel-Chöre Flut.
Du haft des höchsten Schmerzes Milde,
Der tiefsten Rührung Majestät,
Und aufgelöst vor deinem Bilde
Wird mein Verlangen zu Gebet.

Mysterium.

Du süß Geschöpf, du holdes Mädchenweib,
In mehr als hundert Liedern, laut und leis,
Sing' ich seit Jahren nun von deinem Reiz,
Und singe dich doch niemals aus!
Und immer, immer wieder drängt es mich,
Mich in dein Wunderwesen zu vertiefen: —
Denn dieses ist ein hehr Mysterium:
Der starke Drang, der niemals müde wird,
Dich zu erfassen mit dem eignen Selbst,
Dich zu umschließen und dich zu verstehn, —
Er gilt der Seele wie dem Leibe gleich:
Denn Seel' ist Leib in dir und Leib ist Seele.
Darum so glühend deiner Seele Kraft,
Darum so seelisch deines Leibes Reiz:
Schön sind wohl manche: aber du allein
Bist meiner Schönheits-Träume Wirklichkeit!
So zart und glühend, fein und stark zugleich,
Wie meine Dichtung trachtet nur zu werden,
So, wonnevolles Weib, so bist du ganz:
In dir erschien leibhaftig und lebendig
Mir meine Muse, und du warbst nicht erst,
Du warst schon mein: du bist mein ewig Ich.

Der Gottesstrahl.

Mir kam einmal
Ein Gottesstrahl:
Das war ein Weib
Von süßem Leib
Und einer Seele
Sonder Fehle.
Ihr Haar war hold
Gerolltes Gold,
Ihr Schritt war Tanz,
Ihr Auge Glanz,
Ihr Wuchs war zart

Nach Elfenart,
Ihr Wort war leis,
Ihr Kuß war heiß,
Sie sprach fast nie:
Doch — blickte sie,
War's Poesie;
Und was sie trieb,
War reizgeweiht
Und ihre Lieb'
Ist Ewigkeit.

Sternen-Ewig.

Unter die goldnen
Sterne des Himmels
Hab' ich mit hundert
Goldenen Liedern
Deinen schönen
Namen geschrieben,
Deinen Namen
Und unsere Liebe. —
Und bis die letzten
Sterne da oben,

Müde des Wanderns,
Fallen und löschen,
Siehe, so lang währt
Deines Namens
Und unserer Liebe
Schönes Gedächtnis:
Aber noch länger
Unsere Liebe:
Denn sie ist ewig.

Liebes-Hymne.

Heil dir im Siegeskranz,
Heil dir im Liebesglanz,
  Glorreiches Weib:

Mitten durch Leid und Qual
Segne dir tausendmal
Gott und sein Sternenstrahl
  Seele und Leib.

Edelster Liebe Ruhm,
Lorbeer und Martyrtum
Ward dir zu teil:

Dulderin, Siegerin,
Allüberwinderin,
Nimm meine Seele hin,
Mein ewig Heil.

Widmung.

Nimm diese Lieder hin: — dir sind sie eigen!
Nur du weißt, was sie sagen, was verschweigen.
O möchten sie von höh'rem Werte glänzen,
Mit schönrem Kranz dein schönes Haupt zu kränzen.
Ob arme Blätter nur vor kurzem Sein, —
Das Beste sind sie dennoch, was da mein.
Nicht ward es mir, zu schildern dich, gegeben:
Den Schwan von Avon ruf' ich auf ins Leben:
Den größten Dichter, den die Welt gebar:
Der Imogen geschaffen und Miranden,
Die Mädchenbilder aus den Märchenlanden,
Ihm stell' ich dich, du Wunderblüte, dar:
Da nimmt er still aus seiner Julie Haar
Den Brautkranz, an dem Weihaltar des Schönen,
Zur Liebeshohepriest'rin — dich zu krönen!

Lebens=Sonnenwende.

Von meiner Tage Gipfel schau' ich nieder
Und meine Sunnwend acht' ich diese Lieder.

Mannes-Eigenart.

Zergliedre rechten Mann einmal:
Find'st neunzig Teile drin von Stahl
Und Teile neun von Golde licht:
Doch Gott im Himmel selber nicht,
Der alle Dinge weiß und kennt,
Begreift das letzte Element.

Wiegengaben.

Um eines Knabens Wiege, unhörbar, unsichtbar,
  Von Geistern und Dämonen flog eine wirre Schar.
Mit nächtig schwarzen Flügeln, mit Kronen flammend rot,
  Mit Augen grell wie Blitze, mit Schmerzen tief wie Tod.
Und sie legten mit vollen Händen ihre Gaben um das Kind;
  Dann tanzten sie um die Wiege wie höllischer Wirbelwind.
Sie faßten sich an den Händen und tanzten und sangen dazu:
  „Verwirkt! verwünscht! verloren! auf ewig ohne Ruh'!
Im Haupt den ew'gen Zweifel, in den Adern Lavaglut,
  In der Brust den gefangnen Adler, das Sehnen, das niemals ruht."
So sangen sie und verschwanden: — es verscholl die Melodei;
  Da schwebt durch Nacht und Stille hernieder die schönste Fei:
Auf ihrem Haupte leuchtet der allerhellste Stern,
  Sie rührt dem Knaben die Lippen: — da tönt's wie Harfe fern:
„Nicht kann ich die Gaben ändern, die dir die Hölle beschied:
  Doch leg' ich dir daneben mein Patengold: — das Lied.
Nicht kann den Fluch ich wenden, den sprach der finstre Chor,
  Wohl trägt dich's ewig ruhlos: — doch ewig sei's: — Empor!"

Der geheime Hort.

In die Seele tief des Mannes, unergründlich wie die Meerflut,
   Hat ein Gott mit leisen Händen einen reichen Hort versenkt.
Goldne Kronen liegen unten, Schwerter, Spangen, Silberharfen
   Und dabei der rost'ge Schlüssel zum verlornen Paradies.
Drüber hin gehn hohe Wellen: brausend bald, bald glatt und spiegelnd,
   Und sie laden und sie locken, den geheimen Schatz zu schaun.
Aber niemand wird ihn schauen, wird ihn heben und gewinnen:
   Und am wenigsten er selber weiß was in ihm schläft, der Mann.
Kaum, daß durch die schwanke Welle manchmal sieht das goldne
                       Wunder
Glänzen, grüßen und verschwinden ahnungsvoll ein liebend Weib.

Vision.
(1868.)

Von meinem Fenster, wo mein Schreibtisch steht,
   Sieht man die Sonne wundervoll versinken,
Wann ob dem Waldessaum sie niedergeht,
   Vergoldend Fluß und Land zu meiner Linken.
Und zu der Stunde, mir von Kind an heilig,
   Aufatm' ich von der Last des Tages gern,
Und träumerisch an meinem Fenster weil' ich
   Und schau' in Dämmerduft und Abendstern.
So that ich heut': — da schön, wie nie zuvor,
   Erglomm der Himmel rings von Glut und Golde,
Und sieh, es trat ein leuchtend Bild hervor,
   Ein Wolkenweib: — wohl kannt' ich sie, die Holde.
Oft hatt' ich sie geschaut in guten Stunden,
   Wann freudig mir ein Lied gelungen war,
Und selig schauernd hatt' ich oft empfunden,
   Als rührte sacht die weiche Hand mein Haar.

Ach, meine Jugend war's, voll Schwung und Glanz!
  Nie sah ich sie so klar, so nah wie heute;
Noch einmal küßte sie, erglühend ganz,
  Leis meine Stirne, scheu, nach Art der Bräute.
Und plötzlich sank sie, schwand an Form und Schimmer:
  Ich griff nach ihr mit lautem Weheschrei'n,
Streng winkte sie zurück, ich sah sie nimmer
  Und kalte Schatten fielen um mich ein. —
Mich fror: — mir war, es blieb mein Herzschlag stocken:
  So, Jugend, lebe wohl auf immerdar!
Zum Lager geh' ich heut' in braunen Locken: —
  Steh' ich wohl morgen auf in weißem Haar?

Holder Besuch.

Einsam glaubst du mich, Freund? — Ich erfreue mich holder Ge-
                                      sellschaft,
  Wann sich der Mond gemach über die Tannen erhebt,
Sieh, dann schweben zu mir, von den Abendwolken getragen,
  Dort aus dem rauschenden Wald Mädchengestalten heran:
Schimmernd, ein herrlicher Zug; und sie grüßen mich alle vertraulich,
  Weil in der Dichtung Reich lang wir einander bekannt.
Allen schreitet voran im Hellenengewande Theano,
  Weiße Rosen im Haar, doch in der Rechten das Kreuz:
Dann in buntem Gemisch mit Haralda Herlindis, Jolanthe,
  Eginharts Schülerin dort nahet und schön Rosamund,
Glücklich das Heidekind und Atâla mit leuchtender Stirne,
  Hilde, walkürengleich, und mit dem Falken Edith.
Dort mit bezwungenem Blick und bezwungener Seele das Nixlein,
  Hier Magdalena, gesühnt, himmlische Thränen im Aug':
Nicht mehr weinend Wallâda, versengten Gewands die Vestalin,
  Mit Heloisen im Arm schreitet Aspasia dort,
Florestans Schwanen-Fee und Elliba, den Stern auf dem Haupte,
  Und mit dem Glühwurmschmuck schwebet Titania her,

Lächelnd, zum erstenmal in der Trauer, die Witwe von Seban
   Und aus des Erdgeists Nacht hebet sich Mila zum Licht.
Stolz trägt Hildetraut statt des Schleiers die bräutliche Myrte,
   Donna Bianca erglüht stets noch in reizender Scham.
Noch ist der Maikranz frisch auf dem Ambragelock Rosalindens;
   Doch hier nahet ein Weib, sieh, von zwei Sängern geführt,
Beide bekränzt und versöhnt Herr Wolfram schreiten und Heinrich:
   Jeder, Elisabeth, hält an der Hand dich gefaßt,
Und sie gleichen sich sehr, wie ein älterer Bruder dem jüngern,
   Daß du von einem verwirrt wieder zum andern schaust.
Doch aus der Tiefe des Rheins, mit den selig schimmernden Augen,
   — Hört ihr den Harfenton? — tauchet die Lorelei auf,
Die ich vom Fluche gelöst durch mein Lied und beglückt durch die
                        Liebe:
   Sieh, aus den Locken den Kranz nimmt sie und reichet ihn mir.
Und sie fassen sich all' an den Händen, die holden Gestalten,
   Und sie schlingen um mich grüßend und lächelnd den Reih'n. —
Einsam glaubst du mich, Freund? O, ich freue mich holder Gesellschaft,
   Wann sich der Mond gemach über die Tannen erhebt.

Haben und Nichthaben.

Mein Unglück klagt ein kurzer Satz:
Ich will es und ein andrer hat's.

Die Philister und die Genies.

Die Philister waren arge Tyrannen:
Die Genies, die jagten sie von dannen:
Kaum waren die Genies Minister,
Trieben sie's ärger als die Philister.

Einziges Mittel.

Hast du ein höchstes Heiligtum
Und willst du nicht betrogen sein,
So nimm ein Beil und hau' es um
Und schlag's in tausend Trümmer klein.

Trinkspruch.

Wer gar nicht trinkt, sei er noch so fein,
  Den lass' ich sein:
Wer zu viel trinkt, das ist ein Schwein:
Wer trinkt, was er vertragen kann
Und das recht viel: — stoßt mit an,
  Das ist mein Mann!

Schlimm gepaart.

Ein alter Mann, ein junges Weib,
Die Freude hat nicht lang Verbleib:
Doch junger Mann und altes Weib, —
Des Teufels liebster Zeitvertreib! —

Der Bann der Fee.

Das ist der Bann der Fee'n:
Der Mann, der Eine gesehn,
Muß sie haben oder vergehn.

Meister und Meisterin.

Kein Meister trägt so stolzen Sinn: —
Er findet seine Meisterin.

Nicht lassen noch haben.

Gott helf' mir armem Knaben,
Kann sie nicht lassen noch haben.

Unheilbar.

Sie ist nicht schön, sie ist nicht klug,
Und dennoch ist sie stark genug
Zu bannen all' mein Wesen
Auf Nimmermehrgenesen.

Das Traumbild.

Und mag ich gehn in Träumen durch Welt und Menschen hin —
    Was ist hier zu versäumen an Glück und an Gewinn?
Seit ich auf duft'ger Halde, wo wilde Rosen wehn,
    Ersah schön Esmeralde, die Königin der Fee'n, —
Durch alle meine Tage, wie trüb das Leben schwillt,
    Geschloßnen Auges trage ich mit das sel'ge Bild.

Kluger Tausch.

Lang lebt' ich nach der Leute Sagen,
Da war ich elend Tag und Nacht

Und hab's doch keinem recht gemacht:
Jetzt leb' ich mir nur zum Behagen —
Sie schelten: doch mein Herz, das lacht.

Christenpflicht.

Mir will die Welt mein Lieb nicht gönnen,
Das mir nicht Welt, nein, Himmel ist:
Die Welt dem Himmel opfern können
Muß aber jeder brave Christ.

Zurückgabe.

Wenn mir mein guter Stern vergunnt
Nur Einen Kuß von ihrem Mund,
Will ich Gott danken alle Stund'.
Wie aber, — schilt sie mich deswegen?
Dann freilich muß ich rasch ihn legen,
Wo ich ihn hab' genommen fort,
Getreulich an denselben Ort.

Meine Sünde.

Soll ich ergründen
Meine Sünden,
Ich finde sie kleine
Bis auf Eine:
Ich hab' ein Weib viel, viel mehr gern
Als den Himmel und Gott den Herrn.

In der Kirche.

Der Liebe wollt' ich ledig werden:
  Ich floh vor ihr ins Gotteshaus.
Da trat mit lächelnden Gebärden
  Sie von dem Hochaltar heraus
Und sprach: „Du suchst in g'radem Lauf
Mich just in meiner Heimat auf."

Das Lob im Lied.

So wahr in allen deutschen Gauen
Kein Weib wie du so schön zu schauen,
So wahr in allen deutschen Zungen
Sei keins wie du so schön besungen.

Zweite Jugend.

Kehrte mir die Jugend wieder oder kam der Lenz zurück?
Jeder Tag bringt neue Lieder, jeder Tag bringt neues Glück.
Kaum zu bänd'gen sind die Ranken, die mir jede Stunde flicht,
Und es werden die Gedanken mir von selber zum Gedicht.

Das Tröstelein.

Mir bleibt kein Trost, — ein Tröstelein:
Was werden soll und muß, wird sein.

Dornröschen.

Die Mühe soll die Liebe spornen:
Dornröschen heißet von den Dornen.

Notwendige Lieder.

Und stieg ein Engel Gottes nieder
Und drohte mit dem Flammenschwert:
Ich muß sie singen, diese Lieder,
Die mein entzücktes Herz begehrt.

Unerschöpflich.

Seh' scharf ich in des Himmels Rund,
Stets neue Sterne find' ich wieder:
Seh' scharf ich in meiner Seele Grund,
Stets find' ich neue Lieder.

Gottesdienst und Frauendienst.

Ja, hätt' ich Gott gedient wie ihr, —
Der Himmel wäre sicher mir.

Unterschied.

Vielleicht, daß sie sich sehnen mag
Nach mir wohl durch den blauen Tag:
Doch lächelnd träumt sie durch die Nacht,
Die mich erst vollends elend macht.

Verschiedene Liebe.

Der Arme liebet ärmer,
Der Warme liebet wärmer,
Der Scheue liebet scheuer,
Der Treue liebet treuer:

Von allen Liebesgästen
Der Dichter liebt am besten,
Der jedes Pulses Schlag und Fall
Verewigt in des Lieds Krystall.

Dichterlos.

I.

Ihr preist des Dichters glücklich Los
  Zu singen Lust und Schmerzen:
Das Glück ist aber nicht zu groß,
  Mehr als die andern Herzen
An Lust und Leid zu tragen;
  Und was am tiefsten ihn durchwühlt
  Und was am mächtigsten er fühlt,
Das kann er doch nicht sagen!
  Denn nicht in Flammen kann er sprechen
  Und brausen nicht in Lavabächen,
Nicht jauchzen mit des Sturmes Stimme,
Nicht dräuen mit des Löwen Grimme,
  Nicht sein Verlangen lassen schallen
  Im Lied der Frühlingsnachtigallen,
Nicht hauchen seiner Sehnsucht Drängen
In leisen Aolsharfenklängen:
  Und trägt doch alles dies beisammen,
  Trägt Sturm und Leu und Lavaflammen
Und Aolsharf' und Nachtigall
In seiner Seele kleinem All.

II.

Ihr sollt sein Lied dem Dichter gönnen,
Denn auch das Schwerste muß er können:

Er muß durch Welt und Menschen gehn
Und darf kein Auge lassen sehn,
Wie höchste Pein und höchste Lust
Ihm wogt in tief verschwiegner Brust.

Bang um dich.

Denk' ich an dich, wie du so blumenrein,
So arglos in das Leben blühst hinein,
Und denke dann der Welt und ihrer schmutz'gen Hände, —
So möcht' ich um dich weinen sonder Ende.

Prüfung des Rivalen.

Der deine Hand davon soll tragen,
Den wäg' ich in gerechten Wagen:
Erfind' ich würd'ger ihn als mich,
Dann weich' ich still und segne dich:
Jedoch find' ich ihn wen'ger wert, —
Tot schlag' ich ihn mit diesem Schwert!

Aufbruch zur Lenzfahrt.

Gesegnet ihr Frühlingssterne, gesegnet du sonniger März,
Ihr lockt in die duftige Ferne das pochende, wogende Herz.
Das war wohl ein trauriger andrer, dem solange das Leben vergällt.
Denn ich bin ein fröhlicher Wandrer und mein ist die lachende Welt

---

Also lieb' ich dich.

Magst du mich mit Wonne tränken
Oder tief in Qualen senken,
    Immer, immer segn' ich dich:
Lieber viel durch dich verderben
Als durch andre Glück erwerben:
    Also, also lieb' ich dich.

———

Der sichere Bote.

Könnt' ich dir, Süße, meinen Mut
    Mit voller Freiheit sagen,
Ich ließe gern das Harfeschlagen
    Und spräche nur mit Kussesglut.
Nun aber wird mir's nicht so gut:
    So muß ich dir denn klagen
Verhüllt des Herzens Wagen.
    Doch wärst du mehr gehütet noch,
    Ein Bote, Kind, erreicht dich doch,
Den jeder hört und jeder sieht
Und der doch nie ein Herz verriet:
    Das Lied.

———

Erste Begegnung.

Ich lobe den Tag und ich preise die Stunde,
    Da ich zuerst der Süßen genaht;
O Segen dem lauschigen Waldesgrunde,
    O Heil dem knorrigen Wurzelpfad,
Und Heil den Vögelein, die da sangen,
    Und Heil den Blumen, die da entsproßt: —
Nie sollen die Vöglein werden gefangen,
    Nie soll die Blumen töten der Frost.

Glückliche Stunde.

Ich mußte sie lassen mit lechzendem Munde,
    Vor Fremden, mit kühlem Drucke der Hand:
Da fügte mir eine vielselige Stunde,
    Daß ich ohne Hüter sie endlich fand:
Da hat sie gelohnt mir mit solchem Lohne,
    Wie er ward noch keines Mannes Gewinn,
Daß ich unter den Liebenden trage Krone
    Und aller Glücklichen König bin.

Schadenfreude der Feinde.

Trägt jemand mir recht tücht'gen Haß,
    Was der nun Freude dran erlebt,
Seit mir das Herz ohn' Unterlaß
    In Frieren und Verbrennen schwebt.

Kammerschlüssel — Tonschlüssel.

Ihr sagt, ich könne nichts als jammern:
    Ei, solltet ihr hören Melodei'n,
Hätt' ich zur kleinsten aller Kammern
    Das allerkleinste Schlüsselein!

Ihr „Ja“.

Ich finde stets nur ihr „Nicht“ und „Nein“
    Am Mittag, Abend und Morgen:
O sprecht, allwissende Vögelein,
    Wo hält sie ihr „Ja“ verborgen?

Mein Los.

Mein Los, das ich nicht wenden mag,
Heißt: soll ich jemals frohen Tag,
Soll jemals frohe Nacht ersehn, —
Das muß durch dieses Weib geschehn.

Der Perlenkranz.

Ein Perlenkranz von Frauenthränen, —
Den Schmuck soll sich kein Mann ersehnen!

Gehen und bleiben.

Wer gehen muß, wo gern er bliebe,
Den trifft der Schmerz mit schwerem Hiebe:
Doch auch des Schmerz ist nicht geringe,
Wer bleiben muß, wo gern er ginge.

Zweimal.

Zweimal fragen, schwer zu tragen,
Zweimal bitten, — das Herz zerschnitten.

Die Quälerin.

Sie will mich nicht entbehren,
Und doch mir nichts gewähren,
Sie hat nicht Lust, mich frei zu lassen,
Doch soll ich ja nicht fest sie fassen:

Dem Käfer gleich an losem Fädchen
Regieret mich das lose Mädchen,
Nicht lösen will sie, noch vereinigen,
Das nennt sie lieben: — ich nenn's peinigen!

Glutgeschmolzen.

Weiß Gott, es ist um dieses Weib kein leichtes Frei'n:
Gleichwie des hürnen Siegfried Leib in Glut muß sie geschmolzen sein!

Glück und glücklich.

Was mir an Glück die Erde lich, —
Glücklich werd' ich nur durch sie.

Ungeduld des Verlangens.

Ach die Tage vergehn und die sehnsuchtatmenden Nächte,
Veilchen und Rosen verblühn: — ach und noch immer nicht mein!

Die Freude und die Sehnsucht.

Niemals wohnte bei mir als Hausgenossin die Freude,
Manchmal nur in der Nacht nahte der himmlische Gast:
Aber sie hat, wie es scheint, nun zu mir die Straße vergessen,
Während die Sehnsucht treu Tafel und Lager mir teilt.

Juli-Regen.

Die Erde lechzt mit brennendem Verlangen,
Im Schos den Strom des Himmels zu empfangen.

———

Wagnis um Wonne.

So sind bestimmt des Menschen Lose:
   Nur höchstem Mut wird höchster Preis:
Im Abgrund blüht die Alpenrose
   Und hart beim Tod das Edelweiß.

———

Seltner Gast.

Es kommt zu mir so mancher Gast,
Der besser hielte zu Hause Rast,
Und die ich erwarte zu allen Stunden, —
Wie selten wird sie hier gefunden!

———

Verlodern.

Du freust dich wohl der Kerze, sie giebt so hellen Schein.
   Doch daß ihr Licht dir leuchte, — verzehret muß sie sein.
Du freust dich meiner Lieder, jedoch zu deiner Lust
   Sing' ich vor Lieb' und Sehnsucht das Herz mir aus der Brust.

———

Die Motte und die Kerze.

Fliege nur in dein Verderben, das so schön, so lockend loht:
Selig ist's, in Flammen sterben aus des Herzens Machtgebot.

———

Das Sonntagskind.

Gerne will ich sonder Klagen
Wochenlang die Bürde tragen,
   Welche Prosa mir verlieh:
Aber Sonntags muß ich dürfen
Deinen süßen Atem schlürfen,
   Sonntagstochter Poesie.
Hoch am blauen Himmelsbogen
Kommst du schweigend hergezogen,
   Winkest selig und vertraut:
Lächelnd mahnst du mich der Stunden,
Da du ganz dich mir verbunden,
   Glüh'ndem Mann die glüh'nde Braut.
Und du drückest, wonnereiche,
An die Brust mein Haupt, das bleiche,
   Daß dein Schauer mich durchzieht:
Rosen duften, Harfen klingen,
Und aus seligem Umschlingen
   Fliegt empor das junge Lied.

Winternacht.

I.

Winternacht, o laß dich grüßen! deine Zeichen deut' ich gern:
Fester Grund zu meinen Füßen und ob meinem Haupt — ein Stern.

II.

Silberduft erfüllt die Thale: leiser Schnee liegt auf den Bäumen,
   Birke glänzt im Mondenstrahle und die dunklen Tannen träumen.
Aufgescheucht von meinem Tritte fliegt ein Vogel, groß und schwer,
   Und es rauscht bei jedem Schritte wie Geheimnis um mich her.

Offen weit des Mantels Falten atm' ich durstig diese Kühle,
Daß der Nachtluft heilig Walten um die Brust wie Flut mir spüle.
Silberduft erfüllt die Thale, leiser Schnee liegt auf den Bäumen,
Birke glänzt im Mondenstrahle und die dunkeln Tannen träumen.

Mein holdes Schweigen.

Will fast das Haupt mir neigen
    Das Leben niederwärts,
Denk' ich, mein holdes Schweigen,
Wie du so ganz mein eigen,
    Und hoch erjauchzt mein Herz!

Sel'ger Schmerz.

Schlag fort mein Herz, bis daß du springest,
    Im Takt, der dir gegeben ist:
Nothwendig ist nur, daß du singest,
    Nicht aber, daß du glücklich bist.
Verloren nenne nicht dein Leben,
    Tauscht auch das Schicksal nichts zurück:
Dir ist ein heil'ger Schmerz gegeben,
    Der sel'ger ist als alles Glück.

Vom Biegen und Brechen.

Wenn sie zu dir sprechen: „Biegen oder brechen!"
Ruf: „Brechen eh' als biegen!": — Gieb acht, so wirst du siegen.

Im Winter.

Will denn der graue
Nebel auf immer
Wirklich verschlingen
  Alles was schön?
Haben denn niemals
Lerchen gejubelt?
Haben denn niemals
  Rosen geblüht?
Bin ich denn nie auf
Bewimpeltem Schiffe,
— Freudig im Lenzwind
Flogen die Fahnen —
Hinuntergefahren
Den blühenden Rhein?
Hört' ich denn nie in
Duftiger Mainacht
Sehnend flöten die Nachtigall?
Und hab' ich denn nicht in
Melodischen Liedern
Gebunden des Schönen
Beflügelten Geist?
Wahrlich, das hab' ich

Und halt' ihn auf ewig!
Blühende Rosen
Hab' um die Schläfe
Ich meiner Psyche
Opfernd gewunden
Voll ewigen Dufts.
Alles auf Erden
Können die Menschen,
Kann dir die Prosa,
Tausendmal schlimmer
Als Winter und Nebel,
Alles entreißen, alles zerstören:
Nur nicht des Herzens
Heiligen Rhythmus!
Brechen das Herz dir
Mögen sie endlich:
Aber so lang noch
Zuckend es aushält,
Schlägt es beharrlich
In seiner Begeist'rung
Geheiligtem Takt.

Ich laß dich nicht.

Du, die aus ferner Sterne Schimmer
  Zu mir hernieder stiegst aufs neu':
O Poesie, ich weiß, für immer,
  Auf ewig bleibst du nun mir treu.

Ich habe dich mit Todesschmerzen
  Erkauft, mit meiner Seele mir:
  Nichts reißt dich mehr aus meinem Herzen: —
  Eins bist du, — ewig Eins mit mir.
Du, teurer als der Hauch des Lebens
  Und teurer als das Augenlicht:
  Das Schicksal rollt und grollt vergebens: —
  Ich laß dich nicht, ich laß dich nicht!
Und ob — denn leicht bringt er Verderben! —
  Mein Haupt verbrennt dein Flammenkranz:
  O wie viel sel'ger durch dich sterben
  Als leben ohne deinen Glanz.

Entsagen.

So soll denn wirklich Ein Accord
  Durch all mein Leben traurig klagen?
Verfolgt mein Fluch mich fort und fort,
  Der Unkenruf: „Du mußt entsagen!"

Nach schlafloser Nacht.

Es dämmert kaum im Osten leis:
Mein Aug' ist wach, mein Kissen heiß,
Mein Herz ist wund, mein Mund ist stumm,
Und ach, nur Eine weiß warum.
Die Hähne krähn: — bald wacht das Haus,
Bald ruft das Leben mich hinaus:
Nur eines wünsch' ich: — wär' es um:
Und ach, nur Eine weiß warum.

Das zweite Herz.

Ich glaube, niemand lebt, er hat einen Schmerz,
Der pocht in ihm wie ein zweites Herz.

Blitzgefahr.

Je stolzer, Herz, dein Glück wird ragen, —
Je sichrer wird der Blitz es schlagen.

Falkenart.

Wie ein wilder Falk bin ich geartet,
   Der verschmäht der Erde Blumenflor
Und nach der Sonne pilgerfahrtet: —
   Du erfliegst sie nie, du armer Thor.

Die weiße Blume.

Mir legt das Thal mit tausend Grüßen
All' seine Rosenpracht zu Füßen,
   Ich acht' es kaum.
Da droben, auf höchstem Bergesgrat,
Wohin nicht führet Steg noch Pfad
   Sah ich im Traum
Eine kleine weiße Blume stehen:
Um diese muß mein Herz vergehn. —
Und wenn ich nun gestorben bin,
Fliegt meine Seele drüber hin
Und pflückt die Blume still und bleich
Und trägt sie mit ins Himmelreich.

Der sterbende Ritter.

Hörst du die Hörner?
Reich' mir die Waffen.
  Strahlendes Lieb,
  Gieb sie, o gieb!
Lebend soll keiner
Mir sie entraffen:
  Ob es zerfließet
  Nach innen, dies Herz, —
Außen umschließet
  Es siebenfach Erz.

Sterben? Ach gerne,
  Sterben um Liebe,
Sterben um dich
Gerne will ich:
  Aber dem Feind noch
  Grimmige Hiebe!
Eh' ich es neige
  Für immer, dies Haupt,
Sei's noch vom Zweige
  Des Sieges umlaubt.

Der letzte Dienst.

O du mein siegerprobtes Schwert,
Was hilft nun all dein Ruhm und Wert?
Den letzten Dienst noch, treues Erz: —
Triff scharf und tief mein eignes Herz.

Sonett.

Du fragst, woher ich lernte nie zu klagen?
  O Kind, es möge niemals dir gelingen,
  In jene Tiefe voller Grau'n zu bringen,
Draus diese Weisheit ich emporgetragen.
Beim Eintritt mußt dem Lächeln du entsagen,
  Kein Jubelruf wird dir sich mehr entschwingen,
  Mit Wehmut hörst du selbst die Lerche singen,
Matt rinnt dein Blut in allen künft'gen Tagen.
Und drangst du ein, — wohl wagst du's nicht vergebens:
  Dein Herz ward frei auf immer des Erbebens
  Und Trost für jeden Schmerz hast du erworben.

Doch beſſer wäre dir, du wärſt geſtorben,
Denn deinen Frühling hat der Reif verdorben,
Und alles ſtarb, was da verlohnt des Lebens.

***

Zwei Freunde.

Die Uhr ſchlug eins. Trüb brannten unſere Kerzen,
Erloſchen war das Feuer im Kamin,
Längſt ungekoſtet vor uns ſtand der Wein.
Da ſchloß ich mein Erzählen: „und ſo ſteht's.“
Und in den Stuhl lehnt' ich das Haupt zurück.
Doch er ſtand auf, trat nah an mich heran
Und auf die Schulter legt' er mir die Hand:
„Mein armer Freund,“ ſprach er und ſeufzte tief,
„Regierten nnſre Götter noch und die Homers:
Sie wüßten Rat! ſie würden dich verwandeln
In eine ſehnſuchtſtimm'ge Nachtigall.
So aber bleibt dir nur dein alter Troſt:
Es braucht's nicht, daß die Menſchen glücklich ſind.“
„So iſt's, ſprach ich, jedoch es braucht's auch nicht,
Daß ohne Glück ſie leben. — Fahre wohl.“

***

Erloſchner Stern.

Wohl hatt' ich einen Stern von Jugend an,
Der treu und licht geſegnet meine Bahn:
Der Stern erloſch. Ich ſteh' allein, in Nacht. —
Sei's. Auch im Dunkel wird zu End' gebracht,
Was mir zu thun noch bleibt auf Erden,
Um ganz in Nacht gehüllt zu werden.

***

Der weise Narr.

Ein Mann, der plötzlich sah den Abendstern,
Den faßte des so tödlich Wohlgefallen,
Den holden Glanz er wollt' ihn fassen gern; —
Absagt' er drum den Erdenfreuden allen,
Nur diesen Glanz, nichts andres wollt' er haben:
Man hat ihn bald, als einen Narr'n, begraben: —
Mich dünkt er war der Weiseste von allen!

Der kluge Ochs.

Willst ohne Schmerz du schreiten durch die Erden,
Dem biedern Pflugtier lerne gleich zu werden:
Ins Joch das Haupt, zu Boden mit dem Blick
Und wirst du satt, so segne dein Geschick:
Doch träume nicht von dämmerblauen Fernen
Und — hörst du? — schaue niemals nach den Sternen!

Allein stehend.

Hast du zum Trotze dich der Welt
Auf deines Wesens Recht gestellt
Und stehst, den Rücken an der Wand,
Gefahr und Haß ringsum entbrannt: —
Gieb acht, gieb acht, wie deine Lieben
Sich da gemach zur Seite schieben!
Ein achselzuckend Seufzerziehn:
„Ich hab's geahnt: — oft warnt' ich ihn."
So sprechen sie, die feigen Wichte,
Die sich gesonnt an deinem Lichte.
Zuletzt versagt die ganze Sippe,
Verachtung schürzet dir die Lippe,

Und du erkennst, du trägst allein
Des Lebens wie des Todes Pein. —
Doch nein, ach nein!
Du weißt, daß es ein Wesen giebt,
Das für dein Glück die zarte Brust
Dem Tode böte dar mit Lust:
Das ist das Weib, das voll dich liebt.

Elfe oder Hexe.

Tanzen im Herbstwind wirbelnd die Blätter,
Ist's ein Elfen- oder ein Hexen-Wetter:
Greifst du hinein mit der Hand geschwind,
Wenn du Glück hast, fängst du ein Elfenkind
Wirst du aber die Hexe fassen, —
Freund, dann mußt du das Leben lassen.

Vom Vergessen.

Alles verzeihen die Frau'n auf Erden,
Nur nicht das Vergessen-Werden.

Vom Haß.

Nun kenn' ich beide Triebe und sag' euch's mit Verlaß:
So süß fast als die Liebe und heißer ist der Haß.

Vom Trost.

O bleibt mit eurem Trost mir fern: ein tröstbar Weh ist klein:
Der Schmerz im tiefsten Lebenskern kann nicht getröstet sein.

Von bösen Nächten.

1.

„Wer nie die kummervollen Nächte
    Mit Weinen saß auf seinem Bette" —
Ich weiß, wer dieses Lied erdächte,
    Wenn's nicht erdacht schon einer hätte.

2.

    Die mich mit Recht und Unrecht hassen,
    Könnt' ich sie leise schauen lassen
    Ach nur in Eine meiner Nächte: —
    Wie das von ihrem Haß sie brächte!

Von „linden Lüften".

Ein Lied von Meister Uhland, das hat mein froher Mund
    Dereinst so gern gesungen zu mancher guten Stund'!
Das Lied von linden Lüften, die wieder sind erwacht,
    Wie alles sich muß wenden, was Winters Weh gebracht.
Jetzt, hör' ich jemand summen die liebe Melodie,
    Mein' ich, mein Herz will springen: — mein Weh: — das
                            wendet nie.

Verborgnes Weh.

1.

Ihr meint: „der ist noch wohlbehalten,
    Dem Vers und Reim klingt hell wie Erz": —
O wüßtet ihr, was in den Falten
    Des Liedes birgt des Sängers Herz.

Wie sich das Haupt einst die Hellenen
  Verhüllt, wann tiefst von Weh' erfüllt,
So wein' ich heimlich meine Thränen,
  In meiner Lieder Flor gehüllt.

2.

Sie sprechen: „nun ward er gesund! Hört, wie er lacht und scherzt!"
  Sie wissen nicht, wie weh, wie wund mich jedes Lachen schmerzt.
Sie sprechen: „was er seufzend trug, nun warf er's hinter sich."
  Ach Gott, ist jeder Atemzug ein Seufzer doch um dich!

3.

Im Kampf der Zeit, im Tagesstreit voll steh' ich meinen Mann:
  Wer sieht mein Leid, so tief und weit, am Zechertisch mir an?
Dem Freund den Rat, dem Feind die That, nicht schuldig bleib' ich sie,
  Bin früh und spat an Ernt' und Saat: — vor Menschen klag' ich nie.
Doch in der Nacht bricht aus mit Macht mein töblich Wehgefühl:
  Das Hirn zerdacht, das Aug' verwacht und heiß und naß mein Pfühl.
Weltaus, weltein such' ich allein sie, die so lieb ich hab':
  Zu Ende sein wird meine Pein bei ihr nur — oder im Grab.

4.

Ihr fragt, wie ich's verbergen mag, was mich so elend macht?
  Ich lache durch den lauten Tag und weine durch die Nacht.

Sieg der Prosa.

Du hast gesiegt, Erbfeindin Prosa, lache!
  Durchschnitten ist das freud'ge Schwunggefieder,
  Das mir so kräftig war gewachsen wieder:
  Du hast gesiegt: so sätt'ge dich der Rache.
Und fürchte nicht, daß nochmal ich erwache:
  Zu mächtig zieht dein Bleigewicht mich nieder.
  So lebt denn wohl, ihr meine armen Lieder:
  Singvöglein zart, euch würgt der grimme Drache.

Lebt wohl für jetzt: doch weiß ich einen Stern,
Dort gilt für Frevel nicht der Dienst des Schönen
Und keine Faust zerreißt die zarten Saiten.
Aufblühen dort wird meiner Seele Kern:
Was hier begann, dort wird es weiter tönen
Und siegreich klingen durch die Ewigkeiten.

Todessehnsucht.

Sie winkt aus Abendwolken nieder
Und grüßt mich aus den Sternen wieder,
O warum je verließ ich sie,
Mein traut Gespiel: — Melancholie.
O diese seelenvollen Augen,
Die aus der Brust das Herz mir saugen,
Sie wußten stets, was bergetief
In meiner Seele schläft und schlief.
Sie wissen wohl, welch' töblich Sehnen
Zum Springen mir die Brust will dehnen,
Sie kennen ganz die rege Flut
Voll Schmerz und Wonne, Nacht und Glut.
O komm und hole meine Seele!
Mag, was des Todes Pforte hehle,
Vergessen, mag's Gedenken sein:
Weil ewig, — soll's willkommen sein!

Todeswonne.

Es sei: ihr sollt gewonnen haben!
Der Sieg sei euer — mein die Pein:
Doch einmal, eh' sie mich begraben,
Noch einmal will ich glücklich sein.
Ich mische mir den tiefen Becher
Mit Gift und Rüdesheimer Saft,
Und trink', ein todesmut'ger Zecher,
Auf Sehnsucht ihn und Leidenschaft.

Und dann soll nur Ein Lied noch sagen,
Was lavaheiß in mir geloht,
Und eh' die Welt kann weiter fragen, —
Schließt schon die Lippe mir der Tod.

Halali.

Ihr habt's erreicht: — ich bin zu Ende!
Zu Tod habt ihr den Hirsch gehetzt:
„Hei Halali!“ — Reicht euch die Hände!
Ja, das Gemeine siegt zuletzt.

Aus den Wogen.

Der du niemals bliebest fern,
Wann ich aus den Wogen tief
Mächtig ringend nach dir rief, —
Komm auch jetzt, mein guter Stern.
Ringsum schwillt die schwarze Flut:
Landfern schwimm' ich, schwer von Harm:
Matt wird Hoffnung, Haupt und Arm:
Stark blieb nur der Todesmut.
Laß mich, schnödem Feind zum Spott,
Nicht nach so viel Siegesehr'
Untergehn in dunklem Meer:
Hilf, du heller Strahlengott!
Ha, mir ist, aus Wolkenrand
Glänzt der Stern schon geisterhaft:
Vorwärts denn mit letzter Kraft: —
Endlich, endlich fühl' ich Land.

Errettung.

Ich saß zu dunkler Stund' am See,
Die Wellen brachen sich mit Schweigen,
Wie aus der Brust mein altes Weh
Stumm seufzend nur empor kann steigen.

Ich saß am See zu dunkler Stund', —
   Nicht Mond, nicht Sternlein war zu schauen:
Es deckte Welt und Himmelsrund
   Ein hoffnungsloses, dunkles Grauen.
Es rauschte geisterhaft durchs Schilf: —
   Mir war, als ob mich's abwärts riefe:
„O komm, mein guter Stern und hilf,
   Denn mächtig zieht mich's in die Tiefe!“ — —
Da, unverhofft, mit lichter Pracht
   Brach durchs Gewölk der Mond hervor:
Welch' heller Geist hat mein gedacht,
   Eh' ich mich ganz in Nacht verlor?

Ersatz.

Ich kann nicht leben, unbekränzt das Haupt!
   Riß von der Stirn der Sturmwind mir die Rosen,
So werde von Cypressen sie umlaubt,
   Die wie der kühle Kuß des Todes kosen.
Ich kann nicht leben ohne Königtum!
   Und brach des Glückes goldner Reif in Scherben,
So will ich um des tiefsten Leides Ruhm,
   Will um der Trauer Königskrone werben.
Ich kann nicht leben ohne Liebesklang!
   Ward mir der Freude Harfe schrill zerschlagen,
Anstimmen will ich einen Trauersang,
   Der leben soll, solange Herzen klagen,

Lebe, — für sie!

Auf, du mußt tragen sie und stützen,
   Bist du auch selbst zum Tode matt,
Und mußt sie schirmen und beschützen,
   Die dir das Herz gebrochen hat.

Unzerstörbar.

Ob man die Harfe mir zerschlage, die da beflügelt meinen Sang:
Es schwingt sich fort in ew'ge Tage der Silberton, der draus erklang.

Die Martyrin.

Aus tiefsten Schmerzen stieg empor
Dein Bild noch edler als zuvor,
Gekrönt zu reinsten Hochsinns Lohne
Mit einer goldnen Martyrkrone.
Die schwerste Stunde deines Lebens,
Du hast sie nicht gekämpft vergebens,
Denn diesem Bild, madonnenrein,
Will Harfe, Herz und Hand ich weihn.

Zusammen.

Durch Donner des Himmels, durch höllische Flammen
Tönt all' übertäubend das Eine Wort:
Trotz allem, Geliebte, wir stehen zusammen,
Du meine Zier und ich dein Hort.

Los des Edeln.

Klage nicht, daß du geboren bist zu Schmerz und Thränen bloß:
Ewig ist das Glück der Thoren, doch der Schmerz des Edeln Los.

Letzte Hoffnung.

Auf Erden hast du Joch getragen:
Doch, Herz, du sollst darob nicht klagen:
Dir wird dafür in ew'gen Tagen
Ein schöner Engel Harfe schlagen.

Ewig Glück und flücht'ge Schmerzen.

Trägst du ein ewig Glück im Herzen,
So klage nicht um Erdenschmerzen.

Das zweite Glück.

Durch Liebe glücklich sein ist höchstes Menschenheil,
Durch Liebe leiden Pein des Glücks zweitbester Teil.

Maßstab.

Mißt du die Leidenschaft, frag' sie: „was deine Kraft?"
Willst du die Liebe messen, frag' sie: „kannst du vergessen?"

Unergründlich.

Und mögt ihr noch so lang ihn strecken,
Der Neugier unverschämten Stecken,
Ihr mögt den Grund von Krötenteichen,
Nicht einer Seele Grund erreichen,
Die still, von Träumen eingewiegt,
Ein dunkelgrüner Bergsee, liegt,
Und der kein frecher Finger nimmt
Die weiße Blume, die drauf schwimmt.

Unentreißbar.

I.

Siehst du den Abendstern am Himmel?
Nimm ihn herunter, wenn du kannst:
So wenig nimmt man dir die Seele,
Die du in Liebe dir gewannst.

II.

Rosen welken,
Völker schwinden,
Sterne löschen:
Aber ewig,
Unvergänglich,
Unentreißbar
Ist die Liebe,
Welche einmal
Völlig dein war.

III.

Tief sollst du, Kind, den Trost erfassen,
  Den schönsten, den die Weisheit fand:
Was einmal ganz du dein genannt,
Das müssen ewig unentwandt
  Die Götter dir und Menschen lassen.

IV.

Was einmal wirklich du genossen,
Das hältst auf ewig du umschlossen.
Was einmal glorreich sich vollendet,
Wird nun und nimmer rückgewendet:
Aus deiner Seele den Demant
Bricht Götter- nicht noch Menschenhand.

Tod im Kranze.

Hast du erreicht den Kranz des Lebens,
Stirb froh: du lebtest nicht vergebens.

Liebesmort.

Liebeswort mit süßem Klange stiehlt sich in das Herz durchs Ohr:
   Spät dann oft im Lebensdrange steigt es tröstend dir empor.
Und der Schmerz, der dich gebunden, fließt in sanfte Wehmut fort,
   Hast du glücklich es gefunden, das ihn nennt, das Liebeswort.
Also hab' ich, dich zu trösten, Lied um Lied hier angereiht:
   Wollte Gott, daß sie dich lösten aller deiner Traurigkeit.

***

Medusa Rondanini.

„Auf deinem Pulte die Meduse,"
   So sprach der Freund, „behagt mir nicht;
Unheimlich diese grimme Muse
   Schaut dir in Leben und Gedicht."
Ich aber sprach: „Du siehst sie schweigend:
   Doch mir, in mondbeglänzter Stund',
Das Haupt voll Schlangenlocken neigend,
   Dämonisch redet dieser Mund.
Er spricht: ‚Ob ich des Lebens darben,
   Mit offnen Lippen starren muß:
Fest halten sie, den sie erwarben,
   Auf ewig ihres Gottes Kuß:
Kein Schicksal kann es mehr verneinen,
   Mein war der Gott und ich war sein:
Verew'gen kann es und versteinen,
   Nicht mir entreißen, was da mein.'"

***

Auf!

Hebe deine weißen Schwingen, auf, mein Geist, empor, empor!
   Hörst du nicht die Harfen klingen oben in der Sterne Chor?

Auf, nichts kann die Seele halten, welche rein nach oben flammt:
 Allen irdischen Gewalten obsiegt was vom Himmel stammt.
Laß die Erde, laß sie sinken, ihren Schmerz und ihren Tand:
 Wo des Genius Sterne winken, ist dein leuchtend Heimatland.
Von der Stirn die Rosenkränze schleudre, die sie dicht umlaubt:
 In der Hand das Schwert dir glänze und der Helm auf deinem
 Haupt.
Nicht den Flöten darfst du lauschen, nicht der Blumen Flüsterwort:
 Wo des Geistes Speere rauschen, Bannerträger, ist dein Ort.
Wirf in deines Volkes Kämpfe brausend dich mit Schild und Schaft,
 Daß der Sturm der Schlacht sie dämpfe, die Vulkane deiner Kraft.
Wer in solchem Kampf gefallen, unbefleckt, im Heldenlauf,
 Geht in Deutschlands Siegeshallen als ein leuchtend Sternbild auf.

Balladen und Lieder.

Dritte Sammlung.

Meiner

lieben Frau Therese.

Balladen, Romanzen und Derwandtes.

Lucifer.

(Vor den Pforten des Himmels.)

Lucifer (allein). So steh' ich wieder vor der lichten Stätte,
Da ich einst herrlich, wie kein andrer war.
Groß war mein Fall, doch größer ist mein Mut!
Zwar die Genossen liegen noch betäubt
Vom schweren Sturz dort unten in der Tiefe:
Doch mich trug schon aufs neu' empor die Kraft.
Schon als das Flammenschwert mich niederschlug,
Schon als ich rücklings aus dem Streitgeschirr
Mit Roß und Rad hinunter taumelte, — —
Schon damals dacht' ich nur das Eine Denken:
„Geduld! Es kommt die Zeit der Wiederkehr.“
Denn ewig bin ich, wie Jehova selbst:
Ich bin der Schatte, den sein Schimmer wirft
Und mit sich selbst nur könnt' er mich vertilgen.
's ist seine Schuld, daß ich ihm trotzen muß:
Was gab er mir den zweifelnden Gedanken,
Was gab er mir dies quälerische Grübeln,
Das mich an seinem Rechte rütteln läßt?
Warum ist er mein Herr? Weil er allmächtig!
Warum ist er allmächtig? Weil mein Herr!
Das ist der Zirkel, der sich glühend heiß
Um meine schmerzdurchfurchte Stirne preßt!
Was gab er mir mein Denken und mein Wollen,

Wenn ich's nicht schrankenlos gebrauchen darf?
Ist das noch Freiheit, wenn er mir die Ziele
Voraus bestimmt, danach ich wandern soll?
Und weich' ich ab, so straft er es als Schuld! —
Ha! wir sind frei, wie der geworf'ne Stein,
Der da zu fliegen wähnte, gleich dem Adler!
Laß sehn, ob ich die Kraft, die er verlieh,
Nicht gegen seinen Willen brauchen kann,
Nicht selbst mir setzen kann, was gut, was bös,
Ich selbst mir selbst mein eigner Gott und Herr.
(Aus der Himmelspforte kommt eine Schar Seraphim mit einem Korbe voll Rosen.)
Wollt' er Gehorsam, fromm gedankenlosen,
In jedem Pulsschlag seines weiten All, —
Was schuf er mich nicht jenen Kindern gleich,
Die ewig, gleich den Rosen, die sie tragen
Ein dankbar Opfer, ihren Schöpfer preisen!
(zum ersten Seraph:) Was schafft ihr da mit euren roten Blumen?
   Seraph. Es taget bald: wir streun das Morgenrot
Hinunter aus den Wolken auf die Erde.
   Lucifer. Und dann?
   Seraph. Dann fliegen wir den lieben Lerchen nach,
Die hellen Lieder ihnen abzulernen.
   Lucifer. Ein müßig Werk! — Und dann?
   Seraph. Ei dann geht's an die Arbeit!
   Lucifer. Und was für Arbeit wartet dann auf euch?
   Seraph. Siehst du dort unten, an des Euphrat Ufer,
Das blonde Kind nach Blumen suchend gehn?
Der Vater schafft im Wald, die Mutter stillt
Den Säugling in der Hütte: — nach dem Fluß
Schon irrt das Kind: — da streu' ich junge Veilchen
Vom Ufer ab zurück zur Mutter hin,
Daß es die Blumen retten vor dem Tod.
   Lucifer. Und jüngst erst starb sein Brüderlein am Fieber! —
Weshalb hast du nicht jenen auch gerettet?
Er war so rein wie sie.

Seraph. Das frag' ich nicht: — denn so hat Gott befohlen. —
Du siehst so finster: — sage, fremder Mann,
Willst du nicht eine hier von diesen Rosen?
Lucifer. Für dieses Haupt blüh'n keine Rosen, Kind!
Geh an dein Werk und lerne nie, zu zweifeln.
(Die Seraphim ab. Der Erzengel Michael in strahlender Rüstung tritt aus dem
Himmelsthor: es wird Tag.)
Lucifer. Ha sieh! Der starke Schergenknecht des Himmels!
Auf, Michael, stoß in dein Wächterhorn,
Rasch, rufe deine Cherubim herbei
Und schlagt in Fesseln diesen freien Nacken,
Der euch ein Vorwurf eurer Knechtschaft ist!
Michael. Du weißt es, daß du lügst: denn ich bin frei.
Lucifer. Frei! wie dein Schwert in deiner starken Faust,
So dienst du in Jehovas Hand und Willen.
Michael. Es ist des Schwertes Art, der Hand zu folgen:
Ich folge willig: — und so bin ich frei.
Lucifer. Ich folgte meiner Art und ward verstoßen.
Michael. Dir ward dein Recht: — bestreit' es, wenn du kannst.
Lucifer. Mir ward das Recht des Stärkern! — die Gewalt.
Michael. Du weißt es, daß du lügst! Dir war nicht wohl,
Als du zum Kampf mit mir dein Schwert erhobst.
Ich hatte nie im Wettkampf dich besiegt: —
Gleich stark hat uns der Ewige geschaffen:
Doch diesmal trug dein Blick mein Auge nicht: —
Dein Herz erbebte — und du warbst besiegt.
Lucifer. Ja, das ist seine höchste Grausamkeit!
So tief schuf er uns an die Sklaverei,
Daß uns der Drang nach Freiheit Sünde scheint,
Und doch Gehorsam unerträglich ist.
Michael. Wann ich ihm folge, folg' ich nur mir selbst.
Lucifer. Warum schuf er mich dunkel und dich hell?
Michael. Du konntest glücklich sein wie ich: die Nacht
Preist Gott nicht minder herrlich als der Tag.
Du hast dich selbst gerichtet, Lucifer!

Lucifer. Warum, nachdem ich schuldig war und elend,
Hat er mich nicht vernichtet? Sprich, warum?
     Michael. Weil er das Leben will, und nicht den Tod.
     Lucifer. Er gab zur Qual nur mir die Ewigkeit:
Er soll mir Frieden geben oder Tod.
     Michael. Sobald du willst, ist höchster Friede dein.
     Lucifer. Unfriede ward mein Los und wird es bleiben.
Wozu das Einerlei der Ewigkeit?
     Michael. Du hast es nicht verdient, daß ich dir's künde!
Doch meines Herren Wappenschild zeigt nicht
Das Schwert des Rechts: es zeigt den Stern der Gnade.
Vernimm, Gott gab dir deßhalb Ewigkeit,
Weil er voraus weiß, daß die Stunde kömmt,
Die jeden letzten Schattenstreif durchsonnt.
Du sollst sein heilig Walten kennen lernen,
Die Segensfülle seiner Schöpfungen:
Die tiefste Weisheit und die höchste Liebe
Rollt manch Jahrtausend auf vor deinem Blick:
Und endlich wird vor soviel Sonnenglanz
Das Eis auch deines dunklen Herzens schmelzen:
Dies stolze Haupt, das einmal nur sich beugte,
Als ihm der Blitzstrahl auf den Nacken schlug,
Versöhnt und reuig wird es dann sich neigen
In unsres Vaters segenvollen Schos. —
Er aber legt die Hand dir auf den Scheitel:
„So kömmst du endlich, lang verlorner Sohn?"
Und tausend Harfen werden lieblich tönen;
Froh grüßt der Himmel seinen stärksten Helden
Und Nacht und Schatte werden nicht mehr sein. —
     Lucifer (in höchstem Zorn). Du feiger Knecht, das hoffe nie zu schau'n!
Kampf gegen euch, solang ich denken kann!
Reißt er mir nicht zuerst dies starke Herz
Durch Zauberkraft aus dieser festen Brust,
Soll sich mein Haupt vor seinem Thron nicht beugen.
Verderben will ich alle eure Saaten,

Vergiften will ich eure ganze Welt.
Fluch ihm und der verräterischen Milde,
Mit der er uns den Willen aus der Brust
Und aus dem Haupt wegschmeichelt die Gedanken.
Du Traumprophet, auch mich laß prophezeih'n!
Benutzen will ich meine Ewigkeit,
Die eure stolze Thorheit mir gegeben,
Zu lauern jede schwindende Minute,
Bis ich und die Genossen durch dies Thor
Hinein in euren frommen Himmel stürmen!
Den Thron der falschen Liebe will ich stürzen,
Das Scepter, das die Leben schafft, zerbrechen
Und meines Hasses frei gewordne Glut
Soll Gott und seine Schöpfungen verzehren.
Und wann der Brand von tausend Weltgebäuden
In höchster Lohe flammt zu mir empor,
Dann will ich selbst, der letzte, der da atmet,
Sieg jauchzend, lachend springen in die Glut,
Mich selbst verbrennend, daß ein totes Nichts,
Ein ewig Nein nur einzig übrig bleibt,
Von eurem Reich des Lichtes und der Liebe.

    Michael (das Schwert ziehend). Du kennst dies Schwert, das dich
zu Boden schlug:
So oft du willst, sollst, Lästrer, du's erproben.
Jetzt aber geh' und hebe dich von hier,
Fleuch in den dunklen Abgrund deines Falls:
Jehovah naht, um seine Welt zu segnen,
Hinweg, du Schatte, denn es naht das Licht.

    Lucifer. Ich weiche jetzt: — doch kehr' ich ewig wieder! (Verschwindet.)

    Chor der Engel (aus der Pforte). Jeglichen Morgen, treu wie die
Sonne,
Nahet der Vater, zu segnen die Welt.
Wohlgefallen den Menschen, Frieden auf Erden,
Und Ehre sei Gott in der Höh' Hallelujah!

———

Odysseus.

Was Achilleus nicht gelungen, was nicht Ajas' Stärke that, —
    Priams Feste hat bezwungen dieses Hauptes kluger Rat.
Ein Jahrzehnt mit kühnem Kiele trotz' ich Posidaons Wut
    Und ich drang zum sonn'gen Nile und zu Lethes dunkler Flut.
Freundin rühm' ich mir Athene und der ew'gen Jugend Zier
    Beut, die schöner als Helene, beut die Inselgöttin mir: — — —
Ach, wie gern wollt' ich vertauschen was mir Herrlichstes geschah,
    Hört' ich nur noch einmal rauschen deinen Bergwald, Ithaka!

Nausikaa.

Rasch entschwebt, mit weißem Flügel, fern ein Schiff gen Ithaka:
    Hoch von steilem Felsenhügel schaut ins Meer Nausikaa.
Weißen Arm mit goldner Spange drückt sie vor das edle Haupt
    Und sie späht noch, als schon lange Mann und Boot dem Blick
                                 geraubt.
„Aphrodite!" — ruft sie — „sage, was verbrach ich, welche Schuld?
    Glücklich glitten meine Tage in der greisen Eltern Huld.
Und man rühmte, Freude glänze, wo Nausikaa erschien: —
    Was verbrachen meine Kränze? Göttin, weshalb sandt'st du —
                               — ihn!
Ihn, der, einem Gott vergleichbar, plötzlich vor mein Auge schritt! —
    Dort enteilt er, unerreichbar, ach, und meine Seele mit!"
Noch war an den Felsenstufen nicht verhallt der Klage Ton, —
    Vor ihr, die sie angerufen, stand der Liebe Göttin schon.
„Rache soll den Schmerz dir lösen, tröste dich, mein wundes Reh:
    Tod und Unheil drohn dem bösen Gatten der Penelope.
Denn Poseidon schwur Verderben dem gewalt'gen Mann noch heut',
    Wenn statt seiner nicht zu sterben sich ein freies Opfer beut.
Und ich fliege, das zu melden an Penelope sofort: —
    Ah, verwitwet trägt den Helden dann der Kiel zum Heimat-Port."

Doch die Jungfrau, qual-entkettet, sprang empor: „So sei's gethan!
Dank dir, Göttin! Ja, gerettet ist das Herz, dem Götter nahn."
Kaum entfloh das Wort der Lippe, — schimmernd, wie ein weißer
Schwan,
Flog die Jungfrau von der Klippe: — hoch auf schlug der Ocean.

Ein Königs-Spiel.

Saß der König Artaxerxes
   In dem goldnen Haus zu Susa
   Auf dem hohen Purpurthrone:
   Im geflochtnen Barte Perlen,
   Um die Stirn das Diadema,
   In der Hand das goldne Scepter
   Und im Herzen Übermut. —
Auf den Polstern vor ihm knieten
   Seines Reiches erste Fürsten
   Edle, Feldherrn und Satrapen:
   Und er winkte dem Dabanes,
   Der der kühnste seiner Krieger,
   Und der treu'ste der Satrapen
   Und der Feldherrn bester war.
„Mich gelüstet," sprach der König,
   „Mich gelüstet, o Dabanes,
   Deines weißen Edelfalken,
   Den du selbst dir abgerichtet,
   Der auch Antilopen beizet:
   Giebst du, Feldherr, wohl den Vogel
   Deinem König zum Geschenk?"
Unbewölkt blieb des Dabanes
   Hohe Stirn, da er sich neigte:
   „Theuer war mir jener Vogel,
   Den ich selbst mir abgerichtet,

Der auch Antilopen beizet:
Aber wenn dich sein gelüstet,
Großer König, ist er dein.“
„Mich gelüstet,“ sprach der König,
    „Mich gelüstet, o Dadanes,
    Deines schwarzen Parther-Hengstes,
    Der nicht scheut die Elefanten,
    Den du rittst in sieben Schlachten,
    Den dein Vater schon geritten, —
    Schenkst dem König du das Roß?“
Leise furchte nur Dadanes
    Seine Brau'n, da er sich neigte:
    „Theuer war mir jener Rappe,
    Den mein Vater schon geritten,
    Der in sieben heißen Schlachten
    Mich zum Siege trug — für dich — !: —
    Großer König — nimm ihn hin!“
„Mich gelüstet,“ sprach der König,
    „Mich gelüstet, o Dadanes,
    Deiner einz'gen Frau Mandane,
    Die du mehr liebst — also sagt man —
    Als dein Leben: gieb die Schlanke
    Mir zu meinen hundert Frauen:
    Gönnst dem König du dein Weib?“
Von dem Wirbel bis zur Sohle
    Schüttelte der Schmerz Dadanes:
    Doch mit fester Stimme sprach er:
    „Theurer ist mir als mein Auge,
    Als mein Leben, meine Seele,
    Mein geliebtes Weib Mandane:
    Großer König: — sie ist dein!
Nur vergönne, daß in ihren
    Gürtel, wann ich dir sie sende,
    Ich ein breites Messer berge.“
    „Wie! den König zu ermorden?“

„Nein! sich selber, wenn sie etwa
      Doch es nicht ertragen könnte,
      Eines andern Weib zu sein."
„Mich gelüstete, Dabanes,
      Tapfrer Feldherr," sprach der König,
      „Zu erproben deine Treue:
      Nur ein Spielchen mit dir spielt' ich:
      Gut bestandest du die Probe:
      Wähle nun zum Lohn und wünsche,
      Was dein Herz begehren mag.
Sei's ein Scheffel voll Rubinen,
      Seien's Pfauen oder Weiber,
      Sei's Ägypten oder Baktris, —
      Alles will ich dir gewähren:
      Schwör' es dir bei meinem Barte."
      Mächtig atmend sprach Dabanes:
      „So vernimm denn meinen Wunsch!
Meine Treue noch zu prüfen,
      Solch' ein Spiel mit mir zu spielen,
      War nicht nötig, Artagerzes!
      Und so wünsch' ich nicht Rubinen,
      Auch nicht Pfauen oder Weiber,
      Auch Ägypten nicht noch Baktris,
      Sondern nur — gedenk des Schwurs,
Den du schworst bei deinem Barte,
      Alles wollt'st du mir gewähren —
      Sondern nur: mit meinem Weibe
      Meine Tage zu beschließen
      — Zu Athen lebt mir ein Gastfreund —
      In dem Land der freien Griechen,
      Ferne von der Kön'ge Dank."

———

Die Vestalin.

In den stillen Tempel lärmend
  Bricht das Volk, empört in Wut:
  „Auf und schleppt sie vor den Prätor,
  Tilgt die Schuld in ihrem Blut,
  Denn kein Rauch steigt mehr zum Himmel,
  Und erloschen liegt die Glut.
Priesterin, wo war dein Eifer,
  Priesterin, wo war dein Herz?
  Träumtest du der Liebe Träume,
  Pflogest du der Liebe Scherz?
  Sucht den Buhlen und zerfleischt ihn
  Glied für Glied mit scharfem Erz.
Doch sie selbst scharrt in die Erde
  Lebend ein mit ihrer Schmach."
  Also tobt die blinde Menge,
  Von den Säulen schallt es nach.
  Doch erwacht aus tiefem Schweigen
  Trauervoll die Jungfrau sprach:
„Wehe, rohe Männer, wehe,
  Die ihr scheulos, wild, im Streit,
  Auf den Lippen Zorn und Flüche,
  In dies Haus getreten seid:
  Nicht die Priesterin, ihr selber
  Habt das Heiligtum entweiht."
„Heuchlerin, da sieh die Asche!
  Sprich, was löschte diese Glut?"
  „Unauslöschlich lodert Vestas
  Herd in meines Herzens Hut:
  Und was diese Brände löschte, — —
  Das war meiner Thränen Flut."
„Thränen? was hast du zu weinen,
  Du der Göttin Dienerin?"
  „Vor drei Tagen sank bei Cannä

Romas Ruhm und Macht dahin,
　Und als Priesterin ich worden,
　Blieb ich dennoch Römerin."
„Nicht um Rom, um einen Buhlen,
　Der gefallen, weint sie wohl:
　Auf! ergreift sie, sie soll sterben,
　Schleift sie fort aufs Kapitol."
　Doch die Priesterin umklammert
　Fest der Göttin Steinsymbol:
„Höre mich, du große Göttin,
　Die du reiner dort nicht thronst
　In den Hallen des Olympos,
　Als du mir im Herzen wohnst,
　Die du schrecklich strafst den Frevel,
　Wunderbar die Unschuld lohnst:
Höre mich, die alle Feuer
　Mit dem heil'gen Atem schürt:
　Bin ich rein an Leib und Seele,
　Wie der Priesterin gebührt, —
　Auf, entzünde diese Kohlen,
　Wie sie meine Hand berührt."
Spricht's, und auf die schwarzen Brände
　Legt sie leis die weiße Hand: —
　Und ein Donnerschlag erdröhnet,
　Licht umflutet ihr Gewand,
　Und empor vom Opferherde
　Lodert goldig heller Brand.
Auf die Kniee stürzt die Menge:
　Doch die hohe Jungfrau spricht:
　„Wenn der Unschuld hier auf Erden
　Jeder letzte Schutz gebricht,
　Mutig greift sie in den Himmel,
　Holt herunter sein Gericht."

———

Thors Hammerwurf.

Thor stand am Mitternacht-Ende der Welt,
    Die Streitaxt warf er, die schwere:
„So weit der sausende Hammer fällt,
    Sind mein das Land und die Meere!" —
Und es flog der Hammer aus seiner Hand,
    Flog über die ganze Erde,
Fiel nieder an fernsten Südens Rand,
    Daß alles sein eigen werde.
Seitdem ist's freudig Germanen-Recht,
    Mit dem Hammer Land zu erwerben:
Wir sind von des Hammer-Gottes Geschlecht
    Und wollen sein Weltreich erben.

Hunnen-Zug.

Über den Tanais, über den Ister
    Winket der Tod mit der Sense der Pest:
„Gürte dich, schürze dich, schwarzes Geschwister:
    Ferne nach Gallien ruft uns ein Fest.
Höre mich, hagerer Bruder du, Hunger!
    Rüttle dich, schlafender Geier du, Krieg,
Altunersättlicher, immer noch junger,
    Schüttle die blutigen Schwingen und flieg!"
Sieh da, in Wolken, den Völkern ein Grauen,
    Ballt sich ein schwarzer, ein schrecklicher Zug:
Riesen und Schlangen, entsetzlich zu schauen,
    Rasende Rosse mit Flügeln am Bug!
Allen voran der verderbliche Geier,
    Kreischend nach Fraß und die Fänge gespannt:
Sonneverfinsternd erstreckt der Schreier
    Schattende Schwingen vom Meere zum Land.

Flammendes Züngelein schlägt er zuweilen
    Rot aus des Schnabels, des klaffenden, Ritz:
    — Hinter ihm Nacht —: doch in zischenden Keilen
    Zuckt aus dem Schnabel dann zündender Blitz.

Aber noch grausiger als an dem Himmel
    Wälzt sich auf Erden ein flutender Streif:
    Drachenvergleichlich, ein Völkergewimmel,
    Feuer im Rachen und Gift in dem Schweif!

Blies da ein Mann auf gewundenem Horne
    An der Alutha vor seligem Zelt:
    Schauernd in Lust und in Schreck und in Zorne
    Bebt da der Occident, zittert die Welt.

„Hunnen, die Erde, mir gab sie der Kriegsgott!
    Hunnen, euch schenk' ich sie, mordet sie aus!"
    „Attila," scholl es da, „Väterlein, Siegsgott,
    Danke dir, danke dir! Richten es aus."

Horch! Von dem Kaukasus bebt bis nach Böhmen
    Dröhnend Europa von Hufengestampf,
    Hoch auf den Bergen und tief in den Strömen
    Woget und wütet und würget der Kampf.

„Attila, Attila, Spender der Beute!
    Väterlein, sage nur, machen wir's recht?
    Pfählen die Jünglinge, schleifen die Bräute,
    Bügelgebunden, am Lockengeflecht.

Attila, willst du so? Nieder die Römer!
    Siebenfach nieder Germanengeschlecht!
    Völkerzermalmender Länderdurchströmer,
    Attila, sag' es uns, machen wir's recht?"

Aber die Geißel, neunsträngig, mit Blute,
    Hebet gen Himmel der Chan im Gebet:
    „Seht ihr in Wolken die flammende Rute?
    Vorwärts! nach Westen hin weist der Komet."

Aber in Gallien, fern an der Marne,
  Standen zwei Männer in Waffen gesellt:
  „Soll denn, erwürgt in dem hunnischen Garne,"
  Klagte der eine, „verröcheln die Welt?"
„Nein doch, Aëtius," — lachte der zweite,
  Warf in den Nacken das goldene Haar —
  „Laß uns vergessen verstrittener Streite:
  Sage, wen fürchten wir, — wir: — wenn ein Paar?
Rufe vom Tiber durch fliegende Boten
  Deiner Legionen gepanzerte Wehr,
  Traue du Thorismunds freudigen Goten:
  Römischer Schild und germanischer Speer!
Laß sie nur kommen auf zottigen Gäulen!
  Laß sie empfahn uns mit Schild und mit Schaft:
  Warte nur, ob sie nicht weichen mit Heulen
  Römischer Kunst und germanischer Kraft."

Bei Flöten und Theorben.

Hoch rauscht das Fest im Hippodrom
  Zu Trier an dem Moselstrom:
  Vorüber jagten längst die Renner,
  Und Weiber, lustberauscht, und Männer
  Begehen in dem Marmorsaal,
  Im säulenstolzen Portikus,
  Versenkt, versunken im Genuß,
  Ein zügelloses Bacchanal,
Nun springt von des Tribunen Schos
  Ein üppig Weib, die Brüste bloß,
  Und jauchzt und lacht, von Wein beladen:
  „Kennt ihr den Rauschtanz der Mänaden,
  Wie ich ihn einst in Phrygia
  Beim Fest der großen Göttin sah?

Schaut her, ich tanze vor!" Sie springt,
Daß hoch das Purpurhemde schwingt
Und singt:
„Hört, was die Göttin mich selber gelehrt,
Kybele, welche die Wonne gewährt.
Schlürfet des Augenblicks raschen Genuß,
Schlürfet den Becher und schlürfet den Kuß.
Ach, wie so bald schon sind wir gestorben!
Kühn um die Wonne des Rausches geworben
Bei Flötengetön und Theorben!"

Und die Tausende stimmen mit ein,
Schwingen die Becher und schlingen den Reihn:
„Um Lust, um Rausch geworben
Bei Flöten und Theorben!"

Da warnt ein Mönch, ein hagrer Greis,
Sein Blick so tief, sein Bart so weiß:
„Verblendet Volk! Laß ab! Halt ein!
In Christus ist das Heil allein.
Alsbald, zur Strafe deiner Sünden, —
Das läßt der Geist mich dir verkünden: —
Wird Gottes Zorn die Stadt entzünden.
Thut Buße!" . . . Da, beim Schall der Lieder,
Tanzt schon ein wirbelnd Paar ihn nieder
Und jauchzend, jubelnd schallt es wieder:
„Um Lust und Rausch geworben
Bei Flöten und Theorben!"

Jetzt wirft der Richter strenge
Den Stab in das Gedränge:
„Drei Tage währt nun dies Gepränge
Des Lasters und der Lüste schon,
Verwaist steht längst der Themis Thron:
Ich ruf' euch auf im Geist der Alten
Kommt, helfet mir, Gericht zu halten:
Des Rechts der Römer laßt uns walten!"

Doch schon hat ihn hinweggeschoben
Der Faunen-Masken wildes Toben:
„Das Recht der Römer ist uns bewußt!
  Das Recht der Römer ist die Lust!
  Wohlauf, um Lust geworben
  Bei Flöten und Theorben.“
Da eilet von der Vorstadt her
  Der Feldherr mit zerbroch'nem Speer:
  „Zu Hilfe! Sonst seid ihr verloren!
  Bald steht der Feind vor diesen Thoren!
  Die besten der Kohorten sanken
  Vor der Wurfart der Uferfranken;
  Barbaren nahn auf Straß' und Strom,
  Rettet die Ehre und rettet Rom.
  Wie? Was seh' ich? Meine Legaten,
  — Hart mußt' ich ihrer im Kampfe entraten! —
  Und die Tribune, die Centurionen
  Der führerverwaisten Legionen
  Hier, rosenbekränzt, zu der Weiber Füßen?“
„Ja, nichts scheidet uns von den Süßen!
  Rom und die Ehre sind steinern, kalt,
  Sind streng und alt;
  Schau hier der Numiderin Wonnegestalt!
  Sie ist nicht streng, nicht kalt, nicht Stein.
  Gebt Wein! Bald wird's der letzte sein.“
„Und die Pflicht? Und Romas Genius?“
„Die Pflicht fahr' in den Tartarus!
  Wie bald sind wir gestorben!
  Wohlauf, um Lust geworben
  Bei Flöten und Theorben!“
Und rasend wiederholt's der Chor;
  Da, halt — nun stockt der wilde Reihn:
  Vom Norden her welch wüstes Schrei'n,
  Vom schwarzen Thor:
  „Die Germanen, die Franken sind herein!

Der Wall ist erklommen!
Die Porta nigra genommen!
Da sind sie schon! Nah tönt ihr Horn!
Nun trifft uns ihr Beil und des Himmels Zorn!"
Schon naht mit stürmender Gewalt,
Vom Goldgelock das Haupt umwallt,
Den Adlerhelm auf hohem Haupt,
Vom grünen Eichenkranz umlaubt,
Der junge König Sigiswalt.
So sind sie in Trier gestorben,
Gestorben und verdorben,
Bei Flöten und Theorben.

Harpa.

„Nicht trotze mir länger, verträumtes Kind" —
— Frau Grimtrud sprach's mit Zorne —
„Meine Wesa webt, meine Spinna spinnt,
Dem Weib wob Arbeit die Norne.
Du aber, obzwar mein Stiefkind nur,
Nicht mühst du die Hand mir im Hause:
Du verfolgst nur am Himmel der Wolken Spur
Und den Adler im Sturmesgebrause.
Du verträumst mit den Sternen die schweigende Nacht,
Mit den Wogen der Brandung die Tage:
In die klingenden Saiten der Harfe mit Macht
Schlägst Trotz du, Sehnen und Klage.
Und seit der Wandrer hier eingekehrt
Mit dem Windhut und Mantel, dem blauen,
Der dir Runen geritzt und dich Lieder gelehrt —:
Zu dem Zorne gesellt sich mir Grauen.
Von den Knechten laß' ich die Stufen zum Turm,
Mit Schilden und Speeren verrammen,

So — steigt er zu dir nicht aus Wolken im Sturm —
  Nie flüstert ihr fürder zusammen.
Mit Hunden hetz' ich vom Hof ihn mit Harm,
  Wagt heran sich der Wallende wieder:
Du aber, gehäuft von der Sohle zum Arm,
  Hier den Flachsberg spinne mir nieder.

Und hast den Flachs nicht gesponnen du,
  Bis die Sonne versinkt in Gluten, —
So werf' ich dich selbst und die Harfe dazu
  Hier vom Turm in die brandenden Fluten!"

Frau Grimtrud sprach's und ließ sie allein
  Mit dem Flachs, dem hoch gehäuften:
Auf den weißen Arm, in das Werk hinein,
  Die bitteren Thränen ihr träuften.

Zur Seite schob sie das Harfenspiel
  Und die Spule nahm sie zu Händen:
„Das Werk ist widrig, des Flachses viel,
  Doch gehorsam will ich's vollenden."

Und sie näßte den Faden und zog und spann,
  Bis die Finger blutend sie stachen,
Ob auch Himmel und Meer ihr zu sprechen begann
  In geheimen, verwirrenden Sprachen.

Es rauschten die Winde manch' leises Wort
  Und die Wellen manch' lockende Weise: —
Mit der Rechten spann sie getreulich fort —:
  Nur die Linke fingerte leise.

Da kam geflogen ein Feldvöglein,
  Ein Hänfling war es, ein brauner:
Der sang vom Fenster zum Turm herein,
  Ein berückender, flötender Rauner.

Und er sang von Wald und von Frühlingspracht
  Und von lauschig rieselnder Quelle: —
Mit der Linken rührte die Saiten sie sacht —
  Doch die Rechte, die spann viel schnelle.

Da rauschten zwei Raben: — der Hänfling floh: —
 Durch die Wolken zog es im Sturme:
Und neben ihr, ernst und geheim und hoh,
 Der Wandrer stand in dem Turme.

Da beugte das Haupt sie grüßend tief,
 In die Wangen stiegen ihr Lohen:
Wie hastig die Hand an der Spule lief —!
 Auf den Flachsberg wies sie, den hohen.

Und der Wegmann strich den gewirrten Bart
 Und sprach: „Welch emsige Hände! —
So mach' ich mich denn auf die Scheidefahrt,
 Bevor den Sang ich vollende:

Bevor wir beide vollenden das Lied,
 Ich singend zu deinem Harfen,
Das Lied, wie alles zuletzt geriet,
 Als die Nornen die Lose warfen.

Ob der Sieg Asa-Thor, ob dem Midhgardh-Wurm,
 Ob dem Wolf, ob er Odhin gelinge, —
Was kümmert das dich? Im Frauenturm
 Hier waltest du nützlicher Dinge.

Ob Odhins herrliche Herrscherschaft
 Den dumpfen Riesen erliege,
Was kümmert es dich, wächst, sorglich beschafft,
 Nur das Linnen für Brautbett und Wiege.“

Da hemmte die Spule Harpa scharf:
 „Willst zornigen Schmerz du mir rühren?
Nicht Brautbett und Wiege sind mir Bedarf: —
 Mich verlangt nach dem Thun der Walküren.

Von Odhin zu hören ist all mein Begehr,
 Von dem Tiefen, Gewaltigen, Hohen:
Vollsinge das Lied, vollkünde die Mähr, —
 Wann in Feuer die Himmel lohen, —

Wann Odhin kämpft und der Höllenhund,
  Welch Schicksal wird ihm tagen?"
„Tot sinkt der Gott auf den flammenden Grund,
  Nachdem er den Riesen erschlagen."

Da warf sie vom Turm mit der Spule das Garn,
  In den Wangen zornige Röte:
„Was thust du, was wagst du? Die Feinde harr'n
  Und Frau Grimtrud, daß sie dich töte."

Doch Harpa rief: „Weh über die Welt!
  Was frommt es, um Freude zu werben,
Wenn das Dumpfe siegt, wenn das Hohe fällt? .
  Laß trotzig uns harfen und sterben."

Und sie faßte die Harfe und hob sich zum Sprung,
  Von dem Hof her nahten die Knechte:
Da griff sie der Wandrer in fliegendem Schwung:
  „Heil Harpa, du korest das Rechte.

Vernimm: wann ich, Odhin, der Wanderer, fiel,
  Aufleb' ich in höhrer Walhalle,
Wo du, Harfengöttin, wirst schlagen dein Spiel
  Mit unsterblichem Siegesschalle.

Schau dort: durch Gewölk her schimmert Walhall,
  Und die Arme, mit grüßendem Freuen,
Streckt Freia und Frigg mit den Himmlischen all'
  Dir entgegen, der Göttin, der Neuen."

Und den dunkeln Mantel um die Maid
  Schlug er gleich gewaltigen Flügeln,
Und er rauschte mit ihr durch die Wolken weit
  Nach Asgardhs goldenen Hügeln.

Sämund der Sieger.

Odhins Sohn war
Sämund, der Sieger,
Sämund, der Sieger
In See und in Saal:
Es mochten ihn Männer und Maide,
Wo er nahte, der mächtige Mann!

Zaubernd zog er
— Kein Zweiter zwang ihn —
Über die Erde
Mit goldenem Apfel:
Drob mühte sich manches Mädchen
Umsonst, zu bemeistern den Mann.

In den Frau'nsaal
Freundlich der Fremde
Trat, wo die trefflichen
Töchter tronen:
Er war schimmernd und schön zu schauen,
Wie der schiere Sonnenschein.

„Die den Apfel
Achtsam auffängt,
Welchen ich werfe,
Darf Wunsch sich wählen:
Was das minnige Mädchen meine, —
Mag alles, muß alles ihr sein.

Aber ins Auge
Muß sie mir aufschau'n,
Während den Wunsch
Und den Wurf wir wagen:
Und vermag nicht zu haschen die Maid ihn, —
Muß sie bieten zum Kuß mir den Mund.“

Lang durchzog er
Lächelnd die Lande;
Manches Mädchen
Mußte den Mund ihm
Errötend, den rosigen, reichen, —
Den Rundapfel erreichte sie nicht:

Glanz geblendet
Glitt ihr Blick,
Schaute sie scheu
In das Schimmer-Auge:
Es umfing ihr wie Ohnmacht den Atem,
Und zur Erde irrte der Apfel.

Also siegreich
Segelte Sämund. —
Nun nach Niördhland
Nahte sein Nachen:
Da hauste die herrliche Halla,
Die Herrscherin hehr und hold.

Sie sah vom Söller
Ihn see-her schreiten:
Sättigte — sicher! —
Sich der Anschau:
„Nun, Frigg und freundliche Freia,
Nun befreundet mich morgen früh.“ —

In den Frau'nsaal
Früh trat der Fremde:
Da ragte die Reizende
Hoch aus der Reihe:
„Wirf, wirf nur den Apfel! doch wisse
Zugleich auch der Wirtin Wunsch!“

Schauernd erschaut' er
Die Schimmerndschöne:
Wirre ward ihm,

Weh und wonnig:
Und er wußte nicht, wie zu werfen
Und er wagte nicht, wegzusehn.

Nur ganz nah flog
Und niedrig der Apfel:
Doch springend sprach sie
Das sprühende Wort:
„Mein ward schon der Wurfapfel: —
Ich wünsch' mir den Werfer dazu!"

Hoch in Händen
Den Apfel hielt Halla:
Knieend küßte
Die Hand ihr der Kühne:
„Mein ward er, der Meister der Minne,
Keinem Mädchen mehr müßt er den Mund."

———

König Harald Harfagr und Gydha.

I.

Zwölf Könige herrschten in Norge-Land:
  Das waren um elf zu viel:
Wie Harald die andern überwand,
  Das singt man zu Harfenspiel. —
Zwölf-König Harald von Hadaland
  Zu jagen ritt er nach Mochter:
Schön Gydha vor ihrem Hofthor stand,
  Des Odal-Bauern Tochter.
Die schlanken Hüften ihr stolz umfing
  Goldgürtel, an Steinen reich:
Noch goldener glänzte des Goldhaars Ring
  Auf der Stirn ihr kronen-gleich. —
Vom Rotroß staunend da Harald sprang
  Und hielt die Hand vor die Augen:

„Wie blendest du! Zu der Helden Empfang
   In Walhall würdest du taugen.
Zu den Schildjungfrauen wohl zählst du, Kind?"
   „Mein Vater, der Bauer, hieß Steinn:
Doch zwölf der Schildjungfrauen sind:
   Ich herrsch' im Hof hier — allein."

Da strich sich Harald langsam den Bart
   Und die Stirne furcht' er mit Sinnen:
Doch Gydha spreitete, weiß und zart,
   Auf den Birkentisch das Linnen.

Und sie winkt den Mägden: die tragen heran
   In gehenkelten Krügen den Met:
Doch der Wirtin nur achtet der gastende Mann,
   Die schweigend die Spule dreht.

„Wie heißt du?" „Gydha!" „Nun, Gydha, sprich,
   Aus dem Bauernstaube dich reiß' ich:
Zu meiner Königin kür' ich dich,
   Harald von Habaland heiß' ich.

Ich biete dir meine goldene Kron'
   Für den Gürtel um deinen Leib."
Aufstand und sprach da mit stolzem Hohn
   Und mit blitzenden Augen das Weib:

„Mein Gürtel, Zwölfkönig, ist ganz und voll:
   Er trägt zwölf strahlende Steine:
Draus schenk' ich dir Einen: das ist dein Zoll
   Für die zwölf-teils-Krone, die deine.

Du trägst es, Norge vergehen in Harm
   Zu schau'n, in Zerrissenheit —
Nur du könnt'st retten: dein Geist — dein Arm —:
   Doch du — jagst und verjagest die Zeit.

Mein Gürtel, Harald, ist ganz und Eins:
   Deine Kron' ist nicht würdig meiner:
Ein ganzes Reich und Herz, oder keins —
   Ein Zwölftel König ist — keiner!"

Und sie wandte den Rücken und schritt ins Thor
Und warf den Riegel ins Schloß:
Und der Gast sprang jäh von der Bank empor
Und im Sturm trug fort ihn das Roß.

II.

Drei Sommer kamen und dreimal schlug
Drei Könige Harald tot:
Da hatten die letzten beiden genug
Und nahmen als Jarle sein Brot.
„Nun bin ich König von Hadaland,
Rauriki und Thrandheim, dem starken,
Von Raumariki und Westfolbstrand,
Heid-Wingul- und Thela-Marken.
Und König bin ich von Gudbrandsreid,
Von Upland, Midland und Dal: —
Vom ganzen Norge, schmal und breit,
Bin ich König nun zumal.“
Da ließ er sich schmieden goldene Kron',
Die trug zwölf silberne Zacken,
Aufs Rotroß sprang er mit stummem Drohn
Und warf das Gelock in den Nacken.
Und als er vor Mochters Hofthor stand, —
Schritt Gydha draus hervor,
Trug ihren Gürtel in der Hand,
War schöner als je zuvor.
Statt herben Hohnes süße Scham
Umgoß sie mit rosigem Scheine: —
Auf den Birkentisch — wie wundersam! —
Sie warf elf strahlende Steine:
„Heil, König Harald — Vollkönig! — dir,
Heil, Norges Herr und Held:
Elf Steine löst' ich vom Gürtel mir,
Wie du König auf König gefällt.

Nicht verschmähe den letzten: — der rote Rubin
  Soll Gydha selber bedeuten."
Doch er zog sie ans Herz von gebeugten Knien —:
  „Knien ziemt nicht Königsbräuten.
Das wisse ganz Norge, das wisse die Welt:
  Wenn den Hader ich niedergestreckt
Und den Frieden geschafft und die Völker gesellt —:
  Mein Weib hat dazu mich geweckt."

Das Königs-Urteil.

„Hier über diesen Franken-Mann, den wir dir führen zu,
  Herr König Thorsteinn, hör' uns an und sprich das Urteil du.
Denn uns versagt hier Spruch und Rat: den Frieden brach er nicht:
  Doch frevler viel als Frevelthat ist, was der Franke spricht.
Er zieht mit Singen durch das Land und geißelt seinen Leib,
  Ein Kreuz statt Schwertes in der Hand: gern lauscht ihm Knecht
                und Weib.
Er sagt, wir seien falsch und schlecht, kein Mensch sei gut entstammt,
  Der Himmelskönig hätt' mit Recht uns all' zu Hel verdammt.
An Freias Tag soll'n wir kein Fleisch und Roßfleisch essen nie,
  Und vor dem Kreuz, — so sein Geheisch — soll'n brechen wir
                aufs Knie.
In Walhall keine Schildesmaid und Feuer sei in Hel.
  Ein Aelrausch sei Allvater leid: — Narr! Odhin selbst liebt Ael.
Dem, der uns ab den Mantel rang, soll'n schenken wir das Wams,
  Und wer uns schlug die rechte Wang', — hör's, König Asen-
                stamm's! —
Soll'n wir die Linke bieten dar: schlug wer den Sohn uns tot,
  Dem sollen wir — ohne Wergeld gar! — verzeihn bei Wein und Brot.
Wir soll'n zur Sommersonnwend hehr durchs Feuer springen nicht,
  Und, schwirrt die erste Schwalbe her, nicht danken Baldurs Licht.

Weiblos sei besser als beweibt, Gott gleich sei Herr und Knecht: —
  Wenn solcher Glaube Wurzel treibt, Herr, wo bleibt Reich und
                                                        Recht?
Ein Wort von dir — tot liegt der Mann!" Der König hob den Stab:
  „Du frommer Franke, sag' mir an, wenn man die Wahl dir gab:
Zu retten deines Volkes Reich, die Franken kühn und stolz,
  Indem du wirfst ins Feuer gleich dies quer gekreuzte Holz: —
Was wähltest du?" Da sprach der Christ — und zürnend klang sein
                                                        Wort: —
  „Wie gäb' ich, was des Himmels ist, um sünd'ge Menschen fort?
Die Kirche ewig heilig blinkt: das Reich, der Sünde Frucht,
  Zusammen mit dem Teufel sinkt einst in die Höllenschlucht.
Des Himmels bin ich, nicht der Welt: das Recht der Krücke gleicht,
  Daran die lahme Zeit sich hält, dran sich die Sünde schleicht.
Wann aus den Wolken Gottes Sohn tritt auf den Richterstuhl,
  Stürzt aller Kön'ge Kron' und Thron hinab zum Schwefelpfuhl.
Nicht alle Kronen dieser Erd', nicht alle Reiche stolz,
  Sind einen einz'gen Splitter wert von diesem heil'gen Holz."
„Tod ihm!" rief alles zornentbrannt: doch Thorsteinn sprach voll Huld:
  „Führt diesen Armen aus dem Land: Irrsinn ist keine Schuld.
Ob Höh'res noch im Himmel ist, bleibt ewig unbekannt:
  Auf Erden gilt das Höchste, Christ, dem Mann sein Volk und Land.
Und glaubst du anders, — glaub' es fromm und lehr es Franken-
                                                        frau'n,
  Doch nie mehr solches lehrend komm in meiner Helden Gau'n."

Jarl Hartvik.

Jarl Hartvik zählte der Feinde viel: denn er war ein Mann:
  Sein Wort war stolz und hoch sein Ziel und sein Mut gewann.
Lang trotzte er allen in offnem Streit: doch als er zur Nacht
  Einst ritt an dem Fjord in Einsamkeit, — da ward's vollbracht!
Da fielen die Feinde, wohl hundert stark, rings über ihn her
  Und drängten ihn aus der Landesmark auf Geklipp im Meer.

„Nun gieb dich gefangen und löse dich mit Golde schwer:
  Was bleibt dir sonst —? Jarl Hartvik, sprich! Rings Waffen
                                                  und Meer!"
„Mir bleibt in Walhall der Hochruhm doch, der nimmer stirbt,
  Und auf Erden der Freunde Rache noch, die euch all' verdirbt."
Und er fiel auf dem Fels, von Speeren gespickt, mit lachendem Mund:
  Und der Mörder keiner hat erblickt des Jahres Rund.

Halo Heißherz.

I.

„Jung Halo bleib, gut rat' ich dir, es wankt mein Schritt zu Grab: —
  Dein sei dies stille Mädchen hier und dein mein Königstab.
Arm ist der Nord, doch ist er treu, und ist dein Heimatland:
  Der Fremde Glück birgt bittre Reu:" — Doch Halo hob die Hand:
„Nein, König Frode, dreimal nein! gieb Säldas stilles Herz,
  Gieb weiserm Mann die Krone dein: — mich treibt es mittagwärts.
Hold ist ihr Antlitz, zart ihr Sinn, ihr Herz ist tief und rein:
  Doch Halos Heißherz Königin muß heißern Herzens sein!
Hier König über Norges Eis und Ficht' und Föhre sein,
  Und Recht und Frieden sprechen weis'? — nein König Frode, nein! —
Und ruhn zuletzt im Hügelgrab, in Schlaf gewiegt vom Meer? — —
  Behalte deinen Königstab: Fort, fort drängt mein Begehr!
Empor auf stolzen Säulen steigt manch' Haus in Marmorglanz,
  Von Myrt' und Lorbeer überzweigt, im Meere von Byzanz.
Manch' Steinbild, alabasterweiß, lauscht dort aus stillem Grün,
  Und schöner noch und lebensheiß nachtlock'ge Frauen glühn.
Hei! Gold und Wein und Rausch und Macht, dazwischen Kampf
                                                  und Blut:
  Ihr Segelbrüder, taucht vor Nacht den Seewolf in die Flut.
Eudoxia, du Kaiserkind, halt' Kron' und Gürtel fest:
  Denn Halo Heißherz freit geschwind! auf, Seewolf, gen Südwest!"

II.

Zehn Winter floh'n. — Still Abendrot lag über Meer und Strand —
    Da stieg aus morschem Fischerboot ein müder Mann zu Land.
Im Kronenschmuck ging Sälda hin, am Ufer mit den Fraun, —
    Er rief sie an: „Heil Königin! dich einmal noch zu schaun!
Nun scheid' ich gern! o Heimatland! o Norges Tannengrün!
    O Mövenschrei auf Dünensand, o weißes Wogensprühn!
Wie alles kam? — Sieg, Schlag auf Schlag, und Glück und Glanz
                                            und Macht,
    Ein Weib, schön, glühend wie der Tag und — falscher als die Nacht!
Der Seewolf? — Tief im Griechenmeer! Die Segelbrüder? — Tot!
    Mein Eigen? Dieser Eschenspeer und jenes braune Boot.
Mein Herz ward siech, mein Haar ward grau — ich heisch' nur
                                            Eine Gab':
    Gieb mir, o Sälda, hohe Frau, im Heimatland ein Grab!
Ja, laß' im Hügelgrab mich ruhn, in Schlaf gewiegt vom Meer!" —
    Da sprach sie still: „Zehn Jahre nun harr' ich der Wiederkehr:
Entflieh' den Deinen nicht so gleich: du warst so lang uns fern: —
    Nimm, Flüchtling, nimm mein Königreich: — wie sehr verlangt's
                                            den Herrn!
Wohl ward ich stiller noch und bleich, du weißt's nicht: Sehnsucht zehrt:
    Doch meine Hand soll heilen weich, wo dich die Welt versehrt." —
„O, Sälda, heilig Nordlandkind! nie war ich würdig dein!"
    Sie küßten sich im Abendwind: — — aufstieg der Sterne Schein.

Skalden-Wert.

„Hoch wagst du deinen Wunsch zu heben,
    O Skalde!" — sprach der König Greif:
„Mein einzig Kind soll ich dir geben,
    Und Lethras goldnen Kronenreif?
Mein Kind, das Norges Königssöhne
    Umsonst, die stolzesten, umfreit? — —

Zwar du bezwangst durch Liebes-Schöne
      Dir ganz das Herz der herben Maid:
Wie fast auch mich durch Zauberweben
      Dein trotzig schönes Lied gewann:
Doch kann ich Kind und Reich nicht geben
      Dem, der nur Harfe schlagen kann."
Da zog das breite Schwert der Skalde:
      Drei Kön'ge sind bei dir zu Gast:
Sie all umwerben schön Haralde,
      Biörn, Jökull-biörn und Jökull-fast:
Zum Holmgang bei des Nordlichts Flammen,
      Zum Schwertkampf lad' ich alle drei:
Sei's einzeln oder sei's zusammen,
      Auf daß die Arbeit kürzer sei." —
Vom Holmgang kam er helm-verschlagen:
      „Die Kön'ge, sprach er, sind gefällt:
Ihr aber merkt in künft'gen Tagen:
      Der ist kein Sänger, der kein Held."
Greif sprach: „Haralda ist dein eigen!"
      — Sie tauschten selig Ring um Ring —
„Doch dessen Lied muß fürder schweigen,
      Der eines Königs Reich empfing:
Willst meinen Reif dereinst du tragen: —
      Zerbrich dein Harfenspiel sogleich."
Doch um sein Weib den Arm geschlagen
      Rief er: „Behalte Reif und Reich!"
Schon auf der Schwelle stand Haralde,
      Die Harfe trug sie dem Gemahl:
Da rief der König: „Herrlich, Skalde,
      Bestandest Probe du und Wahl.
Denn alle Fürsten sollen's wissen:
      Man braucht das Lied wie Himmelslicht:
Der Sänger kann den König missen,
      Der König doch den Sänger nicht!"

———

Skaldenkunst.

I.

In Herjabal tobt arger Krieg:
    Unheil schafft jedes Kämpfers Sieg:
Kein Krieg, des sich die Götter freun,
    Des Lose die Walküren streun:
Kein Krieg für Heimat oder Herd,
    Kein Krieg um Recht und Helden-Wert:
Hier wird durch Neidinge geschürt,
    Von Sohn und Vater Krieg geführt.
Der Vater bangt um seinen Thron
    Und um sein Erbrecht bangt der Sohn:
„Jung Olaf zielt mir nach dem Leben!"
    „Alt Olaf will das Reich vergeben!"
„Jung Olaf schielt nach meiner Kron',"
    „Alt Olaf schenkt hinweg den Thron."
So raunte jeder, listgehetzt:
    Das Wort ward Schrei, ward Kampf zuletzt. —
Lang schwanket schon des Krieges Wage:
    Entscheidung hangt am nächsten Tage,
Da beider Fürsten ganze Macht
    Geschart steht zu der letzten Schlacht. —
Da in das Zelt des Vaters tritt
    Der Skalde Swan mit leisem Schritt:
Der König schläft: rot brennt der Kien:
    Lang prüft der Blick des Sängers ihn.
„Ach Olaf," ruft der aus dem Schlaf,
    „Weh, daß so tief mein Speer dich traf!
Mein Sohn! Mein Kind!" — Auffährt der Greis:
    „Du Swan? mein Liebling?" ruft er leis.
„Was warst so manches Jahr du weit!
    Du kamst zurück zu schlimmster Zeit!"
Da sprach der Skalde: „Herr, du hast
    Mich sohnesgleich gehalten fast:

Komm — thu' das dir und mir zur Gunst,
   — Du weißt, mein Sang birgt Zauberkunst, —
Um Mitternacht an Odhins Eiche
   — Du kennst sie gut, die rundturmgleiche, —
Tritt schweigend an die rechte Seite
   Und horch' auf mich — und sieg' im Streite."
Der König nickt: und aus dem Zelt
   Und aus dem Lager rasch ins Feld
Eilt Swan, durchmißt den nächtgen Wald
   Und steht im Zelt des Sohnes bald.
„O Swan," ruft der ihm grüßend zu,
   „O weshalb jemals schiedest du?
Bliebst du im Land, — nie kam's so weit!
   Kam nie zu gottverhaßtem Streit!"
„Herr, traue mir und meiner Kunst:
   Um Mitternacht — thu' mir die Gunst! —
Du kennst die Odhins Eiche: — tritt
   Zur Linken ihr mit leisem Schritt:
Und horch' auf mich und meine Rede
   Und glorreich wend' ich dir die Fehde." — —

II.

Der Nordstern weist die Mitternacht:
   In Odhins Eiche kreischt es sacht:
Ein Adler horstet in der Krone:
   Droht er dem Vater? broht dem Sohne?
Der Wipfel rauscht, als ob er grolle,
   Was morgen hier er schauen solle.
Dumpf zürnend peitscht der Sturm den Fjord:
   Es flucht die See dem Sippe-Mord!
Es wogt am Ufer bang das Schilf,
   Es ächzt nach oben: „Himmel, hilf!"
Vom Himmel aber furchtbar her
   Die Sterne winken, warnungschwer. —

Da aus dem Busch tritt Swan hervor,
  Und klagt zur Eiche laut empor:
„Ihr Götter, so habt ihr's geendet?"
  Und zu dem Stamm nach rechts gewendet
Leis ruft er: „König, freue dich:
  Dein Sohn erstach in Reue sich:
Du hast gesiegt!" Dann zu der Linken:
  „Jung Olaf, Sieg magst nun du trinken:
Dein Vater, diesen Kampf zu meiden,
  Warf sich vom Fels!" — Da scholl von beiden,
Da scholl vom Vater und vom Sohn
  Laut durch die Nacht ein Weheton:
„O, lebte noch mein teurer Sohn:
  Wie gerne räumt' ich ihm den Thron!"
„Weh um den König, meinen Herrn!
  Wie stürb' ich für den Vater gern."
Da nahm der Skalde beider Hände:
  Sie faßten sich und sonder Ende
Liebkosten beide sich mit Brunst:
  Swan sprach: „Echt, das war Skaldenkunst!"

———

Schluß der „Amaluugen".
(Erste Bearbeitung.)

Nun brachen sie auf von dem dänischen Strand: und sie ruderten
  froh durch die Meerflut,
Die Segel geschwellt von dem günstigen Wind und die Drachen
  gewendet zur Heimat.
Und laut durch das Meer scholl Siegesgesang und Geklirre der Waffen
  im Taktschlag,
Daß weit in die Ferne dem prangenden Zug die Verkündung des
  Sieges voranflog;
Und festlich geschmückt war Segel und Rah mit den freudigen Kränzen
  von Eichlaub,

Und die Wimpel flogen am Königsschiff von dem ragenden Mast in
die Luft hoch.

Auf der Kinder Häupter die Hände gelegt stand vorn an dem Buge
der König,

Und über sie hin das Gotenpanier mit dem Adler entfaltete Fridgern.
Und als sie genaht sich dem heimischen Strand, sieh, hoch auf der
Klippe Sigrun stand,

Nach den Kindern hin die Arme gestreckt in erfüllt frohlockender
Sehnsucht. —

Und als sie mit Lust die Geraubten nun, die Wiedergeschenkten, ans
Herz schloß,

Da sprach ihr Gemahl: „Wir haben gelöst, ich und Friedgern, unser
Gelübbe:

Noch hat sich der Mond nicht wieder erneut und die Kinder schließest
ans Herz du.

Auch der dritte von uns hat erfüllt, was er schwur: denn erschlagen
liegt er in Dänmark, —

Der dies alles begann: doch es sühnte der Tod, Held Dorliff, alle
Verschuldung.

Nun flicht, mein Gemahl, der befreiten Gunild in die goldenen Haare
den Brautkranz.

Auf Lethras Gestad ein verschieden Geschick fand jeder: — so waltete
Baldur: —

Der eine den Tod, und der andre die Braut und ich selber die Krone
von Dänmark.

Nun aber wohlauf und mit Jubelgesang nach den Hallen gezogen
der Hofburg,

Und jenen gedankt, die in heiliger Hand abwägen den Menschen das
Schicksal:

Denn sie schirmen das Recht und sie strafen die Schuld, die gewaltig
waltenden Götter!“

Sigün.
Eine Sage von der Treue.

Den Göttern und den Menschen war er gleich verhaßt,
Der alles Unheil unter ihnen stiftete,
Der böse Loki, der Verderber ränkevoll,
Des Feuers falscher Gott, und, wie die Flamme selbst,
Als Feind verderblich und gefährlich auch als Freund.
Gefallen war Baldur, des Lichtes schöner Gott,
Der aller Wesen höchste Lust, durch Lokis Neid:
Beschimpft hatt' er die Götter all' und Göttinnen,
Als festlich sie ein frohes Friedensmal vereint,
Mit frecher Bosheit jedes Gottes Heimlichkeit
Und Schwäche, die man liebevoll vergißt, ans Licht
In gift'ger Lästerrede ziehend schadenfroh.
Da war kein Friede, den er frevelnd nicht verletzt,
Kein Band der Treue, das er tückisch nicht zerriß. —
Nun endlich war der Zorn der Götter gegen ihn
Entbrannt: sie schwuren, nimmer sich des Mahls zu freu'n,
Der Ehe Liebgewöhnung nicht zu pflegen mehr
Und nicht des Waffenspieles Lust mehr in Walhall,
Bis daß nicht Loki alle seine Schuld gebüßt
Und jeden Frevel in gerechtem Strafgericht:
Sie setzten schutzlos ihn aus Frieden, Bann und Recht,
Er ward aus der Gemeinschaft der Unsterblichen
Und aus der Menschen Lieb' und Ehrfurcht ausgethan.
Geächtet floh er scheu in ödes Felsgebirg
Und alle Götter folgten rächend seiner Spur,
Des Urteilspruches Richter und Vollstrecker auch.
Verlassen hatt' er ungewarnt sein Weib, Sigün:
Die pflegte treu des Hauses, bis der Ehgemahl,
— So glaubte sie — heimkehre von der Wanderfahrt.

Und als sie einmal morgens früh zur Hahnenkraht,
So wie sie täglich pflog, aufschaute von der Thür nach ihm,

Sah sie zum Hause schreiten von dem Hügel her
Zwei Götter: an dem goldnen Halsgeschmeid sogleich
Erkannte sie der Ehe Göttin, Frigga selbst,
Und an dem Hammer auf der Schulter Asa-Thor. —
Sie trat den Gästen gastlich näher sieben Schritt
Und bot die Hand zum Gruß und lud, ins Haus zu gehn:
Doch Frigga hob den rechten Arm und wies sie ab,
Das Haupt stumm schüttelnd: aber Thor begann:
  — „Das hoffe nicht, daß unser Fuß das Haus betritt,
  Das zu zerbrechen wir hieher gekommen sind.“
Und mit dem Wort warf er den Hammer hoch im Schwung,
Daß in des Hausthors heilig Holz er schmetternd schlug,
Die Eichenplatte ganz zertrümmernd, die er traf.
Entsetzt zur Schwelle wich Sigün zurück und sprach:
  — „Du wagtest solchen Frevel nicht, so stark du bist,
  Wär' Er zur Hand, der mein und dieses Hauses Herr.
  Des Hauses Frieden, Thor, hat dieser Wurf verletzt.“
  — „Du irrst! Denn Lokis Haus hat keinen Frieden mehr!
  Geächtet ist dein Gatte durch der Götter Spruch,
  Zum Feind gesetzt für alles, was da Odem hat,
  Sein Haupt ist rechtlos wie des Wolfes: dies sein Haus
  Hat, wie des Raubtiers Höhle, keinen Frieden mehr,
  Und wer ihn findet, mag ihn schlagen ungestraft.“
Da brach Sigün vor ungeheurem Schmerz ins Knie,
Und barg das Antlitz in dem wunderschönen Haar,
Das wie ein goldner Strom ihr reich vom Haupte floß.
Doch plötzlich sprang sie auf und strebte, fort zu fliehn.
  — „Wohin?“ — rief Thor und hielt am Arm die Zarte fest.
  — „Du frägst? Du frägst? Zu ihm! ihn ich will suchen gehn,
  Zu warnen ihn vor euch und eurer Grausamkeit,
  Und mit ihm flüchten bis zum letzten Rand der Welt.“ —
  — „Zu spät!“ — rief Thor — „Schon ist er in der Götter Hand!
  Nach mancher List ergriff ihn endlich dieser Arm,
  Zwang ihn zu stehn und gab ihn preis dem Strafgericht.“
Da warf Sigün sich hin vor Frigga: beide Knie'

Umschlang sie weinend ihr und rief: — „Du bist ein Weib!
  O führe mich, wo ich sein Schicksal teilen mag."
Und Frigga hob gerührt empor die Flehende,
Indessen Thor mit seinem Hammer Schlag auf Schlag
Des Hauses feste Pfosten schmetternd niederriß:
Es fiel gemach der Bau und von den Felsen her
Erscholl der ungeheuren Streiche Widerhall: —

Doch Frigga faßte der Betrübten Kinn und sprach:
  — „Sigün, stets hab' ich deinen edeln Sinn erkannt,
Und dein Gemüt ob seiner tiefen Art geehrt,
Und hab' auch jetzt dich nicht, wie alle Göttinnen,
Verlassen, sondern komme liebevoll zu dir,
  Denn jeden Schmerz — das weiß ich — mehrt Verlassenheit! —
In dunkler Stunde komm' ich an des Unglücks Ort,
Um dich zu warnen, daß du nicht dein eigen Los
Verflechten magst in des unsel'gen Manns Geschick
Gefangen liegt er, in ergrimmter Feinde Hand, —
Ein grauenhafter Fluch ist auf sein Haupt gelegt, —
Daß alles Gut, das jeden freut, der Odem hat,
Nur ihm zum Bösen und zum Gifte sei verkehrt, —
Und alles jedem Glücklichen Verhaßteste
Soll überströmen maßlos auf sein schuldig Haupt. —
Sein harren Qualen, wie bisher sie keiner trug: —
Als er den Fluch gesprochen, graute Odhin selbst: —
Und dieses Fluches Geißel trifft — bedenke das! —
Nicht nur ihn selbst, nein, jedes Wesen, welches nicht,
Wie alle sonst, ihn von sich ausgestoßen hat.
Verlassen hat ihn Vater, Mutter, Bruder, Schwester
Und jeder Freund: denn alle hat er schwer gekränkt
Und Alle scheuen jenes Fluchs Gemeinsamkeit. —
Der Sonnenstrahl, der sich zu ihm verirrt, entflieht
Entsetzt, daß ihm der Fluch den Glanz nicht raube, —
Und jeder Windhauch biegt in weitem Umweg aus,
Daß ihn sein Atem nicht vergifte — —: doch, Sigün,

Du hörst mich nicht — was sinnest du so starren Blicks?"
  — „Sprich, Frigga, ist kein Mittel, das ihn retten kann?"
— „Nicht Eines!" — „Nun, so führe mich zu ihm in Eil'." —
  — „So hast du alle meine Worte nicht gehört?"
  — „Ich hörte sie! Sie mahnen mich, zu ihm zu geh'n!
  Du Armer, den der Weltenkreis verstoßen hat,
  Den Vater, Mutter, Bruder, Schwester, Freund verließ, —
  Von deinem Weib sollst du nicht auch verlassen sein!"
-- „Rechtfert'gen willst du noch den Allverderblichen?
Sprich, welches Heil'ge hat er nicht verletzt?" — — „Halt ein!
  Ich kann ihn nicht verteib'gen: — darum ziemt mir nicht
  Zu hören zwecklos des Gemals Beschuldigung
  Und hat er alle Wesen sonst verletzt — nicht mich!"
  — „Ha, Thörin! welche Gattin trüge sonder Groll
Des Gatten ew'ger Wanderschaft Lieblosigkeit?
Viel weißt du, wie er Treue dir gehalten hat,
Der wüste Gast der Elben er und Riesinnen!"
  Da hob Sigün sich königlich empor und sprach:
  — „Halt, Frigga, — still! Du bist des Himmels Herrscherin
  Und stolz durch alle Welten geht dein Machtgebot,
  Doch jede fremde Macht ist machtlos in dem Kreis,
  Dem heil'gen, welchen Liebe zieht um Mann und Weib.
  Ich bin allein des Gatten Eherichterin,
  Und wer verdächtigt ihn, spricht ihn die Gattin frei?
  Genug! Zu ihm! Sein Los ist meins: ich bin sein Weib!"
  — „Mit nichten mehr! Glaubst du, dem Wolf, dem alles Recht,
Dem alles, was sonst Lebende verbindend freut,
Durch Richterspruch entzogen ist auf immerdar,
Dem lasse man der Ehe heilig Recht bestehn?
Ich selbst, des ehelichen Herdes Schützerin,
Zerbreche dieses Band, gleichwie den dürren Halm
Hier meine Hand zerbricht, und mit dem Hammer Thors,
Der euren Bund geweiht, entweihend lös' ich ihn,
Als hätt' er nie bestanden! — Sieh: so bist du frei." —
Wehmütig lächelnd sprach Sigün entgegen: — „Frei!

Als löste sich in Einem Augenblick das Band,
Das tausend wonnesüße Augenblicke fest,
Unlösbar fest genietet haben um ein Paar!
Wer trennt im Himmel und auf Erden Mann und Weib?
Nichts, als sie selbst! — Und auch sie selbst nicht völlig mehr!
Wer kann den Tropfen Bluts, der in den Adern rollt,
Ausscheiden mehr aus seines Körpers Lebensflut,
Wer aus dem Geist genoßnen Glücks Erinnerung?
Ohnmächt'ge Göttin, sprich! kannst du der Sterne Lauf
Rückwenden, daß gescheh'ne Dinge nicht geschehn?
Du kannst es nicht —: so laß beisammen Mann und Weib!
Und — daß du's weißt — mich zieht nicht kalte Pflicht zu ihm: —
Nein: heiße Liebe! Niemals hab ich ihn so sehr
Geliebt: nicht, als er strahlend kam in Schimmerpracht,
Des Feuerreiches Krone, die glutleuchtende,
Auf seinem stolzen, jugendschönen Lockenhaupt,
In dem Geleit derselben Götter kam, die jetzt
Ihn hassen, er, der flammenfeurigste der Schar,
Nicht, als zuerst er um mich warb in Glück und Glanz,
Hab' ich den frohen, funkensprüh'nden Bräutigam
Geliebt wie jetzt den Allerweltverhaßtesten,
Der ehrlos, machtlos schmachtet in der Feinde Hand!
Ich weiß, er ist befleckt von jeder Schuld und Schmach: —
Doch stiege heut' der lilienreine Baldur selbst,
Den er erschlug, aus Helas dunklem Reich empor, —
Nicht lichter schiene mir sein Bild, noch lieblicher
Als dieser süße Mann, den alles sonst verflucht!
Denn Liebe hat nicht freie Wahl noch Maß des Werts:
Nein, Herz zum Herzen zieht sie blindlings zwingender
Als jene Kraft, die bindend zieht den Stern zum Stern.
Und hingen alle Götter sich und Göttinnen
An meinen linken Arm, den rechten schläng' ich fest
Um meines Gatten Brust und eher zög' ich euch
Gesamt zu ihm, daß ihr ihm löstet seine Pein,
Als daß ihr mich von ihm zu euch hinüberzögt. —

Und giebst du selbst mir nicht Geleit zu ihm: — wohlan
Ich such' ihn, einsam wandernd, durch die weite Welt:
Nicht rasten soll mein müder Fuß, bis ich ihn fand,
Und bis sein vielgequältes Haupt im Schos mir ruht." —

Sie wandte sich zu geh'n: noch einen letzten Blick
Warf auf des Ehehauses Balken sie zurück,
Die nun zertrümmert lagen, ordnungslos zerstreut,
Und züngelnd schlug ringsum die Flamme schon empor,
Die Thor mit letztem Hammerschlag darin entfacht.
Thor kam herbei, bot ihr die Hand und sprach gerührt:
„Sigün, nicht zürne mir um das, was du hier schaust.
Nicht ich, dein Gatte selber hat sein Haus zerstört:
Denn wer das Böse thut, will seine Strafe selbst!
Du aber hast — wohl hab' ich, was du sprachst, gehört —
Mit deiner großen Treu' mein ganzes Herz bewegt,
Und ging es gegen Schicksal nicht und Nornenspruch, —
Verzeih'n wollt' ich um beinetwillen seine Schuld
Und dieser Arm, der ihn bezwang, sollt' ihn befrein!
Ich darf es nicht: — doch führen will ich dich zu ihm —
— Der Falsche hat es nicht verdient um Asathor —
Doch dir zu Liebe werd' ihm deines Anblicks Trost."
Und treulich stützend führt er fort die Wankende,
Mit sanftem Zuspruch tröstend ihr verzweifelnd Herz:
Und sorglich hob der sonst so ungestüme Gott
Des Todfeinds Weib sanft über jeden Stein am Weg. — —

Und Frigga sah dem Paare lange sinnend nach:
— „Das ist dein reiches, weiches Herz, mein Donnergott!
Zum höchsten Zorne leicht empört im Augenblick
Und nach dem Sturm milbgütig wie kein andrer Gott! —
Hat doch dies Weib mir selbst das stet're Herz bewegt!
Wen noch ein Wesen lieben kann mit solcher Treu',
Der kann nicht ganz und immerbar verloren sein. —

Ich will hinauf zu Odhin geh'n, zum Zwiegespräch:
  Viel willigt mir des Gatten Seele zu, wann ich
  Ihm Kinn und Wange streichle mit der weichen Hand,
  Und sühnen Männerzwist, ist — dünkt mich, — Frauenpflicht."
Sie sprach's und ging, und suchte, wo sie Odhin fand,
Verschließend hinter sich Walhallas goldne Thür. —

Thor und Sigün, die zogen manchen Tag indes,
Bis sie gelangten an ein finstres Felsgebirg':
Da sprach Thor: — „nun, Sigün, nun fasse dich in Kraft,
  Denn schwere Strafe wurde Lokis schwerer Schuld:
  Er sollte fest gebunden sein und schmerzlich auch: —
  Was er zu dulden trägt, das trage du zu schau'n."
Und so gewarnet schlug sie scheu die Augen auf, —
Und brach zusammen gleich mit einem Weheschrei:
Denn sie erblickte ihren heiß geliebten Ehgemahl
Und seiner grauenvollen Strafe Qual zugleich:
In dunkler Bergeshöhle lag er ausgespannt:
Und auf drei harte Felsen war sein Leib gestreckt:
Auf Eine Felsbank war der Hals geschmiedet ihm,
Auf einer zweiten lag der starken Hüften Wucht,
Und auf der dritten Felsenkante waren ihm
Die beiden Knie' genietet mit dem Band von Erz,
Und schwere Eisenklammern hielten links und rechts
Die ausgespannten beiden Arme zwängend fest:
Doch über seinem Antlitz, in der Höhle Dach,
Da war ein giftgeschwoll'ner Wurm befestiget,
Der seinen Geifer ätzend scharf ihm träufelte
Ins Angesicht, dem stöhnend wehrlos Duldenden, —
Und wo ein Tropfe nur davon daneben glitt,
Zerfressen ward der Felsen von dem scharfen Gift. —
Da, als Sigün den Jammervollen dulden sah,
Den blüh'nden Leib entstellt, zerfleischt und ausgerenkt,
Von Blut und Gifte triefend, wirr sein Haargelock,

Und aus der Stirn vor Schmerz gepreßt die Augen starr,
Dieselben Augen, die sie oft zu Ruh' geküßt,
Wann sie des Blickes heißes Feuer nicht mehr trug, —
Als sie das alles sah, da schrie sie überlaut:
    — „O Loki, mein Gemahl! O wehe, weh' um dich!" —
Und auf die Erde schlug ihr Antlitz dumpfbetäubt;
Und Thor, um diesen Jammeranblick nicht zu schau'n,
Der wandte sich, den Arm auf einen Fels gestützt,
Und sah mit Schweigen in die Ferne. — Aber als
Des treuen Weibes Stimme Loki nun vernahm,
Da regte sich sein Leib trotz Fels und Eisenband,
Gleich einer Meereswoge hob sich seine Brust,
Und wie aus seiner Seele tiefstem Grund hervor,
Drang ihm ein Stöhnen, furchtbar, herzzerreißend schwer.
Das weckte rasch Sigün aus ihrem dumpfen Schmerz,
An seine Seite flog sie schnell und kniete sich,
Und schlang die Arme fest um des Gequälten Leib
Und drückte fest die Lippen auf den bleichen Mund. —
Und als ihr Fuß der grausen Höhle Raum betrat,
Da wichen von ihr plötzlich Licht und Sonnenschein,
Des Windes reiner Atem folgt' ihr nicht hieher
Und auf das Herz fiel ihr des schweren Fluches Last,
Den sie nun völlig teilte mit dem Ehgemahl,
Der sie von allen frohen Wesen ewig schied. —
Und Loki sprach — und jedes Wort war schmerzerkämpft:
    „Du hier — Sigün! Du treu dem Allverlassenen!
    Weh mir! Dein Anblick brennt mir tiefer in das Herz,
    Als Gift und Ketten fressen in den morschen Leib." —
— „Warum betrübt mein Anblick dich, geliebter Mann?" —
    — „Weil ich nicht solche Treu' um dich verdient, mein Weib!
    Du bist die einz'ge, welche Loki Treue hält,
    Und doch von allen Wesen hat er keins wie dich
    So schwer gekränkt mit unerhörtem Treuebruch!
    Den andern hab' ich großen Schaden zwar gethan —
    Sie waren Feinde, — wo nicht, Freunde nur, und ich

Gehorchte meiner angebornen Eigenschaft,
Wenn ich mich freute fremden Schadens und ihn schuf:
Denn wenig Völlig=Gutes giebt es in der Welt:
Und mir verlieh Natur den Blick fürs Böse nur
Und zu enthüllen alle Unvollkommenheit
Und mich zu freu'n, deckt' ich sie schmerzlich auf:
Du aber warst vollkommen stets in Lieb' und Treu',
Mein böser Blick sogar sah keinen Fehl an dir, —
Und dennoch, dennoch hab' ich dich verraten auch!"
Und er verstummte seufzend und sah fort von ihr.
— „Was hast du mir gefehlt, mein Ehgemahl, sag an?" —
— „Ja, sagen will ich's und erleichtern meine Brust:
Nicht nehmen will ich unverdiente Treu' von dir:
Dicht bindet keine Pflicht an dieses falsche Herz,
Das sollst du wissen und sollst dann von hinnen gehn,
Von aller Lieb' und Sorg' für mich auf immer frei:
Gebrochen hab' ich dir des Ehebundes Treu: —
Schon lang hast du vermisset deinen Hochzeitschmuck: —
Den Brautring, Busenspang' und Gürtelbund von Gold: —
Ich selber stahl es Nachts dir unterm Kissen weg,
Und warf's der Riesin Angurboda in den Schoß,
Die solchen Preis begehrt für ihre Liebesgunst. —
Und nun ich diesen Frevel dir gestand, laß mich
Dir nur noch künden dieses allerletzte Wort:
Für alle Schuld, der Götter mich und Menschen zeih'n,
Hat keine Reue noch mein starkes Herz bewegt,
Und hüb' ich heute frei von vorn mein Leben an,
Und säh' ich alle diese Qual als Lohn voraus: —
Ich ließe keine meiner Thaten ungethan! —
Doch deine Lieb' und Treue rührt mein hartes Herz,
Und könnt' ich machen jenen Treubruch ungescheh'n, —
Reukaufen wollt' ich ihn um jeden höchsten Preis,
Ich wollte selbst vor jenen mich demütigen,
Vor Thor und Odhin, die mich angeschmiedet hier.
Nicht würdig bin ich deiner reinen Gegenwart. —"

Sie aber, seit er Angurbodas Namen sprach,
Hatt' ihre Arme schaubernd losgemacht von ihm
Und beide Hände fest gedrückt vors Angesicht,
Als sollt' ihr Aug' erblinden nun für immerdar.
In hartem Krampf hob sich ihr Busen ungestüm,
Solang er sprach: es war, als sprang ihr Herz entzwei.
Doch als er nun verstummt, sah sie auf sein Gesicht, —
Sein Auge war geschlossen — seinen Mund umzog
Ein Zucken höchsten Schmerzes: — „Loki“ — rief sie laut —
    „Ich liebe dich — dein Los ist mein's — ich bin dein Weib.“
Und warf mit beiden Armen sich auf seine Brust,
Und küßte seinen leichenblassen Mund. Er schwieg, —
Und durch die martervolle Felsenhöhle ging's
In beider Schweigen wie holdseligste Musik. — —

Nun aber nahm Sigün der gift'gen Natter wahr,
Und sah die Schmerzen, die ihr scharfer Geifer schuf,
Und schnell entschlossen wölbte beide Hände sie,
Gleichwie zur runden Schale, undurchdringlich fest,
Und fing abwehrend so die gift'gen Tropfen auf,
Die nun gesamt, statt in des Gatten Angesicht,
In ihre weichen Hände fielen: einmal nur
In ungeheurem Schmerze zuckte ihre Hand,
Und dann nicht mehr. — Ein selig Lächeln zog
Um Lokis Mund, als er verspürt die Linderung:
    — „O habe Dank“ — sprach er — „du treues, süßes Weib!
    Das thust du noch an mir, der dich verraten hat!“ — —
— „Still“ — sprach Sigün — „da draußen stehet Asathor: —
    Sie reden allgenug des Bösen schon von dir, —
    Nicht wissen sollen sie, was du an mir gethan.“ —
Und ihre Hände, voll des scharfen Gift's gehäuft,
Entleerte sie und trocknet' sie am goldnen Haar
Eilfertig ab! und bot sie wieder dar dem Gift.
Und fing es auf, wie ein Pokal von Elfenbein:
Denn schön vor allen Göttinnen war ihre Hand. —

Thor aber stand nicht mehr am Felsen: jedes Wort
Hatt' er vernommen von der Gatten Zwiegespräch
Und schon vor Odhin stand er, wo er Frigga fand.
Er rief: — „Bei meinem Hammer schwör' ich Zeugnis ab!
  Ich hab' es selbst gehört — ich glaubt' es keinem sonst —
  Ein Wunder ist gescheh'n: — denn Loki hat bereut,
  Und sie hat ihm verzieh'n, die er zumeist gekränkt."
Und Thor nahm Odhins Rechte, Frigga schmiegte sich
An seine Linke, streichend aus den Schläfen ihm
Die dunkeln Locken, die ums vorgebeugte Haupt
Ihm flossen, denn er sah erwägend vor sich hin:
Und nun erhob er weihevoll das ernste Haupt,
Sein Auge fiel auf Lokis Höhle, wo Sigün
Mit frommen Händen schützend dem zu Häupten stand,
Und als sein Blick in milder Rührung glänzte, drang
Ein heller Sonnenstrahl — der erste! — in das Grau'n
Der Höhle und es strich ein Windhauch kühl und rein
Um Lokis Stirn, als Odhins Mund die Worte sprach:
  „Es kömmt bereinst ein Tag, der alle Schatten tilgt,
  Wann in verjüngter Welt der Gott des Lichtes siegt.
  Aus Helas dunklem Reich kehrt Baldur selbst zurück,
  In seinem Himmel dann wohnt ausgesühnt mit ihm
  Sein Mörder: keine Qual währt in die Ewigkeit.
  Fiel ihm vom Herzen erst des Hasses Eisenband,
  Dann fällt die Fessel auch, die seine Glieder zwängt:
  Erfüllt sein kaltes Herz der Liebe warmes Licht,
  Dann wird von Licht erfüllt auch seiner Höhle Nacht.
  Seht hin: schon fiel hinein der erste Sonnenstrahl
  Und Eine Schuld hat schon dies stolze Herz bereut.
  Wir haben's nicht vermocht, ihn auszustoßen ganz:
  Die Liebe drang zu ihm, die jeden Fluch besiegt,
  Wohin die Liebe bringt, zieht sie die Sonne nach,
  Und auf der Sonne Spur folgt auch die Gnade bald:
  Nicht kleiner soll fürwahr als eines Weibes Treu'
  Die Milde Odhins sein, den man Allvater nennt."

Und er stand auf vom Thron und streckte väterlich
Die Arme segnend aus, weit über alle Welt:
Und stille ward's umher und durch die Himmel floß
Aus jeder Hand ein Strom von Frieden und von Licht.

Die Wünsche.

Der Hügel birgt den König Stein:
Vier Söhne sind die Erben;
In der Halle sitzen sie nun allein:
Um das Erbe die Erben werben.
Der blonde Halfdan streicht den Bart
Und spiegelt sich im Schilde;
Der schwarze Helgi, von düstrer Art,
Sinnt stolze Thaten und wilde.
Der rote Halo erwägt, wie den Wert
Von des Reiches Hort zu verwenden:
Der Jüngste hält des Vaters Schwert
In thränenbeträusten Händen. —
Auf sprang von selbst da die eichene Thür:
Nicht wagten die Rüden Gebelle
Und vor den Brüdern stand Wegafür,
Des Vaters vertrauter Geselle.
Der Alte im Mantel und Wandrerhut,
Er sprach: „nun höret, ihr Fürsten:
Nicht soll eurer kühnsten Wünsche Mut
Umsonst nach Erfüllung dürsten.
Ihr wißt es: mancher Zauber ist mein:
Ich war des Königs Berater:
Euch sollen vier Wünsche verstattet sein:
Das versprach ich dem sterbenden Vater.
Und der weiseste Wunsch, — der wird gewährt!

Nun wünscht, nach des Herzens Triebe."
Und Halfdan rief: „auf weiter Erd'
Ist das Süßeste Weibes-Liebe!
Weichwangiger Weiber wonnige Gunst,
Die sollst du mir, Alter, gewähren!"
„Die Lieb' ist Wahn und Weh und Brunst,"
Sprach Helgi: „mich dürstet nach Ehren!
Gieb mir vor allen Königen Ruhm."
Da höhnte Hako der rote:
„Ruhm ist gar windiges Eigentum!
Mir spende, du Wunsches-Bote,
Des roten Goldes unendlichen Hort!" —
Da sprach der Alte mit Sinnen
„Nun, Harald, Braunkopf, du findst kein Wort?
Wie? — Thränen seh' ich dir rinnen?"
„Ich wünsche nur meines Vaters Schwert,
Das hier in Händen ich halte."
„Du wirst es führen des Vaters wert!
Und nichts weiter?" forschte der Alte.
„Nichts! Ich hoffe nur, daß zuweilen du
In meiner Halle dich zeigest,
Im Schweigen der Nacht, in des Abends Ruh'
Das Antlitz zu mir neigest.
Denn Unausdenkliches liegt gehäuft
Auf deiner Stirne, der hohen
Und vom Mund dir erschütternde Weisheit träuft
Bei des grauen Auges Lohen.
Dir will ich mich weihn mit des Vaters Schwert!
Nichts andres heisch' ich auf Erden!"
„Heil dir, jung Harald! Dir ist gewährt! —
Und das Herrlichste soll dir werden. —
Ein erprobtes Schwert in treuer Hand, —
Nach dem Höchsten ein ahnendes Sehnen, —
Ein Geist, zu Adlerfluge gespannt
Und im Auge kindliche Thränen: — —

Du sollst gewinnen des Weibes Kuß
Und des Ruhmes Harfenschallen
Und des gleißenden Goldes Überfluß
Und mich, jung Harald, vor allen.
Ich, Odhin von Asgardh, küsse dich jetzt,
Zum Wunsch-Sohn dich mir zu küren
Und nach tausend Siegen sollen zuletzt,
Die Walküren zu mir dich führen!"

Das Leben um die Liebe!

Auf Lethra thronte König Gunthiofs Kind,
Die Jungfrau wunderschön und wunderklug:
Der Freier viele kamen früh genug,
Doch immer noch blieb unvermählt Aslind.

Man raunte Seltsames von ihr im Nord:
Die Freier rühmten sie begeistrungsvoll;
Jedoch so hoch des Lobes Welle schwoll, —
Warum sie schieden, — das verriet kein Wort.

Aslind auch schwieg, weshalb manch stolzer Mann
Kopfschüttelnd ging, nach Einer Zwiesprach schon.
Da kam jung Agnar, König Nordris Sohn;
Als der den Hügel Lethras ritt hinan,

Da beugte sich schön Aslind von dem Wall,
Ein glühend Rot schoß heiß ihr ins Gesicht:
„Wie strahlt sein Auge freudig, kühn und licht!
Ach, wird auch Er sein wie die andern all?"

Bald stand er vor ihr in dem Frauensaal,
„O Königskind, hoch klang und laut dein Ruhm:
Und doch zu schwach! Du bist ein Heiligtum!"
So kann nur Freia schau'n in Asgardhs Saal!"

„So liebst du mich?“ sprach sie in holder Scham.
„Ich liebe dich, ich heische dich als Weib,
Und müßt’ ich drum vergehn an Seel’ und Leib.“
Da hob den Finger sie und, wundersam

Von Furcht bewegt und Hoffnung, hauchte sie:
„Laß lieber ab und wirb, Freund, nicht um mich!
Denn brächst du, was du sprachst so freudiglich,
Mein Elend wär’ es: — ich vergäß’ es nie.“

„Ich werb’ um dich und wär’s mein sichrer Tod.“
„Er wird’s! — Vernimm, was mir in ihrem Zorne
Auf meinen Vater webte Skuld, die Norne:
Wer mich als Weib gewinnt, — o bittre Not! —

Er stirbt vor Jahresfrist!“ — Da rief der Held:
„Und läg’ ich tot schon nach der ersten Nacht,
Die ich an deiner Brust, Aslind, verbracht,
Ich stürbe gern, — nur einmal dir gesellt!

Ich heische dich zum Weib, ich werb’ um dich!
Nur einmal diese keusche Schöne dürfen
In sel’gem Rausch der höchsten Liebe schlürfen,
Dann will ich morgen sterben, schwöre ich!“

Da breitet weit sie aus die Arme weiß
Und selig Leuchten strahlt aus ihrem Blick:
„Heil dir! du wendest herrlich mein Geschick,
Heil dir: dir wird der Liebe Siegespreis!

Kein einz’ger, der mir heiße Liebe schwur,
Hat mich geliebt: nur du, mein Held, allein,
So nimm mich hin: in Wonne bin ich dein:
Denn eine Probe war die Drohung nur.“

Fatme.

„Schlanke Fatme, hohe Palme,
Sprich! Welch' Sinnen wiegt dein edles,
  Schönes, träumerisches Haupt?"
„Was ich träume? — Falkenaugen —
Einen weißen Rittermantel —
  Und darauf — ein schwarzes Kreuz!"

Zuleika an den Grafen von Gleichen.
(Aus einer Novelle.)

O Geliebter, laß mich sterben, eh' dein Schiff berührt den Strand!
  Weh, dein Volk wird dich verderben um das Weib aus Heidenland.
Weh mir, wenn an mich gekettet, dich des Dankes Fessel drückt:
  Die geliebt dich und gerettet, — war sie nicht genug beglückt?

Des Sultans Gesetz.
(Ein Schwank.)

„Dieses geht nicht!" sprach in Joppe Sultan Selim, der vor kurzem
Abgeschlossen auf drei Jahre Waffenstillstand mit den Christen
  Drüben in Jerusalem.
„Dieses geht nicht, daß die kecken Tempelritter, diese Schlingel,
Tag für Tag gen Joppe reiten und mir meiner schönsten Türken-
  Mädchen Herzen schnappen weg.
Weil nun solches Herzgeschnappe anhebt meist mit Schleier-Lüften,
So befehl ich: jeden Templer, welcher eines Türken Mädchens
  Schleier lüftet, trifft der Tod:
Wenn sie nicht statt dessen vorzieht, — nach der Wahl des Mädchens
                                        selber, —
Daß den frechen Übelthäter augenblicklich von dem Vater
  Sie empfängt zum Ehgemahl."

Dies Gesetz schuf zürnend Selim. — Solches hatte kaum vernommen
In Jerusalem Herr Reinhart, — auch ein frommer Tempelritter!
   Als er stracks gen Joppe ritt.

Fest in seinen langen, weißen Mantel eingehüllt durchschritt er
Joppes Straßen: herrlich schritt er: tausend Türken-Töchter seufzten
   Durch die Läden: „Welch ein Mann."

Sieh, da wandeln ihm entgegen, tief verhüllt, zwei Türkenmädchen:
Und der ungezogne Templer hebt sofort der einen Schleier
   Und er ruft: „Schön! Wahrlich, schön!"

Und er zieht sogleich der zweiten von dem Antlitz auch den Schleier:
„Tausend Tode will ich sterben," ruft er, „schönstes Weib der Erde —
   Aber einmal küß' ich dich."

Und er küßt sie. — Und natürlich wird sofort er arretirt auch
Von den türkischen Gendarmen — und das fromme Joppe jubelt:
   „Diesem wird's mal schlecht ergehn!

Denn die braven Türken-Mädchen, die so tödlich er gekränkt hat,
Waren — also mög' es jedem kecken Schleier-Lüfter werden —
   Sultan Selims Töchter selbst!" —

Vor dem Sultan stand der Ritter: und es sprach die eine Tochter
— Schwarze Brau'n zog sie zusammen und es war die ält're Tochter
   Die der Frevler nicht geküßt: —

„Vater, Todes soll er sterben nach dem ersten Paragraphen
Deiner Satzung: — ich verlang' es!" Und der Sultan, turban-nickend,
   Sprach: „Gestrenge Tochter, ja!"

Doch da sprach die jüng're Tochter, - blondgelockt, sie, die er küßte: —
„Lieber Vater, ich verlange diesen jungen Staatsverbrecher
   Nach Gesetz zum Ehgemahl.

Denn ich bin ein Türken-Mädchen und ein Templer ist der Ritter
Und er hat — ich kann's beweisen! — meinen Schleier hoch gelüftet
   Und dein zweiter Paragraph . . ." —

„Schweig und nimm ihn!" sprach der Sultan, „schwierig ist's, Gesetze
                   machen,
Schwerer noch ist's, Mädchen hüten: — küß' mich, Goldgelock, mein
                   Liebling,
   Heute noch soll Hochzeit sein."

———

Marc und Marcabib.
Ein bretonisches Märchen.

Fern in den Wäldern der Bretonen,
  Wo Feen und Nachtigallen wohnen,
    Singt man noch oft dies alte Lied:
Leis' schwebt es um die Wipfelkronen,
    Wann in das Meer die Sonne schied: —
    Das Lied von Marc und Marcabib.
Verwundet war zum Wald geflohen,
  Verbannt von König Milans Drohen,
    Der Ritter Marc mit Harf' und Schwert:
Weil Marcabids, der liederfrohen,
    Der Königstochter, reizverklärt,
    Der kühne Sänger hat begehrt.
Im Elend soll er dort verschmachten:
  Doch sieh, des Waldes Vöglein brachten,
    Rührt er nur leis' sein golden Spiel,
Von Beren, die am Busche lachten,
    Ihm saftig süßer Speise viel,
    Weil ihnen sehr sein Sang gesiel.
Und seither, sagt man, sind vor allen
  Berühmt breton'sche Nachtigallen:
    Von Marc erlernten sie den Ton. —
Doch als nun Frost und Schnee gefallen,
    — Ihr kennt der Vöglein Sitte schon —
    Da flogen alle sie davon.
In dunkler Höhle saß der Arme,
  Saß siech, allein mit seinem Harme: —
    Da horch, was knistert durch das Eis?
Fort aus der Königsgäste Schwarme,
    Stahl, aller Mädchen Ehrenpreis,
    Sich Marcabib geheim und leis.
Sie geht auf hochverwehten Gleisen,
  Den Freund mit Wein und Brot zu speisen,

Wo sonst nur jagen Wolf und Bär:
Nie sah man zarte Pilgrin reisen
So kühn durch Grauen und Beschwer: —
Das kam von großer Liebe her.
Doch ward dem König bald verraten
Von seines Kindes nächt'gen Thaten
Und zornig folgt er ihr von fern.
Durch Sumpf und Schnee sieht er sie waten:
Dicht vor ihr schwebt — und dient ihr gern —
Der Irrwisch als ein Leitestern.
Und zürnend folgt er bis zur Stätte,
Wo vor des Wunden Reisigbette
Die holde Tochter lächelnd kniet,
Schon wütend aus der Gürtelkette
Zum Todesstreich das Schwert er zieht: —
O weh euch, Marc und Marcabib!
Da sieht er, wie zwei grimme Bären
Sich hungrig, ihre Brut zu nähren,
Laut brüllend stürzen auf das Paar:
Doch, gleich als ob sie Menschen wären,
Bei diesem Anblick wunderbar
Der Bestien Wut verwandelt war.
Sie legen brummend sich zu Füßen
Und lecken fromm und zahm dem süßen,
Dem Königskind die weiße Hand:
Da mußt' in Scham der König büßen,
Daß an Gefühl ihn und Verstand
Das Tier des Waldes überwand.
Er tritt herzu und küßt die beiden:
„Gott fluche dem, der euch will scheiden,
Von solchem Wunder ungerührt.
O, kommt und nehmt nach soviel Leiden,
Froh in mein Schloß zurückgeführt,
Den Lohn, der solcher Treu' gebührt."

———

Sir Äthelbert.

I.

Sir Äthelbert von Mercia
  Ritt jagen in den Wald:
  Er stieß ins Horn: Trara, Trara! — —
  Was schweigt sein Ruf so bald?
Es bricht und knackt im dichten Tann,
  Das Buchlaub raschelt leis,
  Und vor ihm — o verlorner Mann!
  Erschimmert's elfenweiß.
Sein Auge schließt sich glanzerschreckt:
  Da naht auf weißem Reh,
  Vom langen Goldhaar nur bedeckt,
  Die weiße Waldesfee.
Wie zart, wie schlank, wie jung, wie weich,
  Wie schämig und wie heiß:
  Der Liebe höchstes Himmelreich
  Giebt Elfen-Minne leis. —
Er hob den Arm: „Und wird's mein Tod, —
  Mein eigen sollst du sein."
  Sie aber sprach: „Es wird dein Tod:
  Ich aber werde dein:
Und dein wird Wonne, nie geahnt
  Von Erdenmann vor dir:
  Schwörst du, wann einst mein Bote mahnt,
  Sofort zu folgen mir?"
„Ich folge dir zu jeder Stund':
  Ich schwör's bei diesem Schwert:
  Ein Kuß auf deinen roten Mund
  Ist tausend Leben wert."
Der Kuckuck rief, — die Schlange schlief
  Goldkrönig auf dem Stein:
  Im Waldmoos tief ein Brunnquell lief: —
  Da ward die Elfin sein. — —

II.

Manch Jahr ging hin. — Hallelujah
Und Glock' und Orgel dröhnt:
Am Domaltar zu Mercia
Ein König wird gekrönt.
Der Erzbischof weiht Kreuz und Kron',
Der Bischof weiht das Schwert,
Das Volk umjauchzt den Purpurthron:
„Heil König Äthelbert!
Du hast das Dänenjoch zerstört,
Dem Engelland erlag: —
Nimm nun den Lohn, der dir gehört,
Heut' kam dein Ehrentag."
Und schon den Fuß hebt auf den Thron
Der König: da — halt ein! —
Da klippt und klappt ein scharfer Ton
Hell auf dem Estrichstein:
Ein weißes Reh: — es senkt den Bug
Vor Äthelbert vertraut:
Mit einem Blicke tief und klug
Hat's in sein Aug' geschaut.
Stumm legt er von sich Kron' und Schwert: —
Rasch trug das Reh ihn fort: —
Wohin kam König Äthelbert? —
Er hielt der Elfin Wort.

Sir Astolf.

Der Feldherr König Arthurs, Sir Astolf,
Soll morgen auszieh'n an des Heeres Spitze;
Nicht seinesgleichen zählt die Tafelrunde,
Klug ist sein Wort und tapfer ist sein Schwert,
Und treu ob seinem Helmbusch schwebt der Sieg. —

Zur Nacht noch einmal ist er in den Wald,
Um Luft zu schöpfen, — Vollmond war's, — gewandert.
Er kehrt nicht heim: — vergebens harrt das Heer,
Vergebens ruft ihm Hörnerschall am Morgen;
Da streift man suchend in den tiefsten Tann,
Und endlich trifft man ihn, wo wilde Rosen
Aus moos'gem Fels dicht um den Waldquell duften:
Da liegt er, auf das Angesicht gestreckt,
Mit beiden Armen einen Rosenstrauch
Umfassend, der ihm roter Blätter viel
Hat in das Haar gestreut, — Barett und Schwert
Liegt fern; — man weckt, man hebt ihn auf:
Doch suchend, wie im Traum, blickt er umher.
„Nun, Freund Astolf," ihn rüttelnd spricht Gawain,
„Was ist mit dir? welch Unheil stieß dir zu?"
Doch langsam seine Schläfe streicht Astolf
Und leise haucht er nur: „Titania."
Es winkt Gawain: man führt ihn aus dem Hag,
Man bringt den Wankenden vor Artus' Thron,
Es fragen ihn die Bischöfe des Reichs:
Er schweigt; da spricht der König sanft zu ihm:
„O Sir Astolf, mein Feldherr und mein Stolz,
Hast du vergessen deiner ganzen Kraft?
Bist du ein Mann, ein Ritter und ein Christ,
So brich den Zauber, welcher dich bestrickt.
Ermanne dich! dich rufen Ehr' und Pflicht!
Wenn je dir Ruhm der Waffen heilig war, —
Dein König frägt: was ist mit dir gescheh'n?"
Und schmerzvoll schlägt Astolf die Augen auf, —
Zwei Thränen trüben seinen tiefen Blick
Und sehnend seufzt er auf: „Titania!" —
Da rettet ihn des Königs Gunst nicht mehr:
„Den Dämon, der den Frevler hat erfüllt,
Des Scheiterhaufens Flamme treib' ihn aus!"
So heißt der Priester Schluß: und vor dem Wald

Auf freiem Feld, schon hebt sich das Gerüst:
Ihm reicht kein Freund, kein Ritter mehr die Hand,
Stumm auf den Schwertknauf lehnet selbst Gawain
Und spricht zuletzt: „Fahr' wohl, mein Freund Astolf,
Du bist verloren! — Wann kömmt deinesgleichen?" —
Der aber steht schon mitten in der Glut,
Die Flammen schlagen hoch zu ihm empor
Und Dampf wallt auf: da, aus dem Walde, sieh
Schwebt eine weiße Taube raschen Flugs,
Hoch ob dem Volk, grad' auf die Flammen zu:
„Titania!" ruft der Sterbende noch mal,
Die Leiche sinkt zu Boden und vereint
Zum Walde fliegen steten Flügelschlag's
Zwei weiße Tauben aus dem Dampfgewölk
Und staunend, stumm, blickt nach das ganze Volk.

König Alfreds Gesang.

Schlacht-flüchtig sucht' ich den tiefsten Tann
   Wo die Dornen zusammenwachsen:
Ein müder, wunder, verzweifelter Mann
   Und — der König der Angelsachsen! —
Fest hielt ich den Grund vor dem Überdrang,
   Bis unter der Streitaxt Streichen
Mir der Helm und der Schild und das Schwert zersprang: —
   Da sank ich für tot auf die Leichen. —
Und über den Strand blies Morgenwind:
   Der weckte mich scharf und schaurig: —
Da wich ich zu Walde, von Stirnblut blind,
   Und zum Sterben matt und traurig. —
O, wie sie nun über mein Volk, mein Land,
   Hinwüten mit Feuer und Speeren: —
Weh, Glockengeheul und Dörferbrand:
   Und ich kann es nicht wenden noch wehren!

Albitha, mein Weib, mit den Augen klar,
  Mit den süßen, den lallenden Kinden,
  Mit dem goldenen Herzen und goldenen Haar: — —
  Wann werd' ich dich wieder finden?
Ja, ich hab' es im Brausen der Wipfel erlauscht,
  Wann bitter mich brannte die Wunde,
  Wann die Tannen gesaust und die Brandung gerauscht, —
  Aufreiß' ich mein Volk vom Grunde!
Bei Albithens Jammer gelob' ich's und schwör's: —
  Bei der Schande der dänischen Ketten: —
  Ich muß obsiegen — du Himmel, hör's! —
  Und mein Volk, ich muß es erretten!
Noch haus' ich wund in dem tiefsten Tann,
  Wo die Dornen zusammenwachsen: —
  Bald zieh ich gen London sieghaft hinan,
  Ich, der König der Angelsachsen!

Robin Hood.

I. Kampflied.

„Vom Bischof verflucht, vom Regenten verbannt,
  Lang barg uns der Forst im northumbrischen Land,
    Des Waldes vertrautes Gesinde:
  Wir lebten in Ruh': — doch sie leiden es nicht:
  Sie wollen wir zerren vors Pfaffengericht
    Meine Königin Rosalinde.
Die zum Scherze gesucht oft die Todesgefahr, —
  Wohlauf nun zu Rosse, du reisige Schar!
    Nun heißt's, für das Leben zu fechten!
  Hoch flattre, mein Banner, im Sturme bewährt!
  Hoch blitze, du nimmer bezwungenes Schwert: —
    Und wehe den Pfaffenknechten!

II. Siegeslied.

Rosalinde, Geliebte, mein Glanz und mein Glück!
  Und kehrt dir dein Ritter als Sieger zurück: —
    Dir dankt er den Sieg und die Ehre:
Ich dachte, daß dir, deinem Leben es galt: —
  Da trug mich's hinein wie mit Flügelgewalt
In die Mitte der splitternden Speere.
Nicht Schild und nicht Helm! nein, gefurcht die Brau'n,
  Frei ließ ich die Feinde mein Antlitz schau'n;
    Mein Schlachtruf scholl: „Rosalinde!"
Das hob mir den Arm und das hob mir den Zorn
  Und ich traf sie wie Schnitter das stürzende Korn
Und sie stoben wie Spreu in die Winde.
Ja, wie ich gesungen und Träume gewiegt, —
  So hab' ich gerungen, gekämpft und gesiegt
    Nur in deinem holdseligen Namen:
Nun laß mich dir beugen das Knie und das Haupt,
  Und, ist mir die Stirne zu heiß nicht bestaubt, —
So küsse sie, schönste der Damen!

Die drei Schwestern.

Im Schloß zu Montfort bangen Schwestern drei,
  Ob König Richard noch im Leben sei.
Oft sprach er zu: — gleich schön die Fräulein waren
  In schwarzen, braunen und in goldnen Haaren.
Man wußte nicht, für welche schlug sein Herz:
  „Er weiß es selbst nicht!" neckte Blondels Scherz.
Doch jede liebet ihn, den Wundervollen;
  Er nahm das Kreuz: — seither ist er verschollen.
Die Schwestern harr'n. — Da tritt nach Tag und Jahr
  In ihre Kemenat ein Pilgerpaar:

Der lange Bart, der Muschelhut beweisen,
  Der Jordanstab der Pilger fromme Reisen.
„Euch edeln Fräulein künden wir nun Leid:
  Gebunden liegt der Stolz der Christenheit:
In Trifels Burg, in schweren Eisenspangen,
  Fürs Leben liegt der Löwenherz gefangen!“
Da strich die erste, Gräfin Eleanor,
  Die stolzen schwarzen Brau'n gemach empor:
„Ich schwankte lang, wen der Rivalen wählen: —
  Nun werb' ich Frankreichs König mich vermählen.“
In Thränen sprach die zweite, Gräfin Maud:
  „Und ist der edle Mann lebendig tot,
Will ich mein langes braunes Haar verschneiden
  Und bis ich sterbe mich als Nonne kleiden.“
Die jüngste Schwester aber sprach kein Wort: —
  Stumm stand sie auf: zur Thür schritt sie sofort:
Da sank sie fast: der Herzschlag blieb ihr stocken:
  Gen Himmel schüttelt sie die gelben Locken.
Der größre Pilger sprach: „Wo wollt Ihr hin?“
  „Zu ihm! Zu ihm!“ — „Wie, was kömmt Euch zu Sinn?“
„Ich lieb' ihn und ich will so lange flehen,
  Bis Eines von zwei Dingen ist geschehen:
Die Freiheit ihm: — wenn nicht —: mir selbst der Tod!“
  Da küßt der Pilger ihr die Lippen rot:
„Gut war dein Rat, Freund Blondel, kluger Sänger!
  Du herrlich Kind, nein, zweifle mir nicht länger.
Gefangen war ich: — doch nun bin ich frei,
  Auf daß ich ewig dir zu eigen sei.
Dein Herz ist, wie dein Haar, von lauterm Golde:
  Ich liebe dich, du süß' Geschöpf, Isolde!“

———

Vom kühnen Minstrel.

I.

„Wacht auf, ihr Herr'n von Bradwardine
　　Reißt von der Raufe die Renner!
Heut' muß es rasch entschieden sein,
　　Ob ihr Memmen seid oder Männer!
Der lecke Minstrel wob um sie
　　Seine Lieder fest und fester: —
Heut' Nacht mit ihm entwischte sie,
　　Eure golden-lockige Schwester.
Ich sah sie flieh'n nach dem Birkenwald,
　　Von Einem Rappen getragen:
Fest hielt er um die Elfengestalt
　　Den dunkeln Mantel geschlagen.“
So weckte die Lords von Bradwardine
　　Bei Hahnenkraht der Türmer, —
Beim dritten Hahnruf querfeldein
　　Schon jagten die Rachestürmer.

II.

Süß ruhte das Paar an dem Birkenquell,
　　Versunken in seliges Kosen:
Er flocht in ihre Locken hell
　　Die duftigen, wilden Rosen.
Am Weg im Frühwind wogte das Korn:
　　Waldbrossel sang tief innen:
Das Brautlied rauschte der Felsenborn: —
　　O weltverschwiegenes Minnen!
„Horch auf, Elfrida, die Brüder wert!
　　Nun heißt's ein Tänzlein tanzen:
Lord Edgar zückt sein schottisch Schwert,
　　Lord Edwin schwingt zwei Lanzen.“

Auf sprang der Minstrel, zog den Stahl,
  — Gut führt' er ihn, wie die Laute: —
Ein scharf Gefecht: wie bang zu Thal
  Vom Bühl die Lady schaute!
Da fliegt Lord Edgars Schwert ins Korn,
  Lord Edwins Speere splittern:
„Geduld! vor König Richards Zorn
  Sollst, frecher Knecht, du zittern.
Wir klagen laut an seinem Thron!" —
  Doch da lacht' es silbertönig:
„Der König, Lords? — der weiß es schon!
  Denn ich bin euer König:
Richard Plantagenet bin ich,
  Den Löwenherz sie schelten:
Als Sänger, Elfrida, korst du mich: —
  Der König wird's vergelten."

Der Gast von Dreux.

I.

Herr Blondel und von Dreux Dame Fleur de Vris
  Wie heiß, wie treu, wie heimlich liebten sie:
  Herr Blondel zog mit Sang durch Normandie.
Herrn Blondel bracht' ein Falke, sturmgetrieben,
  Aus Dreux ein Täflein Wachs, mit Blut beschrieben:
  „O komm und hilf'! es gilt um unser Lieben!"
Herr Blondel ließ den Hof von Haute Claude,
  Er ritt ein Roß, ein rasches Roß zu Tod
  Und schlich aus Thor zu Dreux beim Abenbrot. —
Die Nacht war still: — — die Sterne schienen klar: —
  Im Zwingergarten flüsterte das Paar:
  „Geliebter, zweifle nicht mehr: es ist wahr!

Mein Vater will und muß: — er wagt kein Nein,
  Wenn dieser Gast und Freier wirbt: — o Pein! —
  Nur Flucht, bevor er sprach, kann mich befrei'n."

II.

Und zu derselben Stund' um Mitternacht
  Ward Merkerkunde zischelnd hinterbracht
  Dem hohen Gast zu Dreux: „Sire, Sire erwacht!
Eilt in den Garten! dort mögt ihr am Zaun,
  Die ihr erkort, die Lilie aller Frau'n, —
  Bald eure Braut — in Buhlerarmen schau'n."
Er zog sein Schwert und sprang hinab so leise,
  Wie Löwen springen auf der Beutereise,
  In grimmverhalten tödlich stiller Weise.
Und als das Pförtlein just gewann das Paar,
  Da rauschte das Gebüsch: im Mondlicht klar
  Schwang auf ein Schwert, vor dem kein Fliehen war.
„Wer bist du," scholl's, „verfluchter Lilienfänger?"
  „Mein König," rief aufs Knie gestürzt der Sänger,
  „Stoß' zu: als dein Rival nicht leb' ich länger."
Da vor die Stirn schlug sich in wildem Schmerz
  Der Gast von Dreux des Schwertes Knauf von Erz,
  Dann sprach er still zu sich: „Trag's, Löwenherz!
Was lieben heißt, weiß ich zum erstenmal
  Heut' Nacht! Doch, Blondel d'Amiral, —
  Nie wird der König Richard dein Rival.
Seid glücklich beide! Denn ihr seid es wert:
  Lieb hat und Liebe euren Pfad verklärt, —
  Richard Plantagenet bleibt nur — sein Schwert."

König Richard und Blondel.

I.

„Ist die letzte Saite gesprungen, die letzte Klinge zerstückt,
    Noch den letzten Kuß dir, Geliebte, vom wonnigen Munde ge-
           pflückt . . .“ —
„Und dann, dann wollen wir sterben! Der Bischof, mein Oheim, soll
    Mir nicht im Kloster vergelten all’ seinen heiligen Groll.“
„O Richard, Richard, mein König! O wüßtest du Blondels Not, —
    Du rissest den Freund noch lebend aus den Händen dem grimmen Tod!
Noch Einen Tag mag trotzen, — nicht länger, — der morsche Wall:
    Der Bischof segnet den Sturmbock vor jedem erneuten Prall:
O Richard, Richard, mein König, nun säume nicht länger mehr!
    Ich will ja freudig sterben: — doch Edlitha sterben! — ’s ist schwer!“
So rief der bedrängte Sänger vom pfeilumflogenen Turm: —
    Der Bischof von York, der heischte die entführte Nichte mit Sturm! —

II.

Ein Tag verging und geborsten der Wall in den Graben brach
    Und empor zum letzten Wartturm der grimmige Bischof sprach:
„Verzweisle, frecher Minstrel, du Mädchen berückender Schelm!
    Ich weiß, wonach du ausspähst: nach des Königs Löwenhelm!
Doch zu Schanden wird dein Hoffen! Für den du die Lande durchstreunt,
    Vor allen Burgen klimpernd um den eingekerkerten Freund! —
Er verläßt dich! hat er doch selber einst nach Edlitha begehrt:
    Ergieb dich! in der Scheide hält Eifersucht sein Schwert!
Das ist eure sündige Freundschaft, ihr sündigen Männer der Welt:
    Ein sündiges Lieben zerreißt sie, wie sie sündige Weltlust gesellt!“
„Wahr spricht er,“ seufzte die Holde, „ich hab’ es dir nie bekannt:
    Vor dir umwarb mich der König: — längst hat er den Traum
           wohl verbannt!“ —
„O Richard, Richard, mein König, das ist bittrer als Todesschmerz,
    Daß der schändliche Pfaffe lästert dein königlich Löwenherz!
Wenn dich, Edlitha, geliebt einst der erste Ritter der Welt: —
    Und lägst du im Rachen der Hölle, dich erlöste der rettende Held!

Getrost, getrost nun, Edlitha! So sicher wie Gottes Treu: — —
   Jetzt muß er kommen, mein Richard, mein herrlicher Königs=Leu:
Und riefen Blondel und Freundschaft und Dank den Plantagenet
                nicht, —
Nun ruft ihn für eine Dame die adlige Ritterpflicht! —
Schau hin! staubwirbelnde Wolken aus dem Wald und ein flatternd
                Panier:
Und ein Ritter auf rasendem Rappen: — sein arabisch Edeltier!
Auf dem Kronhelm funkelt der Löwe: — wie stürmt er durch Speer
              und durch Pfeil!
Dank, Richard, du Ritter der Treue, du König der Ehre, Heil!"

III.

Und im Schloßhof vor dem König wehklagt das gerettete Paar:
   Denn pfeilwund liegt er, entwaffnet, schwer atmend auf blutiger Bar'.
„O Richard, o mein König, und um mich stirbst du den Tod!"
   „Einmal stirbt auch der König: — laß, Blondel, was hat's für
              Not? —
Wir zechten und sangen und küßten und siegten in manchem Gefecht: —
   Wir jammerten nie im Leben: — im Tode stünd' es uns schlecht.
Wir lebten ein freudig Leben und freudig sei unser Tod: —
   Doch, Blondel, ich kann nicht lügen: — nicht Freundschaft nur
              gebot! —
Der letzte Handschlag im Leben, den König Richard giebt,
   Sei Euer Lady Edlitha: — denn ich hab' Euch immer geliebt!"

Laird Lindsays Hochzeitritt.

I.

„Nun eile, Sohn Lindlay, Laird von Fleß,
   Leg' an das Hochzeitgewand:
Die Königin harret zu Inverneß,
   Den Brautring in der Hand.

Sie schenkt dir Thron und Reichsgewalt,
  Sohn Babwin, eile dich doch. —"
 „Die Königin-Witwe wird vierzig bald,
  Ich bin' nicht dreißig noch.
Zu alt ist weit mir die Königin!
  Mylady, ihr wißt es gut,
 Ich trug ganz andere Lieb' im Sinn, —
  Jung Ellen, das süße Blut!
Weiß war sie wie Schlehblüt', vom Morgen betaut,
  Und ihr Mund war rosenzart:
 Die Königin hat eine quittgelbe Haut,
  Auf den Lippen steht ihr ein Bart.
Wie war Ellen so hold, wann über das Korn
  Die Lerche mit Trillern flog,
 Wann die zarte Gestalt, am Wildrosborn,
  Ich, die Bebende, an mich zog.
Ich hing in den Busch da mein Jägerhorn
  Und mein reiherbefiedert Barett,
 Das Brautgemach wölbte der Wildrosborn,
  Und das Heidekraut unser Bett.
Vom Kloster herüber das Ave klang,
  Leis trug es verschwingend der West,
 Wir waren so still: — Rotkehlchen sang
  Zutraulich zu Haupt uns im Nest.
Doch einst, als nach Hushyborp wieder ich kam,
  Da war sie verschwunden — im Grab."
 „Dem Himmel danke, der dir sie nahm,
  Und dir die Königin gab.
Vergiß, Laird Lindlay, der Schäferdirn,
  Mit ihrem Wildrosenkranz,
 Die Krone von Schottland auf der Stirn,
  Um die Schultern Purpurglanz."

II.

Die Glocken läuteten über das Land:
  Es empfingen, wohin er kam,
  Die schönen Mädchen, den Kranz in der Hand,
  Der Königin Bräutigam.
Doch die schönen Mädchen staunten ihn an:
  „Wie hängt ihm das Haupt so schwer?
  Ich nähme wahrhaftig keinen zum Mann,
  Der dabei so traurig wär'.
Und er ist so schön, der stolze Knab',
  Und er darf die Königin frei'n, —
  Doch er, als ritt' er in sein Grab,
  So gramschwer schaut er d'rein."
Und als durch Hushyborp er ritt,
  Da wies sein Geleit er weg,
  Und stieg vom Roß und klagend schritt
  Er in lauschiges Buschversteck.
„Verloren die Liebe, das Leben dazu,
  O du Busch, der ihr Lächeln geschaut,
  Laß dich grüßen und o, laß dich küssen du,
  Ihr Lager, braun Heidekraut."
Und er will umschließen den blühenden Strauch,
  Und er neigt das Haupt voll Harm:
  Da weht ihm entgegen lebendiger Hauch, —
  Die Geliebte hält er im Arm.
„Nicht starb ich! Mylady schloß mich ein,
  Und sprach: „bis die Glocken durchs Land
  Jung Baldwin und die Königin weih'n, —
  Ins Kloster bist du gebannt."
Und als heut' die Glocken nun läuteten hell,
  Da ließ mich die Priorin fort:
  Mich aber zog's in Schmerzen grell
  An den alten, verschwiegenen Ort.

Heil Euch denn, Herr König! nicht zürnt mir nun
   Und grüßt Euer hohes Gemahl,
  Und wollt Ihr mir noch was Gnädiges thun, —
   So senkt in die Brust mir den Stahl."
Da jauchzte jung Lindsay: „nicht König bin ich,
   Dein bin ich mit Herz und Leib,
  Und trotz ganz Schottland heut' frei' ich dich,
   Mein schmerzengeheiligtes Weib."

Ralf Douglas und Rob Percy.

„Nun sind es des Hasses zwanzig Jahr'
   Und waren doch dreißig der Liebe!
  Das Herz ward kalt und grau das Haar —
   Gleich blieben die starken Hiebe:
Die Hiebe, die wir als Knaben gelernt,
   Da wir spielten und jagten zusammen: — —
  Die Züschler, die Douglas und Percy gelernt, —
   Sankt Jakob soll sie verdammen!
Und giebt's ein Fechten und seh' ich im Schwarm
   Rob Percy die Meinigen jagen,
  Dann jauchz ich geheim: „das ist sein Arm!
   Wir lernten's zusammen, dies Schlagen."
Nun scheidet uns Haß: — und ein Zaun im Wald:
   Wer hinüber sich wagt von beiden,
  Ist dem Tode geweiht. — Horch, ein Jagdruf schallt!
   Von den Percys? — ich will's nicht leiden!"
Ralf Douglas schritt in den Grenzwald schnell:
   Da traf er am Erlenborne,
  Mit blondem Gelock und mit Augen hell,
   Einen Knaben mit Jägerhorne.
Der blies so fröhlich das Percylied,
   Saß auf durchspeeretem Hirschen:

„Heil, Douglaswald, der mir beschied
    Solch trotzig glückliches Pirschen."
„Was staun'st du mich, Alter, so seltsam an?"
    „Dich kannt' ich vor vierzig Jahren!" —
    „Mich, der ich erst dreizehn Sommer gewann?"
    „Was bläst du so laut Fanfaren?"
„Ich blase so laut ob stolzer Pirsch
    In der Feinde, der Douglas, Gehege:
    Ich blase so laut, weil den ersten Hirsch
    Ich dem alten Douglas erlege."
„Du heißt?" „Ralf Percy nennt man mich!"
    „Ralf? Das ist kein Percy-Name!"
    „Oft seufzt mein Vater: Ralf nenn' ich dich
    Aus Lieb' und aus grollendem Grame.

O, würdst du ein Ralf, wie ich einen verlor: —
    Nicht trägt ganz Schottland den zweiten."
    Da brach durch den Tann ein Mann hervor:
    „O, mein Liebling!" rief er vom weiten!
„Wie wagst du, wie jagst du so todesdreist!
    Weh, wenn dich die Douglas erfaßten,
    Weh, wenn Ralf Douglas zu allermeist . . . "—
    Und des Vaters Wangen erblaßten.
„Weh, wer hält dich am Haar? Ralf Douglas —! Du!
    Gieb den Knaben mir sonder Harme!" —
    „Da nimm ihn, Rob, und mich selber dazu —:
    O öffne, mein Bruder, die Arme!"

Germanen-Markung.

Siegvater schickte den Adler aus,
    Der Germanen Gebiet zu umfliegen:
Doch flugmatt kehrte der Vogel nach Haus:
    „Weiß nicht, wo die Grenzen liegen: —
    Sie erweitern sie ewig durch Siegen."

Siegvater sandte den Nordwind aus,
    Der Germanen Gebiet zu umfahren:
Doch atemlos kam der Brauser nach Haus:
    „Ich konnte die Mark nicht erfahren: —
    Weil sie immer voraus mir waren."

Da fuhr Siegvater selber hinaus,
    Daß er ganz ihr Gebiet durchbahne:
Doch lächelnd kehrt' er nach Asgardhs Haus:
    „Wo ich hinkam, flog ihre Fahne: —
    Denn: Ich bin ja selbst ein Germane."

Und so pflanzt über die ganze Welt,
    Soweit Adler und Nordwind streichen,
Soweit der Himmel die Erde hält,
    Siegvater in allen Reichen
    Der Germanen Siegeszeichen.

Der Drachen-Schläger.

Die Trauer barg in schweren Gewölken das Land am Rhein:
    Der Drache trug Begehren nach des Königs Töchterlein.
Man konnte sie nicht versagen des wilden Wurmes Gewalt:
    Die Helden lagen erschlagen, der König war viel zu alt.
Die schwarze Trauerfahne, sie wallte weit ins Land:
    Auf hohem Turm-Altane die schöne Jungfrau stand:
„Fahrt wohl nun, Rosen und Reben! Fahr' wohl, du rauschender
                      Rhein:
    Nun muß mein junges Leben in den Tod gegeben sein."
Da nach dem Königsschlosse ein schimmernder Reiter ritt:
    Er ritt auf weißem Rosse, drei Schwäne flogen mit.
„Nun laßt das Trauern und Klagen, nun wird das Weh gewandt:
    Ich werde den Lindwurm schlagen, Sigfrid von Niederland.
Aus eitel Sonnenlichte geschmiedet ist mein Schwert,
    Vor mir wird all' zu nichte das Nachtgewürm der Erd'."

Radbods Bekehrung.

Freut euch, ihr Frommen,
  Preiset, ihr Priester,
Die Heil'gen im Himmel:
  Radbod der Recke,
  Radbod der Riese,
Freier Friesen
Ein freudiger Fürst,
  Harter Heiden
  Ein Hort bisher,
Beugt nun gebändigt
Bonus, dem Bischof,
  Das hohe Haupt!

Weiße Gewande,
  Leuchtendes Linnen,
Tauglich dem Täufling,
  Sandte durch seine
Grafen der große
  Frankenfürst:
Denn huld'gen soll heute
  Der riesige Radbod,
Wie hoch in dem Himmel
Dein Heer der Heil'gen,
  Auf Erden ergeben
Den frommen Franken.

Viel des Volkes
Füllt die Versammlung:
  Wehren und Weiber,
  Wo vor dem Weihtum,
Dem mächtigen Münster,
  Die Straße sich streckt. —
Ein bauchiges Becken

Von starkem Gesteine
Pontischen Porphyrs,
  Aus dem warmen Welschland,
Der reichen Roma,
  Von frommen Franken
Als Beute gebracht,
  Stellten stöhnend
  Vor die steinernen Stufen
Die Knechte der Kirche:
  Denn nicht genügte
Das weite Weihtum,
  Die breite Basilika,
Dem großen Gefäß
  Und dem tapfern Täufling:
Nicht hätte die Halle
  An Raum gereicht. —
Das gefräßige Faß,
  Die Wanne, mit Wasser
Füllten fluchend
  Und keuchend die Knechte:
„Donar, dächt' ich,"
  Ächzte der eine,
„Sollte selber
Sich satt hier saufen,
  Der dereinst doch
Aussoff die Salz-See."
„Wäre das Wein,"
  Erachtet ein andrer,
„Ich wäre wohl willig,
  Ein Heide bis heute,
Unterzutauchen
Zu tüchtiger Taufe."

Horch! Da hebt sich
  Ein Summen und Singen,
Ein Psalmen-Psalliren,
  Vom Plaß des Palastes:
Näher und näher
  In zögerndem Zuge
Bringt der Bischof
  Den reuigen Riesen,
  Den rauhen Ratbod,
In Mitte der mächtigen
Menge der Mönche,
Der Murmel-Männlein,
  Und klingelnder Knaben
  Mit Kelchen und Kerzen
Und wirbelndem Weihrauch
  In geschwungnen Geschirren
Und mit flatternden Fahnen:
  Auch nahten mit Neigen
  Die niedlichen Nönnlein,
  Neugierig, die Näs'lein
Schlau aus dem Schleier,
  In ängstlicher Obhut
  Der alten Äbtissin.

Hinter dem heil'gen,
  Dem breiten Bischof
Schreitet der Schreck
  Der Franken, der Friese
Ratbod der Rote. —
  Wenig Wonne
Lacht ihm von der Lippe:
  Aus den Augen
Nicht funkelt ihm Freude:
  Verdrießlich, drohend,

Stußig und stockend
Stapft er stumm. — —

Gleich dem grollenden
Stier, dem starken,
Den nur mit Not
  Mühmeisternde Männer
Vorwärts führen
  Mit häufigen Hieben, —
In die Rippen, mit Rufen,
  Stoßend mit Stecken: —
Oftmals aber
  Steht der und stemmt sich,
Neigend den Nacken,
  Den zottigen, zornig,
  Zögernd und zweifelnd,
Ob er nicht einen
Oder den andern
  Seiner Sänftiger,
  Seiner Sittiger,
Der unlieben Leiter
  Auf die Hörner heben
  Und himmelhoch
Solle schrecklich schleudern,
  Brechen die Bande,
Die Stricke und Stränge
  Und brüllend brausen
In freudige Freiheit. — —

Also, sinnend,
  Brütend, brachte
Fuß nach Fuß
Er finster vorwärts.
  Sein Roß mit der Rechten,
  Den raschen Rappen,

Zog er am Zügel! —
  Hinter ihm hart
Schritt schweigend
  Arno der Alte,
Grau und grimmig,
  Welcher die Waffen
  Ihm weiland gewiesen:
Auf siebzig Sommer
  Brachte der's bald.
  Brummend brach
Die Stille der Starke,
  Rief dem Rosse,
Des Nüstern niesten:
  — Nicht wollte er wagen,
Zu rufen dem Reiter —:
„Nießest du, Nachtelb?
  Helfe dir Hulda!
Gelt, du Guter,
Ganz vergällt ist
  Hier dir der Hauch?
Nicht in der Nase
  Freut dich der Franken
Süßlicher Sudel:
  Das Weihrauchgewölk
Der knieenden Knaben
  Quält dich mit Qualm?
Sehnst dich, zu saugen
  Wieder des Waldes
  Würziges Weh'n?
Aber, du Armer!
  Das wird dir nicht wieder!
Bald schenkt dich, geschoren
An Schweif und an schwingender
  Mähne, dein Meister
Dem klugen Kahlkopf,

Dem behäbigen Bischof!
Knochen dann kaunst du
  Tragen der Toten
In silbernen Särgen,
  Benedeite Gebeine,
Scheußliche Schädel
  Zu ekler Andacht
Und der Schreine und Schränke
  Traurigen Trödel!
Ja, wieh're nur, Wackrer
  Und schüttle dich schaudernd!
Sie nehmen dir noch
  Den Namen daneben!
Nicht mehr ‚Nachtelb‘
  Heißt dich dein Herr:
Getaucht und getauft
  Wird wie Reiter, so Roß!
Und nicht recht ist, zu reiten
  Einen Hengst den Heil'gen:
Verschnitten verschenkt
  Dich dein Herr: dann heißest
Nicht ‚Nachtelb‘ du: nein!
  Aber etwa: .. ‚Öchslein‘“

Wüthend wandte
  Sich rückwärts Ratbod:
„Schweige, du Schwätzer!
Sonst schlag' ich den Schädel
  Zuerst dir entzwei:
Drauf dem Roß, und als Drittem
  — Sehr ersehn' ich's! — mir
                selbst!“

Aber am Altar,
  Bei dem Becken,

Hielt nun der Haufe:
  Da winkte der weise
Bischof: es banden
Knieend die Knechte
  Die schweren Schuhe
Los und die langen
  Riemen dem Recken,
Hoben den hohen
  Helm ihm vom Haupt,
Knöpften den knappen
  Rock ihm vom Rücken:
Es nickten und neigten
  Auf den nackten Nacken
Ihm die lichten Locken:
  Ganz bis zum Gürtel,
Bar und entblößt
Stand nun der Starke:
  Ehrsam das Antlitz
Senkte zur Seite
  Die alte Äbtissin. —
Nun weihte das Wasser
In weisen Worten
  Bonus der Bischof:
Hoch die Hüfte
Hob der Held:
  Schweigend schwang er
Über die Öffnung
  Der weiten Wanne,
Bis zum Boden
  Fühlend, den Fuß: —
Ten einen: — aber der andre,
  Der rechte, ruhte
Immer noch außen:
  Rittlings rührte
  Der Recke den Rand.

Schwarz und schwer,
Schwül ward's und schwimmend
  Ihm vor den Augen:
  Aller Ahnen,
  Der Alten, Edeln,
Dacht' er: da drang ihm
  Arnos unwillig
  Ächzen ins Ohr:
„Ratger und Ratgis,
  Hohe Helden,
  Verhüllt die Häupter,
Wehklagt in Walhall:
Nicht wußt' ich's zu wenden."

„Säume, mein Sohn, nicht"
— Summt' es da süß —
  „Neige dich nieder:
Geweiht ist das Wasser."

„Ho, Herr, halt' an!"
  Rief da Ratbod,
„Nur noch das Eine nun
  Künde mir klar:
All' meine Ahnen,
  Zumeist die mächtigen
Ratger und Ratgis,
  Welche nicht wußten
Von Petrus noch Paulus, —
  Sage, wo sind sie?"

„Säume, mein Sohn, nicht!
  Wie ziemte da Zweifel?
All deine Ahnen,
Die harten Heiden,
  Vor allen die Übeln,

Ratger und Ratgis,
Die Feinde der Franken, —
  In der heißen Hölle
Sieden sie sämtlich."

Da sprang spritzend
  Ratbod heraus,
Weit, aus der Wanne,
  Dem guten Gefäß:
Stampfend stieß sie
  In Stücke der Starke:
Weithin wallte
  In Wogen das Wasser:
"Sieden sie sämtlich
  In der heißen Hölle, —
So siede, gesellt der Sippe,
  Auch ich!"
Schwang sich geschwind
  Aufs rasche Roß,
Hurtig dahinter
  Auch Arno, der Alte:
Bereit auf den Rücken
  Nahm sie der Nachtelb,
Sprengte gespornt
  Durch die schreiende Schar:
Blickte verblüfft da
  Der breite Bischof,
Maulten die Mönche,
Wehklagten die Weiber,
Netzte den Nönnlein
  Die Gewande das Wasser,

Griffen die Grafen
  Der Franken zur Framea,
Spitzige Speere
  Flogen den Flüchtigen
Nach: doch der Nachtelb
Trug sie getreulich,
Witternd und wiehernd,
Schnaubend und schmetternd
  Mit hurtigen Hufen
— Wie flogen die Funken! —
Rasch durch die Reih'n,
Durch Turm und durch Thor. —

Hoch auf dem Hügel,
  Steil vor der Stadt,
Hielt hemmend den Hengst
  Ratbod zur Rast:
Arno aber,
  Zu den Wolken gewendet,
Betete brünstig:
  "Waltender Wotan,
  Dank dir und Donar!
Wieder im Wildwald
  Nun werden wir wohnen,
Freudig und frei
Und in Fehde den Franken:
  Bis uns am Ende
  Umhöht der Hügel:
Über uns aber
  Ragen und rauschen
  Uralte Eichen!"

Kaiser Ottos des Dritten Ende.

Zu sterben kam der Kaiser Ott im Lenze seines Lebens.
Der Griechenärzte weise Kunst, an ihm war sie vergebens.
Ein rätselhaftes Leiden war's, ein zehrend Mark-Verbrennen:
Doch Ursprung, Name, Heilung — ach, die konnte keiner nennen. —

Da rief er an sein Pfühl Herrn Gehrd, den vielgetreuen Sachsen,
In dessen Hut und Waffenzucht der Jüngling einst erwachsen.
Der strich sich aus dem weißen Bart verstohlen eine Zähre
Und sprach: „Das wende Gott der Herr, daß dies das Ende wäre!
Ihr seid so jung noch. Von Euch hofft das Reich noch hohe Thaten:
Ihr müßt dem Ahn — dem großen Ahn! — Herrn Otto, nach-
                                        geraten!"

Der Sieche seufzte: „Just das ist's. — — Dir, alter Freund, ver-
                                        erb' ich
Mein schwer' Geheimnis. — Was mir fehlt? — An Karl dem
                                        Großen sterb' ich." —

„Hilf, Gott! Ihr redet fieberwirr!" — „O nein! Nie sprach ich
                                        klarer. —
Vernimm! Du weißt: vom Knaben an, mein Traum, mein Vor-
                                        bild war er,
Der große Karl, der da gewann die Kaiserkrone Romas! —
Von je hat mich berückt der Glanz des gleißenden Phantomas! —
Ihm ähnlich wollt' ich werden, — nein: viel größer noch als er.

So zog ich überhobnen Sinns nach Aachens Pfalz daher.
Und hier ergriff mich heiß der Drang: ich mußt' in seinem Grabe
Aufstören seine Heldenruh', ich maßlos eitler Knabe!
Ich drang hinab: nicht hielt mich auf all' meiner Vesten Warnung:
Es zog mich an des Großen Grab ein Netz der Wahnumgarnung.

Nun stand ich in der düstern Gruft: rings schauerliches Schweigen.
Ich war allein: es wollte kaum die Fackel mir ihn zeigen.

Da saß die mächtige Gestalt, hoch aufrecht, auf dem Throne,
Das breite Schwert in knochiger Faust, am Haupt die Zackenkrone,
Der Heerschild hing am linken Arm, das Scepter lag im Schoße,
Geschlossen war das Augenpaar, das licht- und lebenslose. — —

Wohl stockte mir der Atem erst, und Grau'n hielt mich befangen:
Bald aber riß mich hin zu ihm das frevle Wahnverlangen.
„Gieb her!" rief ich — wie scholl das laut im Steingewölbe wieder! —
„Nicht taugen Kaiser-Schmuck und Wehr für deine toten Glieder.
Gieb' beide mir. Mir ziemen sie. Ich bin dein größ'rer Erbe:
Nicht rast' ich, bis ich höh'ren Ruhm, denn du, Herr Karl, erwerbe."

Und vorwärts sprang ich auf den Thron, riß ihm vom Haupt den
                    Reifen,
Wand' aus der Faust das Schwert und zog den Schild vom Arm,
                    dem steifen.
Doch wie ich nun so vor ihm stand, mit Schwert und Schild und
                    Krone, —
O Grau'n! Mir war, als hob er sich empor von seinem Throne,
Die toten Augen schlug er auf, zu fürchterlichem Blick; — — —
Da riß Entsetzen zuckend mir den Kopf in das Genick!
Weh' mir! Der Schild verbrannte mir den Arm wie Flammen-
                    schimmer,
Das schwere Schwert erlahmte mir die Kraft der Hand für immer,
Die Krone aber schraubte mir zusammen Haupt und Stirn,
Mir war's, sie drückte mir zu Brei das innerste Gehirn! —
Aufschreiend fiel ich aufs Gesicht! — — —
                    So fanden mich die Meinen! —
Ein Todessiecher stand ich auf von jenen kalten Steinen.
Nicht konnt' ich des genesen mehr in allen meinen Tagen! — —
Der kleine Mann soll nicht Begehr nach des Großen Krone tragen!"

———

Das Urteil Gregors VII.

In tiefen Sorgen stand
Der ehr'ne Hildebrand:
Gelehnt im Lateran
An eines Fensters Rand
Sah er auf dunst'ger Bahn
Die Sonne blutig sinken
Rot in den Tiberstrom:
Der ist gewohnt, zu trinken
Dein Blut und frembes, — Rom! — —

Versunken nun mit Glanz und Glut
Die Sonne lag in schwarzer Flut,
Da warf sich nieder am Altare
Der hagre Mönch in der Tiare
Und, wie Jakob mit Zebaot,
Rang er mit seinem Gott.
Die knoch'gen Hände hoch erhoben,
Hob er auch Herz und Blick nach oben,
Den Flammenblick, und schalt auf Gott!

„Herr, machst du wirklich mich zum Spott
Vor meinen Feinden? Nein, den deinen:
Denn dieses weißt du: — sollt ich meinen! —
Ich führ' in Kampf und Rache,
Im Fluch und Anathem,
Nur deine, deine Sache
Gen Heinrichs Diadem.
Ja, mein ist deine Sache
Und deine Sache mein:
Soll denn der Höllendrache
Noch nicht bezwungen sein,
Des Teufels Saat,
Der sünd'ge Staat?

Ich schüttle goldne Kronen
Von Königshäuptern stolz
Wie Sturmwind sonder Schonen
Das welke Laub im Holz.
Zu meinen Füßen lag sie,
Des Reiches Majestät,
Nachdem drei Nacht und Tag sie
Um Gnade mich gefleht.
Vom Bußhemd schon behemdet,
Lag sie von Schmach bestaubt:
Aufs neue, gottentfremdet,
Hebt sie das trotz'ge Haupt.

Und nun hast du mir grausam
Den besten Freund entrissen,
Dem ich gefolgt vertrausam:
Ich nannt' ihn: mein Gewissen!
Den Abt von Cluny nahmst du mir,
Der heil'gen Kirche höchste Zier,
Nein, nicht nur dies: Burg, Wehr und Turm
Bewährt in aller Feinde Sturm.
Das fromme Cluny steht verwaist:
Erleuchte du mich, heil'ger Geist,
Wo find' ich — rate, hilf, Sankt Peter! —
Wo find ich einen Stellvertreter?
Wie nenn' ich ihn, den würd'gen andern?"

Er schwieg.
          Da scholl's: „Gerbod von Flandern
Er ist's, den du erwartest. Amen."

Laut und vernehmlich scholl der Namen,
Verzückt hob sich der Papst empor
Und wandte sich, den Gottesboten
Zu schauen, der ihm das entboten.
Jedoch an der Kapelle Thor

Stand nur ein junger Diakon:
„Ich meldete, Herr, öfter schon
Den Mann, der vor der Thüre steht:
Doch du, versunken in Gebet …“
Rasch rief Gregor: „Laß ihn herein!
Hoch soll er mir willkommen sein.“

Da trat in seiner Locken Helle
Ein hoher Jüngling auf die Schwelle,
In Stahl gehüllt die schlanken Glieder,
Ein Held, ein Kämpfer jeder Zoll,
Das Auge blauer Blitze voll,
Des Armes Muskeln eisenstark:
Jedoch erschüttert bis ins Mark
Warf er sich vor dem Papste nieder
Und küßte seines Mantels Saum.

Gregor schien des zu achten kaum:
„Steh auf, mein Sohn! Was stößt dir zu?“

„Ich … sah … noch keinen Mann … wie du!
Sah Aug' in Auge oft dem Tod …
Doch … was aus deinem Blicke loht …“

„Das ist von Gott: — drum trägst du's nicht. —
Mir ward von deiner Schuld Bericht:
Du bist ein nie besiegter Degen,
Des Jähzorns Dämon schlimm erlegen:
Den Herzog Hugo von Brabant,
Den eignen Lehnsherrn, dir verwandt,
Hast du beim Jagen
Im Zorn erschlagen …“

„Weil er mir vorenthielt den Bär,“
So schrie der Jüngling ungestüm,
„Das prachtvoll stolze Ungetüm,
Das doch nur fiel von meinem Speer …“

Da traf den Tobenden ein Blick,
Er senkte Trotz, Haupt und Genick
Und brach ins Knie:
„Ich liege hie
Und bitte, flehe, heil'ger Mann,
Schau meine Herzverzweiflung an.
Laß nicht die Reue mich zerfleischen!
Gebeut! Was immer du wirst heischen,
Herr, ohne Zucken, ohne Zagen,
Will ich's erfüllen, leiden, tragen."

Lang ruhn auf ihm die mächt'gen Augen,
Um an der Seele Quell zu saugen,
Dann ruft er und man bringt ein Beil.

„Mein Sohn," spricht er, „dein Seelenheil
Verlangt, daß du auf immerdar
Ihr absagst, die dein Dämon war:
Der Weltlichkeit, der Lust am Leben:
Dem Herrn sollst du zum Opfer geben
Helm, Waffenruhm und Ritterschaft ..."

„Nein!" schrie der Jüngling grauenhaft.

Jedoch Gregor fuhr fort: „den Speer
In Jagd und Kampf hebst du nie mehr,
Für immer gürtst du ab das Schwert:
Und daß dir's wirksam sei gewehrt,
Abhack' ich, Gerbod von Brabant,
Dir die verfluchte rechte Hand,
Mit der du deinen Herrn erschlagen. — .
Wirst du das ohne Zucken tragen?
Dafür sprech' ich dich los von Schuld
Und segne dich mit Gottes Huld.
Ich seh's, du willst: dich zwingt die Reue ...
Dein Herz gelobt's in rechter Treue.

Noch einmal laß dich fragen:
Wirst's ohne Zucken tragen?
Du willst?   So leg' die rechte Hand
Auf dieser Marmorstufe Rand:
So, recht! — Nun aber woll'n wir sehn,
Ob's ohne Zucken wird geschehn."

Der Deutsche legte fest die Hand
Auf jener Altarstufe Rand
Und hielt den Blick zum Papst gewandt.

Der aber hob in Eil'
Das scharfgeschliffne Beil
Und schwang's und sah ihm ins Gesicht: — —
Er zuckte mit der Wimper nicht,
Und zuckte nicht mit Arm noch Hand,
Fest auf Gregor den Blick gewandt.

Da warf der Papst in Eil
Hinweg das scharfe Beil
Und schloß mit heißen Thränen
Den Jüngling an sein Herz:
„Gott hat gestillt mein Sehnen,
Geheilt mir Gram und Schmerz.
Ja, junger furchtlos kühner Held,
Von Buße nur das Herz geschwellt
Und bis zu schärfster Schmerzensnot
Gehorsam meinem Machtgebot,
Nein: meinem nicht: Gott selbst: — du bist
Den ich erbat zu dieser Frist!
Nach Frankreich! Rasch! Auf heil'gen Wegen!
Nimm, Abt von Cluny, meinen Segen."

———

Wallada.

I. Klage.

Der Herbstwind braust, der Nebel zieht,
Das Buchlaub fällt, die Schwalbe flieht —:
   O wie schaurig, frostig und trübe! —
Wo weilt der Geliebte? Wann hallt sein Gang
Die Heide, die Düne, die Klippen entlang?
   Weine, ja weine, Wallada!

Sie sitzt am Geklipp, so einsam, so weh,
Sie blickt in die graue, die grausame See,
   Vergessen, verlassen, verloren:
Da sah sie zum letzten sein fliegendes Boot:
Gefangen? — Versunken? — Treulos? — Tot?
   Weine, ja weine, Wallada!

II. Erlösung.

Der Lenzwind rauscht, der Himmel glänzt,
Was wallt in die Bucht, maikranz-bekränzt?
   Ein Schiff mit purpurnem Segel!
Was tönt so laut das Siegeshorn?
Was steht so stolz am Bugspriet vorn?
   Jauchze, ja jauchze, Wallada!

Nicht gefangen, versunken, treulos, tot!
Nein, König Haralds Schwanenboot
   Holt, hochgeschmückt zur Brautfahrt,
Dich fort vom Geklipp, von der Einsamkeit:
Die Hochzeitfackel leuchtet weit:
   Jauchze, ja jauchze, Wallada!

Tannhäuser.

Ein Cyklus.

Wie hoch von Schlosseszinne das Edelfräulein sieht,
Wie stolz durch ihre Sinne alt-edler Name zieht:
Doch älter ist die Minne und edler ist das Lied! —
Die Zinne wird erfliegen, hab' acht, gar schnell mein Sang:
Den harten Stolz wird biegen der Stimme weicher Klang
Und an mein Herz dich schmiegen des eignen Herzens Drang.

Es quält dein Bild mich Tag und Nacht,
Die Ruh' ist mir vergangen,
Stets seh' ich deines Leibes Pracht,
Die marmorweißen Wangen
Und deinen süßen, roten Mund,
Den seh' ich ach! zu jeder Stund
Mit glühendem Verlangen.
Und-eher find' ich Ruhe nicht,
Bis in verschwieg'ner Stunde
Dein kalter Stolz geschmolzen bricht
Vor meinem heißen Munde,
Bis Arm in Arm und Brust an Brust
Ich trinke volle wilde Lust
Aus deines Herzens Grunde.

Wohl führt der Pfad zu dir vorbei,
An scharfen Klingen zwei und drei: —
Und wär's ein ganzer Wald von Schwertern: —
Ich wiche nicht von deinen Fährten.

Und lägen deines Herzens Thor
Als Siegel alle Sterne vor
Und Gottes Zorn als Riegel, —

Ich ruh' und raste doch nicht eh',
Bis ich mein Bild nur glänzen seh'
In deiner Seele Spiegel.

———

Worin dein stärkster Liebeszauber ruht
Und was ihn birgt, ach, ich entscheid' es nie: —
Ob deiner Seele dunkle Purpurglut,
Ob deines Leibes weiße Poesie.

———

Verborgen tief in meiner Brust
Da woget süße Keimnis,
Ich bin mir stillen Glücks bewußt
Und heißer, heißer Minnelust
In seligem Geheimnis.
Ein Schatz von flüss'gem Zaubergold,
Der wurde mir zu eigen —:
Durch Leib und Seele glühend rollt
Ein froh Gedenken heiß und hold
In stolzverhalt'nem Schweigen.
Und seh'n mich nun die Menschen an
Und seh'n mich Mond und Sonne,
Laut lacht' ich gern, so laut ich kann:
Sie ahnen nicht, was ich gewann,
An nie erreichter Wonne.
Von meinem Glücke weiß allein
Ein Herz im Erdenrunde:
Dem soll dies Lied zu eigen sein,
Als flammenroter Wiederschein
Von einer sel'gen Stunde.

———

Nun weiß nicht bloß der stille Wald,
Nun wissen alle Vöglein bald
Um uns're süße Minne:

Wir ruhten tief im Tann zu zwein,
    Da kam ein kleines Rotschwänzlein, —
    Das ward des allen inne.
Es fand ein Haar, lang, goldig hell,
    Das trug es ein zu Neste schnell,
    Und singt nun stets mit Schalle:
„Das holde Kind, das Elfenkind,
    In unserm Walde ward's gewinnt: —
    Des freut euch, Vöglein alle!“

———

Denk' nur, wo wir uns getroffen jüngst in Schnee und Frost und
                                        Eis, —
Alle Knospen steh'n dort offen, alles schimmert blütenweiß.
Nirgends sonst im ganzen Gaue drang der schöne Lenz so weit:
    Nur nach jener stillen Aue rief ihn unsre Seligkeit.
Dort nur hat die Knospentriebe, vor des Frühlings Lebenshauch,
    Uns're heiße, heiße Liebe wachgeküßt an jedem Strauch!

———

Getrost, mein Lieb', getrost, du bist nicht einsam:
    Die Sehnsucht wölbt uns Brückenbogen kühn:
    Die Pulse pochen und die Herzen glüh'n,
Und ach! die Seelen lechzen uns gemeinsam.
Nicht lange währt's und in verschwieg'ner Halde
    Viel blaue Veilchen lächelnd pflückst du dir:
    Noch mehr doch roter Küsse pflück' ich mir
Und tief und tiefer führ' ich dich im Walde.
Maiwolken geh'n am hohen Himmel oben:
    Du ruhst auf braunem Laub und grünem Moos:
    Doch ich, das Haupt beseligt dir im Schos,
Will wonneschauernd deine Schöne loben.

———

I.

Zage mir nicht, du
    Holde Geliebte!
Noch, wie vor alters,
    Schweben die Götter,
Führend und schirmend,
    Um ihrer Lieblinge

Leuchtende Häupter:
Die Götter der Schöne,
Des Siegs und der Liebe,
Haben die Ihrigen
Allen Gewalten
    Befohlen zum Schutz.

II.

Fällt der Geweihte
    Vom schwindelnden Fels, —
Auffängt ihn behende,
Mit weicher Umarmung,
    Des atmenden Äthers

Freundliche Göttin,
Und an dem sieben-
    Farbigen Schleier
Gleitet er sicher
    Zum sicheren Grund.

III.

Barst ihm der Kiel, —
    Aus den schäumenden Wo-
           gen,
Taucht, auf dem weiß-grau
    Mähnigen Seeroß
Reitend, die Meerfrau,

Schwingt auf den Bug ihn
Und flicht in die Locken
    Ihm rote Korallen und
Leuchtenden Bernstein
    Als ihrer Behausungen
    Gastgeschenk.

IV.

Und in des Kampfes
    Schwirregeschossen
Schwebt ihm zu Häupten,
Haltend den Stahlschild
    Aller Walküren
Holdeste treu:
Sie, mit den bleichen,
    Lange gestreckten,
Edelsten Zügen

Und dem lockigen Goldhaar
    — Kennst du sie nicht? —
Hilde, die Holde,
Die da im Zweikampf
    Einstens des eignen
Bruders nicht schonte,
    Um des Geliebten
Brust zu beschirmen —

V.

Doch spann' ihm, zu fallen,
Endlich das Schicksal, —
  Siehe, da drückt mit den
  Üppigen Lippen
  Heiß auf den Mund sie
Den Kuß ihm des Todes,

Wie oft einst der Liebe
  Glühendes Siegel,
Und er entschläft, auf
Strahlendem Antlitz
  Selig Erinnern.

———

Wanderer, wallst du an wogenden Seen,
  Scheue die schönen, die weißen Nymphäen!
Ich weiß, wie sie locken,
  Die gleißenden Glocken,
  Mit dem keuschen Weiß,
  Das verhohlen so heiß,
So unendlich schöner als Rosenrot:
Doch, wo sie schwimmen
In der schweigenden Flut
Mit verhalt'ner Glut,
  Da lauert der Tod.

———

Nirgends blüh'n die wilden Rosen
Schön wie hier im Thüringland:
Doch zuschönst, wo unser Kosen
Waldverschwiegne Stätte fand.
Alles duftet in der Runde,
Knospen, Blüten steh'n zu Hauf:
Jeder Kuß von deinem Munde
Ging als rotes Röslein auf.

———

Immer zieht es zu den Orten unsres Glückes mich zurück:
Ach mir ist: ich finde dorten deines Wesens noch ein Stück,
Doch die weißen Blüten klagen: „die das Thal hat reizbeseelt,
Die du an der Brust getragen, — uns're schönste Schwester fehlt!“

———

Zu allen höchsten Dingen
Vermag mein Lied zu bringen:
Doch lahmen seine Schwingen
Vor deines Auges Pracht,
Vor deiner Schmerzen Nacht,
Vor deiner Liebe Macht: —
Sie kann ich niemals singen.

———

Leis ziehen die Wolken, leis klaget der Wind,
  Fern hör ich dich weinen, du bleiches Kind,
Und kann nicht kommen und trösten dich
Und, um den du weinest — ach — der bin ich!

———

Jede Thräne möcht' ich saugen
Von den schönen, gold'nen Augen:
Jeden Seufzer möcht' ich dürfen
Von dem süßen Munde schlürfen:
Jedes Klagen
Rasch verjagen
Und verweh'n: —
Aber wann wird das gescheh'n?

———

O du mein Lieb, du Haupt viel süßer Sorgen,
  Mein tiefstes Leid und meine höchste Lust!
  Wann kommt der Tag, der sicher und geborgen
  Dein holdes Köpflein legt an diese Brust?
Kaum trag' ich's mehr, dies Hoffen, Harren, Bangen,
  Die bitt're Wehmut um dein einsam Los!
  O Morgenstern, geh' endlich auf mit Prangen:
  Lang ist die Nacht und ach, die Sehnsucht groß!

———

So nahe, wie zwei Flammen aus Einer Glut entloht,
So nahe siedeln beisammen die Minne und der Tod!

———

Sei sieggetrost, du schöne Traute!
Vollführen will ich's deiner wert:
Noch nie versagt hat diese Laute,
Noch nie besiegt ward dieses Schwert!

―――

Auf dein Haupt die Ehre, ―
In mein Herz die Speere!

―――

Ich rang nach toter Künste Lehre,
    Und nach gestückter Weisheit lang,
Nach armer Lieder armer Ehre,
    Mit schwach gewedter Harfe Klang.
Jetzt aber durch das Speergesplitter
    Stürm' ich für meine Königin:
Heil mir, daß endlich ich ein Ritter,
    Kein Mönch mehr und kein Stümper bin.

―――

Das Visier nun gesenkt!
Und die Zügel verhängt!
Und dem tödlichen Haß entgegengesprengt
    Und dem herzblut-dürstenden Speere:
Jetzt gilt es nicht mehr um Lieben und Glück:
Jetzt gilt's, mit dem Leben zu kaufen zurück
    Das verpfändete Kleinod: die Ehre. ―
Und bin ich gefallen um Ritterpflicht
Und schauest du nimmer mein Angesicht,
Vergiß des erbet'nen Lorbeers nicht
    Und noch einmal schenke mir Thränen:
Dann flüst're: „Nun wohl dir, du Stürmischer du!
Im Leben doch nimmer erreichte die Ruh'
    Dein Trachten und Suchen und Sehnen "

―――――

Auf diesem Arm, ob trüb und trüber
Im Leben uns umwölkt das Leid,
Auf diesem Arm trag' ich hinüber
Dich leuchtend zur Unsterblichkeit.

———

Du Heil'ge, sei in Ewigkeit mir hochgelobt!
  Es ward in tausendfält'gem Leid dein Herz erprobt:
Kein Herzleid giebt es, alt und neu, — dich traf's um mich:
  Kein Herzleid traf dich, das nicht treu erfunden dich.
Was nun auch schwer und dunkel noch mag harren dein:
  Du weißt, du wirst auf ewig doch mein eigen sein.

———

Wild war die Nacht, der Sturm fuhr durch die Äste, —
Am Himmel jagten ruhelos die Wolken,
Sich selbst zerstörend mit dem heft'gen Drang,
Kein andres Bildnis neben sich zu dulden. —
Ich aber stand und starrte still ins Dunkel,
Und dachte dein, und dachte, wie das alles
So rätselvoll, so wunderbar geworden.
„Das Leben dieses Kindes war so hell,
So spiegelglatt, gleichwie ein schlummernd Meer:
In blauer Heitre lag es ausgebreitet
Und froh, wie Silbermöwen rasch und leicht,
Die holden Scherze glitten drüber hin:
Da bist du kommen mit dem wilden Drang,
Im Herzen die dämonisch-heiße Glut,
Und auf der Stirn die Spuren von dem Kampf,
Den du auf Tod und Leben mit dem Bösen,
Dem Allzerstörenden, hast lang' geführt.
Gleichwie ein schwarzer Zaubrer bist du kommen
Und hast die spiegelhelle Flut besprochen
Mit deinem heißen Wort und heißern Blick,
Bis sie, vom tiefsten Grund her aufgewühlt,
In Sturm und Brandung hohe Wellen schlägt;

Dem ew'gen Schicksal hast du seine Wage,
Die heil'ge, aus der eh'rnen Hand genommen,
Und hast für dies Geschöpf dich kühn vermessen,
Dich selbst zu seinem Schicksal ihm zu machen;
Herausgerissen hast du diesen Stern
Aus seiner Welt, in der er friedlich kreiste,
Und hast ihm neue Bahnen vorgezeichnet,
Nach andern Zielen, einen andern Pfad. —
Das ist dein Werk: wohl hattest du den Mut,
Es zu beginnen, — hattest du das Recht —?
Hast du die Kraft, es glücklich zu vollenden?" — —
    Und unstet schlug mein Herz in Nacht und Dunkel
    Und wild am Himmel jagte das Gewölk.
    Lang stand ich so, und forschte nach Entscheidung: —
    Und sieh, da trat hervor aus dunkeln Wolken
    Der Jupiter, der Stern, den ich geliebt,
    Seit sich mein Auge hebt zum ew'gen Himmel
    Und der mich allzeit mit vertrautem Strahl
    Gegrüßet und zum Heil geführet hat
    Und vor mich trat in dieses Sternes Schimmer
    Die Muse meiner Dichtung hin und sprach:
„Mein Sohn, vertraue dir und deinem Stern!
Trieb dich doch nicht des Übermuts Verblendung,
Dich drängte deines Wesens tiefster Kern:
Er rang und wuchs notwendig zur Vollendung.
Was aus des Mannes Brust so mächtig quillt,
Das ist sein Recht, sein Schicksal und sein Leben:
Du mußtest suchen, was dein Sehnen stillt,
Und Höh'res, als du nahmst, hast du gegeben."

———

„Wo ich wandle, wo ich walle,
  Zieht durch die Gedanken alle
  Sich gleichwie ein rotes Fädchen
  Brennend mir das holde Mädchen.

Ach, ich muß mit Schmerzverlangen
Stets an ihrem Reize hangen.
Ja, um einmal nur zu dürfen
  Heißen Kuß vom Mund ihr schlürfen,
Wollt' ich sterben, ach wie gern."
Also hab' ich einst gesungen
In viel heißen Peinigungen:
Und erfüllt hat's nun mein Stern,
Und nun ward sie unentreißbar
Ganz in Seele mein und Leib:
Gnade Gottes, unauspreisbar,
Gab sie mir — mein ewig Weib.

———

Laß nochmals dir in Flammenworten sagen,
  Wie du auf ewig selig mich gemacht,
  Wie du das Glück, der Glanz von meinen Tagen,
  Wie du der Stern in meines Daseins Nacht.
Unfaßbar wonnig ist in diesen Wochen
  Uns auferstanden das verstorbne Glück:
  Ein Lenz ist uns im Winter angebrochen ·
  Ach, jener goldne Mai er kam zurück.
Dank sei dir, Gott, du bist mit uns'rer Liebe!
  Denn sie ist göttlich, wie du selber bist,
  Ob nichts im Weltall gleich und dauernd bliebe: —
  Gott und die Liebe kennen keine Frist.
Wie rührend ringt durch Schrecken und Gefahren,
  Durch ungezählter Feinde grimmen Chor,
  Durch Schlachtenbraus, durch Tod, durch Sturmfanfaren,
  Sich sieghaft uns're Liebe stets empor.
Nichts trennt uns, nichts im Leben und im Sterben:
  Eins bin ich, ewig selig eins mit dir:
  Und triumphierend, selbst noch im Verderben,
  Zum Himmel uns'rer Liebe schweben wir.

———

Deiner schönen Stirne Glanz
    Dreifach ziert ein reicher Kranz:
Weiße Myrten, schämig, traut,
    Schmücken jungfräulich die Braut:
Rote, volle, heiße Rosen
    Soll'n das süße Weib umkosen:
Grüner Lorbeer, stolz von Sinn,
    Krönt die Liebessiegerin.

„Ob uns bald des Schicksals Wagen donnernd in den Abgrund rollt: –
Unser Mund wird niemals klagen, denn wir haben's selbst gewollt!"
So hat meine wilde Weise einst gen Himmel kühn getönt:
Aber du hast, fromm und leise, uns der Götter Groll versöhnt:
„Wollen wir den Trotz'gen strafen, — treffen wir dies Kind zugleich:
Holde, friedlich magst du schlafen, ob dir wacht das Himmelreich."

Elisabeth an Tannhäuser.

Unergründlich tief, unsagbar hehr, —
    Du bist wie das Meer.
Sanft, gelind,
Fromm, wie ein Kind,
Du spiegelst in lächelnder Friedlichkeit
Des Sternenhimmels Unendlichkeit.
Und selbst der Scherz fliegt manchmal hin
Über den dunklen, ernsten Sinn,
Wie hell und huschig die Möwe blitzt,
Die der Welle Kamm im Fluge ritzt.
Du birgst im weichen, wogenden Schoße
Der Korallen dornenastige Rose,
Und Schwerter und Kronen und golden Geschmeide,
Leuchtende, blendende Augenweide,
Die du gespeichert in deinen blauen
Tiefen, — oft läßt du sie flüchtig schauen.

Es rauscht ein bezauberndes Auf und Nieder
Im wogenden Rhythmus deiner Lieder
    Und herzentzückend,
Sinnberückend
Erzählst du mit plauderndem Wellenschlage
    Das reizende Märchen, die heilige Sage.
Und wenn dein Auge so treulich schaut,
Der helle Spiegel so frieblich blaut, —
Jegliche Seele gewinnst du zur Braut,

Doch wehe, ja wehe ihr, wenn sie vertraut!

Denn plötzlich aus deines Urgrundes Nacht
Deines Wesens geheimste Macht,
    Der schreckliche Dämon, auferwacht!
Der Tag wird Nacht, rings Sturz und Fall,
Das All wird Nichts: — Du warb'st das All!
Aus beinen Tiefen schleuderst du Gischt,
Daß den zagenden Sternen der Glanz erlischt,
Es bebet der Himmel von Pol zu Pol,
Nur du bist stark, — sonst alles hohl:
Die bräutliche Seele, die du erkoren,
Unrettbar ist sie an dich verloren.
Ob Flucht, ob Trennung als Rettung sie wähle,
Ob sie sich fliegendem Segel empfehle,
Du folgest, du fängst sie, die zitternde Seele!
Und ob sie sich schirmt mit Dämmen und Deichen,
Hinter des Kreuzes heiligem Zeichen: —
Ha, es reizen den donnernden Dämon die Dämme,
Daß er sie brausend überschwemme:
    Sie sind dem Unwiderstehlichen Spott: —
Du nahst, du nahst mit furchtbarer Kraft: —
Schon hast du an dich die Seele gerafft
Vom umklammerten Kreuz, vom umklammerten Gott:
Du warb'st ihr Gott und ihr Verderben! — —

Doch selig, selig, in dir sterben!

Auf deiner stolzen Brust dahin
Trägst du des Meeres Königin,
Trägst sie dahin zu ew'gem Ruhme,
Die du erkorst, die weiße Blume:
Und sinkt sie tot in deinen Schos, —
Als eine Perle makellos
An deinem tiefstgeheimen Ort,
Da ruht und glänzt sie fort und fort:
Du wiegest deinen Liebling weiß
    In tausend Liederwellen leis:
        So ward — o unausdenkbar Glück! —
Sie deines eignen Seins ein Stück —:
Unergründlich tief, unsagbar hehr: —
Geliebter Mann — du bist das Meer!

Tot!

Tot? Tot? Weh! Weh! Hier sank zu Grabe
Ach! Alles was ich bin und habe,
Was ich erlitt, erstritt, ersang: —
Und Haupt und Herz und Harfe — sprang.

Tannhäusers Ende.

Von hohen Meistern, alt und jungen, ist uns in alt' und junger Zeit
Tannhäusers Wundersang gesungen und seines Schicksals Widerstreit.
Jedoch: wie schön man sang und sagte das Lied der Lust, der Pein,
                                                            des Bann's, —
Was meinem Sinne stets mißhagte, das war der Schluß des Lied's
                                                            — und Mann's.
Vernehmt nun, wie sich mir enthüllte, gelöst, der Aventiure Schmerz:
Mir gab's das Herz: — von je erfüllte zu tiefst das deutsche Volk
                                                            dies Herz. —

Als heimgekehrt an dürrem Stabe — kein Wunder gab zurück sein
Grün! —
Den Abendstern sah ob dem Grabe Elisabeths Tannhäuser glühn, —
Da sank er in die Wartburg-Buchen, betäubt, ein aufgegebener Mann!
„Wo," — rief er -- „nun den Retter suchen, der noch Tannhäuser
lösen kann?"
Lang lag er so: — da legte leise auf sein Gelock sich eine Hand;
Und wunderhehr und wunderweise der Kaiser Friedrich vor ihm stand.
Der sprach zu dem verlornen Manne: „Mein Sohn, dich kenn' ich
und dein Los!
Gleich dir steh' ich im röm'schen Banne: — sei stark —: so macht
der Bann dich groß!
Was zogst du, in der Sühne Schmerzen, so weit? — bis Rom!
Freund: Rom ist tot!
Nur was zunächst dir lebt am Herzen: — dein Volk nur heilt des
Herzens Not.
Frau Venus wirst du nicht ersehnen: — du weißt jetzt: sie ist moder-
gleich,
Und nicht im Traumland der Hellenen, — du lebst im eh'rnen deut-
schen Reich!
Ist dir Elisabeth genommen, — dir blieb dein Volk, der höchste
Wert!
Ist dir der Liebe Glanz verglommen, — Tannhäuser auf: dir blieb
— dein Schwert!
Willst du des Lebens Rest verschlafen, weil du geirrt von Weib zu
Weib?
Und soll das Raubgezücht der Slaven indes stets näher uns zu Leib?
Tannhäuser auf: dein Unheil endet!" — — Da sprang der Sänger
auf, ein Held!
„Mein Kaiser hat mein Los gewendet! Das deutsche Heerhorn ruft!
Zu Feld!" — —
Bald aus der Mordschlacht an der Neiße trug man ihn tot, im
Siegesglanz:
Und um die Stirn wand ihm, die heiße, sein Kaiser selbst den
Eichenkranz.

Walther von der Vogelweide.
Ein Cyklus.

Vorgesang.

Kein liebes Vöglein kommt zu Leide,
　　Das mir in Garn und Schlaghaus geht:
Im Winter, wann durch Wald und Heide
　　Der Eiswind und der Hunger weht,
Da trifft in meiner Halle Weide,
　　Was zierlich Schopf und Fittich dreht:
Frei, sonder Käfig, hüpfen sie
Auf Harfe mir, auf Buch und Knie.

Dann sitz' ich, deckend Bein mit Beine,
　　Das Kinn geneigt zur Hand geschmiegt,
Bei mattem Wintersonnwendscheine
　　Durch Hänflingsang in Lenz gewiegt,
Und bis zum Jordan, fern vom Maine,
　　Gedenken früh'rer Zeit mir fliegt,
Gedenken, wie ich rang und stritt
Und wie ich minnte, sang und litt. —

Doch, wann der Frühling kaum vom weiten
　　Den scheuen Gruß der Halde beut,
Wann in dem roten, eisbefreiten
　　Geknosp der Saft sich schwellend neut,
Wann schüchtern um die Dämmerzeiten
　　Zuerst die Amsel lockt — wie heut' —:
Dann schließ' ich auf die Winterfeste
Und hui! entschwirren meine Gäste. —

Und Undank ist nicht Vöglein Weise!
　　Sie kennt mich gut, die lust'ge Schar:
Zieh' ich im Mai auf grüne Reise,
　　Werd' ich geleitet wunderbar.

Das singt und flattert laut und leise
    Zu Häupten dicht mir um das Haar
Und grüßt: „Herr Wirt der Winterrast, —
    Im Walde bist du unser Gast."
Und nun hebt's an. In Äther-Reine
    Trilliert der Lerchen Morgenchor,
Schwarzköpflein singt im Busch, das seine,
    Herr Fink schlägt schmetternd mir ins Ohr,
Bachstelzlein wippt auf feuchtem Steine
    Und aus dem Eichstumpf lugt hervor,
Mit silbertönigem Gepiep,
    Zaunköniglein, der kleine Dieb.
Ja, rings im Buchhag schwankt kein Reislein,
    Von dem kein: Waldwillkomm! mir hallt,
Im Klopfen rasten Specht und Meislein,
    Der Pirol flötet, daß es schallt,
Im niedern Weidicht schreit das Zeislein:
    „Herr Walther kam zum grünen Wald,"
Nur Nachtigall setzt sich zu ruh'n:
    „Du kamst und singst: — so schweig' ich nun."

Cuculus Canorus.

Noch liegt ein leiser Hauch von Schnee
    Hoch in des Bergwalds Schatten:
    Doch warm schon auf die Matten,
Vom sonn'gen Bühl herab zum See,
    Scheint der April so helle:
    Hinfort! Aus finstrer Zelle!
Ei sieh! Ihr glänzt am alten Ort,
    Ihr goldnes Frühlingswölklein,
    Ihr Schlüsselblumen-Völklein:
Als Knabe schon brach ich euch dort:
    Drum laßt's euch nicht gereuen,
    Den Graubart zu erfreuen.

Hier stand ich einst — ich weiß den Tag —
  Und sann, wie lang's noch währe,
  Bis daß mir Siegesehre
Erwürbe meiner Harfe Schlag, —
  Als aus des Bergwalds Tiefen
  Zwei Kuckuck plötzlich riefen.

„Ei, zukunftweiser Vogelmund,"
  So fragt' ich bei den zweien —
  „Nun sollt ihr prophezeien!
Wie viele Jahr noch — thut mir's kund! —
  Bis eine Frau viel schöne
  Mit Sänger-Kranz mich kröne?"

Eins — zwei — und drei! — Da ward es still:
  Kein Laut mehr scholl vom Walde.
  Ich jauchzte: „Wie? So balbe!
Doch heut' hebt an der Schalk April,
  Da mag es wohl sich fügen,
  Daß lose Vögel lügen."

Doch nein! Die Vögel logen nicht:
  Doch schwanden nicht drei Jahre,
  Da lag im braunen Haare
Ein Kranz mir für mein Lenzgedicht:
  Mehr Glück als laute Preise
  Bot mir die Herrin leise.

Hier ist der Ort: heut' liegt er still:
  Laut sonst durch alle Sträuche
  Ertost der Ruf der Gäuche:
Heut' schweigt er, da ich forschen will,
  — Nicht mein noch übrig Alter:
  Zum Tod bereit steht Walther. —

Nein: wie viel Jahr' nach Walthers Tod
  Noch Walthers Lieder leben?
  Hei Gott! Da ruft er eben!

Das schallt, das hallt! Nun hat's nicht Not.
Viel hundert! Schweig, du Chorus!
Dank, Cuculus Canorus!

Der Kranich.

Hier, wo die letzten, lichten jungen Erlen
  Auf Vorwacht steh'n des Walb's von Kloster Zell,
Am braunen Moosquell, drin die raschen Schmerlen
  Wie dunkle Schatten fliehn und hüpfen schnell,
Wo tief im breiten Thal mit Silberperlen
  Der gelbe Main manchmal emporblitzt hell
In stolz geschwung'nem, leisem, sanftem Gleiten, —
  Hier ruh' ich oft, gebenkend andrer Zeiten.
Der Frost hat schon der Buchen Laub und Eichen
  Goldrot gefärbt: es lasten voll gereift
Die Trauben dort am „Stein", dem reben-reichen:
  Der Wildschwan singend durch die Nächte streift,
Doch hier im Abendbämmer seh' ich streichen
  Den Kranich, der die Wanderstrophe pfeift:
Er zieht gen Süden über Meer und Eiland:
  Jerusalem — dich sucht er und den Heiland. —
Da steigt ein Bild mir auf blickferner Länder:
  Auch dort ein Strom, der zögernd gleitend rinnt
Am Fuße gelb gebrannter Hügelränder.
  Drei Palmen nicken dort im Abendwind:
Horch, Rossewiehern — flatternbe Gewänder —
  Und Allahruf: — der Wüste rasch Gesind'
Umtobt uns rings: — es schwirrt von Pfeil' und Speeren: —
  Da stürzt mein Hengst: — jetzt gilt's, dem Tode wehren —!
Schon birst mein Helm vorm Damascener Schwerte,
  Den langen Kreuzschild spaltet mir ein Beil —
Da springt Er bei, mein edler Sturmgefährte,
  Er selbst, sein Leib mein Schild: — da zischt ein Pfeil

Ins Herz ihm, in das todestreu bewährte!
O Kranich, hemme dort des Fluges Eil',
Wo um den Wüstenbronn drei Palmen ragen,
Und sag' ihm: ewig werd' ich um ihn klagen.

Vogelgesang.

Nicht ward mir durch des Himmels Gunst
Herrn Salomonis weise Kunst,
Der Vogelsprachekundig war:
Doch acht' ich sein manch langes Jahr
Auf mancher Vöglein Wort und Sang: —
  Nun hört, wie mir das widerklang:

Hänfling.

An dem Bach, in der Weide, da bau' ich mein Nest:
  O wie woget die Heide so wohlig im West.
Das Gewitter verzogen, — die Lüfte geklärt, —
  Ein schimmernder Bogen eint Himmel und Erd'!
Von dem Baum nur gelinde noch träuft es wie Tau,
  Und die duftigen Winde geh'n über die Au:
Drum nochmal erhoben die Lieder vor Rast,
  Um den Sommer zu loben, den freundlichen Gast.

Zeisig.

Lustig durch die Zweige hüpft sich's,
Lustig durch die Sträuche schlüpft sich's,
Heute hier und morgen dort: —
Lange taugt's an keinem Ort!
Brüder, laßt euch nichts gefallen!
Braucht die Schnäbel und die Krallen:
Nur mit Beißen und mit Kratzen
Hält man sich vom Leib die Spatzen:
Wenn wir viel mit ihnen laufen,
Zählt man uns zu ihrem Haufen!

Schwalbe.

Weither aus Indien komm' ich geflogen
　Über die Ströme, die Berge, das Meer:
　Fort aus den sonnigen Palmen gezogen
　Hat's mich zum Schatten der Linden hieher.
Habe genistet in Marmorpagoden,
　Wo in den Wassern die Lotos erglüht,
　Aber mich zog's zu dem fränkischen Boden,
　Der da im Märzen von Veilchen erblüht,
Ei! Und da find' ich die alten Gesellen!
　Munter, Herr Finke! wie geht es, Herr Specht?
　Dir soll ich Grüße vom Storche bestellen,
　Der in pontinischen Sümpfen noch zecht.
Siehe, sie haben mein Nest mir gelassen:
　Oben am Kirchturm hanget es schwank:
　Segen und Heil in die friedlichen Gassen
　Sing ich hernieder zu freundlichem Dank.

Amsel.

Jetzt rieseln alle Bronnen, jetzt grünt es weit und breit:
　Der Frühling hat's gewonnen, jetzt ist viel gute Zeit!
Ich sitz' im Ulmengipfel, und schaue weit umher:
　Da schwanken alle Wipfel, von weißen Blüten schwer.
Ich lobe dich mit Schallen, ich lobe dich lustentbrannt,
　Ich lobe dich laut vor allen, du schönes, deutsches Land!
Ihr wißt es nicht, ihr andern, wie streng des Winters Hand:
　Euch führt ein unstet Wandern im Herbst an fernen Strand;
Ich aber bleib' zu Hause: wie kalt die Nächte sei'n,
　Wie grimm der Nordwind brause durch den entlaubten Hain.
Ihr wißt nicht, wie am Strauche der Schnee hier lastend liegt,
　Wenn euch mit lauem Hauche die Luft Ausoniens wiegt.
Ihr kennt auch nicht die Wonne, wann Lenz und Licht gesiegt,
　Und in der Märzensonne der erste Falter fliegt.
Nicht neid' ich euch das Wandern und trage stolzen Sinn,
　Daß eben ich vor andern ein deutscher Vogel bin.

Mönch.
(Schwarzkopf.)

O Schwarzkapuz, mein Scheitelbach,
  Grau Mönchgewand, mein Kleid!
  Mein Außen tot: — mein Herz heißwach
  In Minnelust und -Leid!
Der Distelfink trägt bunt Gewand:
  Wie laut der Kreischer schreit!
  Ich neid' ihn nicht: mir ist bekannt
  Der Minne Lust und Leid.
Wann holde Frau'n zu Walde geh'n,
  Dann sing' ich leis und weit:
  Und alle bleiben flüsternd stehn:
  „Horch! Minnelust und -Leid."
Ein Ritter war ich, jung und kühn,
  In stolzem Waffenkleid·
  Zu heiß war meines Herzens Glühn
  In Minnelust und -Leid.
Ich warb, wo ich nicht werben sollt',
  Denn Gottes war die Maid:
  Da hat Sankt Petrus mir gegrollt
  Um Minnelust und -Leid:
Verwünschte mich in Vogelleib
  Mit Mönches Farb' und Kleid:
  Da sprach zu Gott das edle Weib:
  „Um Minnelust und -Leid, —
Herr, ist die Strafe nicht zu schwer?" —
  Gott sprach: „ich tröst' ihn, Maid:
  Kein Vogel singe süß wie er
  Von Minnelust und -Leid." — —
O Schwarzkapuz, mein Scheiteljoch,
  Grau Mönchsgewand, mein Kleid:
  Mit keinem Vöglein tausch' ich doch:
  Heil, Minnelust und -Leid.

Die Lerche.

Himmelan, himmelan, Sang und Gefieder!
  Höher als Flügel kann tragen die Lieder!
Himmelan! — Höher noch Lied und Gefieder:
  Hoch auf der Berge Joch schau' ich schon nieder.
Himmelan! Höher noch muß ich mich schwingen:
  Könnte zum Herren doch völlig ich dringen.
Daß ihm mein Jubelsang danken doch könnte,
  Daß er im Überschwang Gnaden uns gönnte,
Daß er uns gab die Luft, froh drin zu schweben,
  Grünende Unterschluft, leis drin zu leben,
Daß er uns gab den Mai, Saaten und Ernte,
  Daß er vom Nest den Weih schirmend uns fernte,
Daß er uns Fuchs vertrieb, Marder und Wiesel,
  Daß uns ersparet blieb Hagelgeriesel,
Daß er die Schlange fern hielt von euch Jungen,
  Kinder, auch ihr dem Herrn kindlich gesungen!
Daß er den Menschen weit, weit von uns scheuchte,
  Wechselnd uns warme Zeit schenkte mit Feuchte,
Daß er uns tief im Schnee wahrte manch Körnlein,
  Mitten im Winterweh Beeren am Dörnlein,
Bis sich nun voll geneut Sommer, der milde,
  Der uns den Segen streut auf die Gefilde. —
Aber der Flügelschwung will schon versagen,
  Langsam zur Niederung lass' ich mich tragen,
Sinkend vom linden West dahin gewieget,
  Wo in der Saat das Nest lauschig mir lieget.
Gott hört mein Lied auch dort im Gräserschwanken
  Hört es an jedem Ort, wo wir ihm danken.
Herr Gott, dich loben wir hoch in den Sternen:
  Menschen, ihr sollt von mir Dankbarkeit lernen.

———

Sylvia rubecula.

Nun ist Vollwinters Herrschezeit!
    Das Licht ist schmal, die Nacht ist breit,
        Frau Sonne will kaum blicken:
    Bricht mittags sie durchs Wolkenkleid, —
    Herr Rieselnebel hält bereit
        Den Mantel, sie zu sticken.

Da singt kein Vöglein mehr im Feld:
    Zaunkönig nur, der wen'ge Held,
        Schwirrt fröhlich seine Weise,
    Goldhähnchen huscht durchs Flockenzelt
    Und, wem das letzte Nüßlein fällt,
        Zankt klopfend Specht und Meise.

Auch ich halt' stumm im Hause Ruh'
    Und stöbre tief in staub'ger Truh'
        Durch Schrift und Pergamente:
    Rot glimmt der Sandelspan dazu: —
    Ei, duftend Holz, nicht ahntest du,
        Daß man am Main dich brennte. —

Das war im Goldhaus zu Byzanz,
    Bei Myrrhenrauch, in Marmorglanz,
        Bei schmucken Griechenknaben,
    Daß unter Cyproswein und Tanz
    Sie dich mit manchem Ring und Kranz
        Zum Gastgeschenk mir gaben.

Da ging, mit rotem Seidenlatz
    Verhüllt den keuschen Herzensplatz,
        Ein Griechenkind mit Reigen:
    Hell Scharlach war ihr Busenlatz: —
    Sie war ein anmutvoller Schatz
        Im Reden und im Schweigen.

Im harten, deutschen Winter lind
    Mahnt mich an jenes Griechenkind

Ein Reigen, Hüpfen, Klingen:
 Denn um mich huscht und schwebt geschwind
 Ein Vöglein, wie nicht viele sind, —
 Will auch im Winter singen.
Die Griechin, die hieß Sylvia:
 Was wohl noch mit dem Kind geschah? —
 Rein war ihr zartes Selchen: —
 Mir ruft ihr lieblich Bildnis nah
 Hier Sylvia Rubecula,
 Mein Hausgeist, mein Rotkehlchen. —
Der Rauch zieht aus dem Sandel schwer:
 Bald seh' ich Vöglein um mich her,
 Bald Griechenmägdlein schweben.
 Ich denk', ich schlafe: — doch vorher,
 Trink' ich den tiefen Becher leer —:
 Was lieblich ist, soll leben!

Der Wanderer und die Amsel.

„Schwarzamsel hoch im Ulmenast,
 Was ist's, das du gesungen hast,
 Gesungen im Sonnenuntergang?
 Es war ein süßer, frommer Klang.
 Im Ulmenbaum, vom Wipfelast,
 Sag' an, was du gesungen hast:
 Ich möcht' es gern erkunden: —
 Vielleicht macht mich's gesunden.“
„Ich singe froh aus voller Brust
 Die reiche, reiche Sommerlust!
 Ich sing' sie in die weite Welt!
 Wie gut ist alles rings bestellt:
 Wie sind die roten Wolken schön
 Da droben in den blauen Höh'n,
 Wie warm der liebe Sonnenschein,
 Der Himmel, wie so klar und rein!

Wie flutet durch die laue Luft
Der abendliche Maienduft
Von Blüten ohne Zahl:
Wie frieblich ruht das Thal,
Wie feierlich der Buchwald steht:
Ein Rauschen durch die Wipfel geht,
Ein Rauschen geht durch Rohr und Ried:
Wird da die Seele nicht zum Lied?
Leg' ab auch du, betrübter Gast,
Die Last, die du zu tragen hast!"
„Schwarzamsel hoch im Ulmenast,
Der Sang, den du gesungen hast,
Ist süß und hold gewesen: —
Mich macht er nicht genesen:
Denn wiss', es giebt viel schlimmer Leid,
Als Sturm und Schnee zur Winterzeit:
Die Menschenbrust hegt tiefern Schmerz!
Dein frohes, kleines Vogelherz
Kann sich's nicht träumen lassen!
Es würd' ihn gar nicht fassen:
Und faßt' es ihn, so wär's vorbei
Mit seiner jauchzenden Melodei.
Ach, was weißt du von Reu' und Schuld
Und von verlorner Gotteshuld!
Drum sing' du weiter froh und rein,
Sing' hell in Gottes Welt hinein
Und laß mit meinen Wehn
Mich meiner Straße gehn."
So sang ich einst, von Reu' gequält!
Wer hat nie gegen Gott gefehlt?
Jedoch, entsühnt durch seine Gnade,
Voll Friedens wandl' ich meine Pfade:
Und dankbar, wie der Vöglein Schar,
Bring' ich ihm Lied und Leben dar.

———

Die Schwalbe.

Siehst du schweben die Schwalbe dort,
    Herz, hoch oben im Ätherblau?
So hoch kannst du dich schwingen auch: —
    Herz, entfalte die Flügel!

Der Adler.

Mein Nachbar drüben, überm Strom,
    Der Abt der Schotten, hält zu Rom.
Und wie du, Wald, stets neu mich labst,
    Labt ihn stets neu — ein Brief vom Papst.
Ich gönn' es ihm! — Doch jüngst geschah
    Ein Streich ihm, den ich gerne sah.
Den Vöglein stellt er nach mit Netzen,
    Nicht, ihrer Lieder sich zu letzen,
Nein, weil er sie gebraten frißt,
    Wann just nicht grade Fasttag ist.
Oft nehm' ich unbemerkt und leise
    Ihm aus dem Garn die frevle Speise,
Und Drossel, Fink' und Hänfling froh
    Entfliegen ihm mit Jubilo.
Doch jüngst kam über ihn ein andrer,
    Ein sturmgewalt'ger Wolkenwandrer:
Verfolgend eine Dolenschar,
    Strich übern Main der Königsaar,
Und flog, — er sah den Lockherd nicht, —
    Flog mitten in die Netze dicht.
Da lief mit lautem Siegsgeschrei
    Der dicke Abt zum Fang herbei.
Doch, als er schon ganz nahe war,
    Zerriß das ganze Garn der Aar
Und flog so ungestüm hin dann, —
    Zu Boden, schreiend, fiel der Mann!

Und mit den arg zerſetzten Netzen
  Wird er kein Vöglein mehr verletzen.
Merk': Garn, für Gimpel ſtark genug,
  Hemmt nicht des Königsadlers Flug.

Blaukehlchens Doppelſang.

Im Friedhof, wo die Weiden ſchwanken,
Schritt ich mit ſinnenden Gedanken. —
Da ſang, an eines Grabes Saum,
Blaukehlchen hell von hohem Baum.
Blaukehlchen führt, wie jeder weiß,
Zugleich zwei Stimmen: laut und leis —:
Und hart und weich und herb und lind
Raſch wechſelnd ihm zu eigen ſind:
Du ſchauſt Ein Vöglein auf dem Aſt,
Daß zweie ſängen, ſchwörſt du faſt. —
Des gleichen Wunders wieder heute
Ich mich im grünen Friedhof freute:
Denn, wechſelnd, aus den Weidenzweigen,
Stolz fächernd breiten Schweif mit Neigen,
Zweiſtimmig ſang das Vöglein dort
An deinem Grab, Schalk Wunnebrord,
Den, widers Blut, noch ungeboren,
Gelübde hat zum Mönch geſchoren:
Die Mutter ſchwor's: — ſo ward's der Sohn.
Die Kirche trug kein Heil davon!
Er, Kellrer in dem Kloſter Fuld,
Trug mehr dem Faß als Faſten Huld,
Und unterwies er uns, die Jungen,
Sang er in zwei verſchiednen Zungen:
„Vom Übel iſt der firne Wein!"
— (Doch trank ich nie genug noch ſein!) —
Das Alter nur hat weiſe Tugend,
— (Doch wahre Luſt hat nur die Jugend!) —

Man soll nur singen Meß' und Psalter,
— (Ein Taglied tönt viel süßer, Walther!) —
Zur Hölle führet Weiberkuß,
— (Ein Tropf, wer sein entraten muß!) —
Dem Feind verzeihn, ist Christenpflicht,
— (Heil, wer ihm sieben Rippen bricht!) —
Wer trinkt, brennt einst im Schwefelloch,
— (Doch brennt der Durst viel heißer noch!) —
Heil, wer da stirbt in frommem Beten,
— (Doch sel'ger unter Kriegsdrommeten!) —
Jungfrau Maria preis' ich sehr,
— (Jedoch Frau Minne noch viel mehr!")
Zweisprachig so sang Wunnebrord:
Nun, friedlich schweigend, schläft er dort,
Wo über ihm Blaukehlchen singt
Und seinen Zwiespalt weiter klingt.

Der Räuber.

Heut' am Vogelherde saß ich, wo der Buchwald streift ans Feld:
　Doch des Vogelsangs vergaß ich, sah verträumt ins Himmelszelt.
Hoch in Wolken kreist er wieder, jener Räuber kühn und klug,
　Stark von Fängen und Gefieder, scharf von Auge, stolz von Flug.
Jener Bussard, schrill erkreischend, rittelnd bald an gleichem Ort,
　Lüstern spähend, Beute heischend, all sein Sehnen Raub und Mord:
Bald im Flugspiel Bogen ziehend, reglos, schweigend, schattenhaft,
　Fallend, steigend, nahend, fliehend, stolz und froh der Schwingen-
　　　　　　　　kraft.
Bussard, frei wie du ist keiner, und, gleich dir im Lüstereich,
　Flog auf Erden nur noch einer hoch zu Roß: der Wüsten-Scheich!
Ja, du mahnst mich, kühner Vogel, an den Scheich, braun, rasch
　　　　　　　　und keck,
Der von Karmels hohem Kogel niederstieß, der Franken Schreck. —
Höre nun, du schriller Schreier, kreisend hoch im Bogenring,
　Höre nun, du Taubengeier, wie's dem Mädchengeier ging.

Doch: dort meinem Lock-Fink-Weibe bleibe fern, bleibst gern du heil:
  Eisen fliegt dir sonst zu Leibe: — auf der Sehne liegt mein Pfeil. —
Höre nun! — Auf schnellstem Rosse, unhaschbar, der Otter gleich,
  Glitt durch uns're Speergeschosse nahend, fliehend Ali Scheich.
Von der Seite, wie dem Täuber du die Turteltaube reiß'st,
  So durchbrach der kühne Räuber, der sie nächtelang umkreist,
Jede Pilgerkarawane, die mit Frau'n gen Zion ging:
  Aus dem Schatten uns'rer Fahne stets das schönste Weib er fing.
Und bevor den Sporn nur spürte unser schwerer Friesenhengst,
  Durch die Wüste die Entführte trug das Roß des Räubers längst.
Esmeralda de Rivalta, Gabriele Lusignan,
  Bellaflor de Vallecalta, so der freche Feind gewann. —
Doch als Irmengard von Schwaben nahm das Kreuz des Pilger-
                                                     kleids,
  Da erbat, statt Ehrengaben, ich das Recht mir des Geleits. —
Tag für Tag nun durst' ich traben, von Damask bis Askalon,
  Neben Irmengard von Schwaben: — das war meiner Kreuzfahrt
                                                     Lohn.
Nächtens schlugen wir die Zelte, daß die Herzogtochter schlief, —
  Löwe brüllte, Schakal bellte, doch die Herrin ruhte tief:
Bangensfrei —: sie wußte, Walther mit dem Speer hielt draußen
                                                     Wacht. —
  Manches Lied aus deutschem Psalter klang in blaue Wüstennacht.
Sterne glänzten, Sterne schossen, Palmenwipfel wogten leis,
  Und um Mensch und Tiere flossen Wüstendünste schwer und heiß.
Schlaf floß allbezwingend nieder, selbst die Lagerwache schlief:
  Langgestreckt im Sand die Glieder schnauften die Kamele tief. —
Plötzlich naht's mit Windeseile: — Straußenlauf? Gazellenschritt?
  Leis und rasch wie Todespfeile, Kaum du, Bussard, flögest mit.
Unerwacht, durchbohrt, vom Rosse sinkt der Lagerwächter rot:
  Ringsum Säbel und Geschosse, dunkle Reiter und der Tod.
Vor mir hält ein Pferd: da gleitet's panthergleich vom Sattel
                                                     sacht,
  An die Zeltthür lauernd schreitet's: — „Stirb, denn hier hält
                                                     Walther Wacht!"

Rief's und tief den Speer vergrub ich in des Scheichs goldbrünn'ge
                    Brust,
Laut den Siegesschrei erhub ich und wir schlugen sie mit Lust:
Folgten eine gute Weil' noch . . . — — — halt, Herr Bussard, du
                    warst schnell, —
Aber schneller war mein Pfeil noch —: tot nun liegst du, Raub-
                    gesell',
Bei der Finkin, brustdurchschossen! Liebe Finkin, bange nicht:
    Eh' dich grimm sein Fang umschlossen, traf ihn Walthers Straf-
                    gericht.
Zwitschernd nun, mein Ohr zu laben, singst du leise, dankend schier?
    So hat Irmengard von Schwaben dankend auch geflüstert mir.

Waldmorgen.

Noch steht in Glanz der Morgenstern,
    Noch deckt die Nacht die Lande:
Nur dort, ganz leis, im Osten fern,
    Grau-gelblich steigt's am Rande.
Empor vom Pfühl! Hinaus zum Thor,
    Eh' noch Frau Sonne blitzt empor:
        Zum Walde will ich eilen
        Und sein Erwachen teilen.
O Wunder du — Mittsommernacht!
    Du preisest Gott nicht minder,
Als lauten Tages schwüle Pracht,
    Nur leiser, duft'ger, linder.
In Lüsten hoch der wilde Schwan
    Zieht, sehnsuchtsingend, seine Bahn,
        Und still durch Busch und Bäume
        Geh'n ahnungsvolle Träume.
Da regt sich heil'ger Schauer leis
    Und schüttelt alle Wipfel,
Wie Ehrfurcht haucht es wunderweis:
    Denn schon vom Bergrand-Gipfel

Schießt fern ein Glanz: es naht das Licht:
Da sinkt Natur aufs Angesicht
  Und ehrt mit heil'gem Beben
  Gott, der das Licht gegeben.

Ja, Heil'ges ist, wohin ich schau!
  Der Morgenwind ist heilig,
  Und heilig ist der Morgentau
  Und Goldschrift tausendzeilig,
  Die nun erblaßt vor höh'rem Glanz:
  Denn nun erschließt der Herrgott ganz
  Das Thor der Wolkenfeuchte,
  Daß hell die Sonne leuchte.

Da, hoch aufwitternd, aus dem Tann
  Der Rothirsch zieht zur Tränke:
  Das Häslein legt die Löffel an,
  Gleichwie wenn's überdenke,
  Ob's noch ein wenig schlummern mag:
  Dann schießt's mit hohem Satz zu Tag,
  Denn hoch ob Schäfers Pferche
  Singt schon die Heidelerche.

Denn diese schlägt das Tagelied
  Lang', eh die andern kommen:
  Jüngst sang ein Mann, der log und riet,
  Was nie er selbst vernommen,
  Der frühste Ton sei Finkenschlag!
  Da haben beide in den Tag,
  — Ich muß sie Lügen strafen! —
  So Mann wie Fink' geschlafen.

Erst Heidelerche, fromm und klar,
  Feldlerche dann und Wachtel,
  Rotbrust und Rotschwanz, Paar um Paar,
  Dann, später um ein Achtel,

Zaunkönig klein, Baumpieper hell:
Der Amsel folgt die Drossel schnell,
  Der Kuduck säumt nicht länger,
  Dann schnalzt der Fliegenfänger: —

Und jetzt erst schlägt der faule Fink':
  Bald zetert schrill der Häher,
Der Ringeltäuber rückt nun flink
  Im Nest der Täubin näher,
Und Rukuruh! hallt's durch den Tann:
Jetzt hebt's von allen Zweigen an.
  So geht der Vöglein Psalter:
  Wer's leugnet, irrt, spricht Walther.

Nicht streit' ich gern, noch rühm' ich mich:
  Doch muß in Einem Dinge
  Der Mann als Meister wissen sich,
  Sonst ist sein Wert geringe.
Und Vogelkunde — mit Vergunst —
(Doch auch ein wenig Harfenkunst),
  Wer die mir will bestreiten —:
  Ein Schwert blitzt mir zur Seiten.

Doch unterdes ich stritt und schalt
  — Ganz einsam, sonder Feinde, —
Ward jubelnd wach im weiten Wald
  Die ganze Singgemeinde:
Und prächtig rot im Morgenschein,
Verjüngt, strömt hin der alte Main,
  Und Erd' und Himmel strahlen
  Gleich schimmernden Opalen.

O junger Tag, wie bist du rein,
  Gleich heitrer Menschenkindheit!
O bliebe bis zum Abendschein
  Dir diese kühle Kindheit:

Laß dieser Stunde Reine nun,
Gott tief mir in der Seele ruhn:
Taufrisch sei'n meine Pfade:
Das spende deine Gnade!

———

Das Taubennest.

Im Geschatt von dichten Zweigen
  Lag ich tief im Eichenhag,
  Ringsum Waldes-Mittag-Schweigen:
  Fern nur Spechtes Schnabelschlag.
Und ganz leise mir zur Seiten
  Rann der Moosquell wispernd hin:
  Drüber der Libelle Gleiten,
  Der beschwingten Schweberin.
Und ich dachte: „Schön ist's einsam:
  Sang und Traum naht keinem Paar:
  Aber schöner ist's gemeinsam:
  Da wird Sang und Traum erst wahr.
Walther, war es dir zum Besten,
  Daß stets einsam bliebest du?" — — —
  Horch, da hoch aus grünen Ästen
  Scholl's hernieder „Kukuruh!"
Oben in den Wipfellauben,
  Tief im lauschigsten Versteck,
  Lag ein Nest von wilden Tauben
  Und sie äzten das Geheck.
Und ich sah — ich sah's mit Neiden,
  Ich, der ungeweihte Mann, —
  Wie so eifrig da von beiden
  Liebgetreues Werk begann.
Wie die Täubin, nimmer säumig,
  Flog zu Nest, gefüllt den Kropf,
  Wie der Nestling, wollesäumig,
  Reckte Fittich, Schopf und Kopf.

Wie dann auch der Tauber kehrte,
   Fütternd wechselnd mit dem Weib,
Und dazwischen gurrend lehrte
   Süßer Weisen Zeitvertreib. — —
Herrin, ach von stolzem Sinne!
   War der Sänger dir zu arm?
Seine Treue, seine Minne,
   War wie keine treu und warm! —
Walther auf! — Es neigt die Helle,
   Tiefre Schatten fallen ein,
Walther, heimwärts! Deine Zelle,
   Ach, die leere, harret dein.
Nicht ganz leer! — Zum Notbedarfe
   Tröstung dir dein Stern beschied:
Deine Hausfrau ist die Harfe,
   Und dein Kind dein ewig Lied.

Nacht-Ritt.

Gemach, mein Roß! — Tritt auf bedächtig!
   Der Glühwurm nur erhellt den Steg:
Schwer reitet sich's im Buschwald nächtig,
   Knorrwurzeln laufen übern Weg:
Tag's trägst du mich, — nun führ' ich dich,
   Dir Schritt und Bahn zu zeigen
      Mit Schweigen.
Du bebst? Du schnaubst? Ja! Waldnacht-Grausen
   Rührt eisig auch des Weidmanns Brust:
Die Mächte, die im Nachttann hausen,
   Sie schrecken gern mit Schade-Lust.
Schon mancher zog zu Wald zur Nacht, —
   Kam nicht mit heilen Sinnen
      Von hinnen.

Glutaugig faucht und klappt die Eule,
  Im Hohlstamm ächzt der Waldschrat heiser,
Das Morschholz leuchtet rot in Fäule,
  Und raschelnd schlüpft durch dürre Reiser,
Indes der Schuhu gellend lacht,
  Das Wichtelvolk der braunen
    Alraunen.
Doch plötzlich, mit gespanntem Bogen,
  Harrt dort ein Räuber tief im Busch!
Spring' ein auf ihn, das Schwert gezogen: —
  Da schwankt der Strauch im Windeshusch: —
Dich trog nur quer gekreuzt Geäst.
  Da horch! Was kommt hoch oben
    Geschnoben?
Was pfeift und schwirrt und johlt in Lüften?
  Was hallt und tutet wie ein Horn?
Entstiegen aus des Abgrunds Schlüften
  Hetzt seinen Hengst mit blut'gem Sporn
Der Heidengötter König da
  Hoch über Baum und Boden —:
    Herr Woden.
Voraus von Adlern, Geiern, Drachen,
  Ein Schwirrgewölk voll Ungestüm,
Dann Bär und Wolf mit Lechze-Rachen,
  Des Einhorns schreckbar Ungetüm,
Goldeber, Roß-Elch, Flügelhirsch,
  Und hinterher die Schläger,
    Die Jäger.
Voran mit hochgeschwung'nem Speere,
  Auf schwarzem Roß, Herr Woden du:
Und ewig strömen deinem Heere
  Aufs neue wilde Helden zu:
Wer Histhorn mehr als Orgel liebt,
  Der folgt nach grausem Tode
    Herrn Wode.

Der Rauhgraf, der die heil'gen Früchte
   In frevler Hirschhetz niedertritt,
Marksrevler, Wildschütz, Mordgezüchte,
   Meineid'ge, — alle müssen mit:
Und weh, wen trifft das Nachtgejaid
   Im Wald auf bösem Pfade: —
      Gott Gnade!

Den Schuldbewußten wird es hetzen,
   Bis er den letzten Hauch gethan.
Uns, Rößlein, darf es nicht verletzen:
   Wir ziehn auf guten Werkes Bahn,
Und über uns wacht Gott der Herr,
   Der aller übeln Geister
      Bleibt Meister. —

Wer Vöglein pflegt, muß Kräutlein pflegen:
   Heilkräft'ger Wurzeln weiß ich viel.
Dem todeskranken Kind zum Segen
   Ausritt ich, als der Abend fiel:
Gerettet konnt' ich noch vor Nacht
   Der Mutter und dem Leben
      Es geben.

O Mutterauge, wie du strahltest
   In Freudenthränen wundersam!
Mit deinem Scheideblick du zahltest,
   Was einst von dir an Weh mir kam,
Als ich vor zwanzig Jahren sah
   Zum Brautaltar dich schreiten — —
      Vom weiten.

Wer Nachtfahrt thut auf solchen Wegen,
   Wie wir, mein Roß, der banget nicht:
Denn einer Mutter Dank und Segen
   Umschirmt, ein goldner Schild, uns licht,
Und Gott hat uns der Englein Schar
   Mit leichtbeschwingten Sohlen
      Befohlen.

Ha sieh! — schon endet Wald und Dunkel: —
　Hier durch die letzten Bäume bricht
Der Morgenröte Goldgefunkel: —
　Alt Wirzburg liegt im Dämmerlicht —
Da steigt die Lerche trillernd auf:
　Herr Gott, laß sonder Schranken
　　Dir danken.

―――――

Der Turmkauz.

Schnee hüllt das Land. — Grundtief füllt Eis den Main. —
　Durch kalte Nachtluft leuchtet, — sonder Ende —
In höh'rem Glanz, als sonst der Sterne Schein: — —
　Das ist die Nacht der Jahreswende.
Geh', Münster-Turmwart, ruhe diese Nacht!
　Dich lös' ich ab in deiner lust'gen Zelle:
Selbzweit mit meiner Harfe halt' ich Wacht,
　Bis daß mich grüßt die Morgenhelle.
Dorthin den Weinkrug und die Ampel: hier
　Den Speer und deine lange Turm-Drommete:
Geh' nur und schlaf': ich halte Wache dir
　Mit Sang und Sinnen und Gebete. — —
Rings ruht die Stadt. — Nur auf der Burg glimmt rot
　Des Gauwarts Licht. — Rings Kälte, Nacht und Schweigen —:
Wie anders einst zu Rom uns Neujahr bot
　Das Volk mit Tanz und Flöten-Reigen.
Lau ist die Nacht dort, wie bei uns im Mai!
　Wie glatt die Lispler Gruß und Handschlag fälschen:
»Salut a voi!« — Da plötzlich: Mordgeschrei!
　Und über uns die Wut der Welschen!
Das war das röm'sche Neujahr! — Heimatland: —
　Da lob' ich dich, trotz Eis und Frost! — — Was ächzet
Vorm Fenster dort? — Der Turmkauz! — Übler Fant!
　Er kündet Unheil, wo er krächzet.

„Was wachst du, Mann,
  Den Tag heran,
    Den Tag vom neuen Jahre?
  Unheil verrann,
  Unheil hebt an
    Von Wiege bis zur Bahre.
  Die Lieb' ist Lust!
    Treu keine Brust:
      Es gleißt die Welt in Lügen:
  Der Freund liebt sich:
  Er liebt nicht dich:
    Laß dich den Schein nicht trügen.
  Das Reich zerrinnt,
  Und Rom gewinnt,
    Der Kaiser beugt den Scheitel:
  Die Welt ist schal:
  Ja, sie ist Qual:
    Reich, Lieb' und Sang sind eitel."
Husch, höllisch Nachtgekrächz, entweich' hiedann!
  Sonst, Unhold, schlag' ich nach dir mit dem Speere. — —
Ha sieh: Es tagt! Es tagt! die Nacht verrann,
  Die Sonne steigt! Dem Herrn die Ehre!
Falsch war der Unkenruf! Es siegt das Licht:
  Nicht eitel sind Lieb', Sang und deutsche Krone:
Den echten Mann reut seiner Schmerzen nicht:
  Er trägt tief in sich, was ihm lohne.
Das Fenster auf! — Komm, Wacht-Drommete mein:
  Weit soll das deutsche Land den Ruf vernehmen:
Was feig und falsch, was niedrig und gemein,
  Das soll mein Morgenlied verfemen.
Was kühn und treu, was edel, hoch und rein,
  Soll sieghaft stehn gen alle Höllenstreiche:
Heil, junges Jahr! Dein Willkommgruß soll sein:
  Dem Kaiser Heil und Heil dem Reiche!

————

Die tote Nachtigall.

Ach, daß am Fuß der duft'gen Linde,
  Die oft dein wonnig Lied durchdrang,
Ich tot dich, glüh'nder Sänger, finde!
  Ob dir vor Drang das Herz zersprang?
  Oft liegt Verderben im Gesang!
Dem Sänger Heil, des heiße Jugend
  Die Kraft geübt hat, nicht entweiht.
  Daß ihm der Dichtung höchste Tugend,
  Des Maßes stille Heiligkeit,
  Nun vollgereift das Alter leiht.
Oft denk' ich dein wildfeurig Singen,
  Du allzukühner Spielgenoß,
  O Heinrich, du von Ofterdingen:
  Wann voll das Lied vom Mund dir floß,
  Wie heiß dein Blick dann Flammen schoß!
Wohin hat dich der Sturm vertragen,
  Du heller, stolzer, junger Stern?
  Verlodert bist du und zerschlagen,
  Eh' voll gefestigt war dein Kern. —
  Wem's besser ward, der dankt's dem Herrn.
Heißherzig, kleines Singe-Selchen,
  Dich bett' ich hier nach Waldesbrauch
In grünem Moos —. da singt Rotkehlchen
  Das Grablied dir vom Rosenstrauch,
  Und über dir Sang, Duft und Hauch. —
Wo wirst einst du wohl schlummern, Walther?
  O legt mich in den Domhof nicht,
Wo mir ein Marbelstein, ein kalter,
  Ruht auf der Brust mit Lastgewicht,
  Absperrend Himmel, Luft und Licht.
Nein! In den Wald sollt ihr mich tragen
  Und betten unterm Moose grün,
Daß Nachtigallen um mich schlagen,

Und wilde Rosen um mich blüh'n:
Und, wann des Winters Flocken sprüh'n,
Auf meinem schneebefreiten Grabe
Sollt ihr den Vöglein Futter streu'n,
Daß sie an ihres Freundes Gabe,
Wann Frost und Hunger sie bedräu'n,
Noch lang nach seinem Tod sich freu'n.
Ob dann wohl in der Sterne Hallen
Mein Saitenspiel aufs neue klingt?
Ob, gleich der Brust der Nachtigallen,
Die Saite, die im Herzen schwingt,
Für immerdar im Tode springt?
Wer weiß es! — Walther, sei zufrieden
Mit dem, was dir auf Erden ward:
Denn wem das Schöne ward beschieden,
Der hat — ihm ist der Tod nicht hart —
Die Ewigkeit in Gegenwart.

Kreuzfahrer-Lieder der Deutsch-Herrn-Ritter in Preußen.
Ein Cyklus.

Hermanns von Salza Aufruf zur Kreuzfahrt.

Nicht fürder fern im Palmenlande
Verschwendet edle, deutsche Kraft,
Wo in der Wüste Wirbelsande
Nicht Schwert, nicht Pflug sich Heimat schafft.
Lang hielten Wacht wir träumend weiland
Am heil'gen Grab mit treuem Speer: —
Wir fanden's endlich aus: der Heiland
Braucht keinen Schutz: sein Grab ist leer! —

Nein, wer begehrt nach Heidenstreichen,
   Wer nach des Pfluges eh'rem Streit: —
Ein Schlacht- und Brachfeld ohnegleichen
   Liegt nah' der Heimat ihm bereit.
Wo jetzt die Nogat und der Pregel
   Durch herrenlose Sümpfe schleicht,
Wo kaum im Haff, vor selt'nem Segel,
   Der Möwen zahllos Volk entweicht,
Wo des Perkunos Steine ragen,
   Von Urwaldfichten schwarz umsäumt,
Wo wilde Steppenhengste jagen
   Und im Gestrüpp der Rohrwolf heult: —
Dort, statt am Jordan zu vergeuden
   Des Ritters Mut, des Bauers Kraft,
Dort sollt ihr fechten, bau'n und reuten
   Mit Axt und Grabscheit, Schwert und Schaft.
Auf! rasche Franken, zähe Sachsen,
   Ihr Schwaben klug, ihr Bayern stark:
Gen Preußenland! aus Sumpf erwachsen
   Soll Deutschland eine neue Mark.
Gen Preußenland! brecht, stet im Siegen,
   Mit Schwert und Pflug die Wege klar
Und hoch ob euren Häuptern fliegen
   Prophetisch soll des Reiches Aar.

Lied Ralfs vom Rhein.

Kalt ist die Märznacht, schwarz und still: —
   Das Eis der Nogat kracht: —
Der Sumpfwolf heult — der Nord pfeift schrill —
   Ich steh' auf böser Wacht!
Zehn Knappen sind mein ganzes Heer, —
   Mein schmales Reich ein Turm: —
Auf Tage weit kein Freundesspeer: —
   Rings Frost und Haß und Sturm!

Fremd sind und feindlich Meer und Strand: —
  Kein herzvertrauter Stern: — — —
  O Rheingau, du mein Heimatland,
  Wie fern bist du, — wie fern!
Jetzt zieht der Lenz in lauer Nacht
  Leis durch dein Rebland all',
  Der Weißdorn blüht und bald mit Macht
  Schlägt dort die Nachtigall.
O Kaiserpfalz im Epheugrün! — —
  Welch falsch Gemerk man trug! — —
  Die Minne war wohl allzukühn,
  Die mich so weit verschlug! —
Das schwarze Kreuz, ich nahm es still
  Auf weißem Sturmgewand: —
  Wer fern, wer einsam sterben will —
  Der zieht gen Preußenland! —
Dein Los, o Herrin, tausendfalt
  Sei Leben, Glanz und Heil:
  Mein Los wird doch im Föhrenwald
  Zuletzt ein Polenpfeil.

———

Herr Guzzo vom Gauchen aus Bayerland.

Aus dem Bergland der Bavaren,
  Wo die Loisach leuchtend rinnt,
  Weit nach Ost-Nord-Ost verfahren,
  Hat mich zu den Pelzbarbaren
  Ungelind ein Wetterwind.
Was ist viel davon zu melden!
  Große Herren fallen weich:
  Doch wir schimmerlosen Helden,
  Wir verderben's mit Frau Sälden
  Leicht bei jedem lust'gen Streich.
Auf mein Schloß im Loisachgrunde
  Schickt ein wack'rer Trinkgesell

Mir geheim vertraute Kunde,
  Wie und wo — zu welcher Stunde — …
    Rechter Zeit war ich zur Stell'. —
Was braucht allen Rüdesheimer
    Salzburgs Bischof ganz allein!
Alter Litaneien-Reimer,
  Dacht' ich, diese zwanzig Eimer
    Bring' ich in die Gauchburg ein.
Tief im Tann bei Traunstein lagen
    Wir mit achtzehn Lanzen still:
Langsam rumpeln an die Wagen: —
  Wir drauf los: doch wie ich schlagen
    Just vom Gaul den Führer will, —
Merk' ich's an dem Scharlachbäfflein:
    Bischof Bumpo selbst war das!
Schau', selbst führt den Wein das Pfäfflein! —
  Nun, da half nichts! ein klein Trefflein
    Mit der Faust: — weich war das Gras! — —
Kaum vertrunken und verschlafen
    War der Wein — Gott segne ihn! —
Als beim Marquartsteiner Grafen
  „Wegraub! Friedbruch! Zeter! Wäsen!"
    Alle Durst'gen Salzburgs schrie'n.
König Rudolf ließ mir sagen:
    „Guze-Gauch, das war zu stark!
Hätt'st du nicht so fest geschlagen
  Einst im Marchfeld, gält's den Kragen! —
    Zieh' dich flugs gen Preußenmark!"
Anfangs wollt' mich's schwer verdreußen.
    Um den Bischofs-Burzelbaum
Gleich bis Heidenland! bis Preußen!
  Und ob dort auch Tropfen fleußen,
    Die ein Mann mag trinken? — — kaum!
Nun, so schlimm ist's nicht geworden.
    Zwar das Land: — — ein arg flach Moor!

Doch mir taugt der tapfre Orden:
  Gleich im Kampf thut's uns der Norden,
    Thut's im Trunk uns noch zuvor! — —
Aber freilich, ganz vorm Ende
    Möcht' ich einmal schauen noch
Glüh'n im Abendgold-Geblende
Eure stolzen Schroffenwände,
    Thorstein und Karwendeljoch!

———

Der Ordensmeister Hermann Balk baut die erste deutsche Warte auf der Heideneiche.

Hieher, Genossen, in Sumpf und Wald!
Noch Wüste —: deutsches Markland bald!
Aus Ried und Röhricht ragt empor
Die Heideneiche: kurz zuvor
Trank Roßblut hier noch Gott Perkun:
Doch deutsche Baumburg ward sie nun.
Pflanzt unser Banner auf den Wipfel:
Stolz wall' es über alle Gipfel
Und schaue kühn von hoher Wart,
Von Gedanum bis Memelgard:
Hier trägt mit Rauschen unser Zeichen
Ein Fahnenträger sondergleichen:
— Nie kann er Fußbreit rückwärts weichen —!
Und ob der Pole spöttisch höhnt,
Daß wir wie Vögel sind gewöhnt,
Die auf den Bäumen bau'n ihr Nest: —
Baut ihr nur weiter, still und fest!
Bald wird's den Feinden schrecklich klar,
Von welcher Art der Vogel war:
Der Vogel auf der Preußeneiche —
Er baut den Adlerhorst dem Reiche!

———

Die Mette von Marienburg.

I.

„Nachtlockiges Weib, jagellonisches Blut,
   So siegte doch endlich die süße Glut!
   Lang' blieb ihr verhaßt der Deutsche, der Fremde,
   Mit dem weißen Mantel auf schuppigem Hemde:
      Doch endlich ward sie inne
      Der siegenden Frau Minne,
   Daß sie mir freud'ge Botschaft schrieb:
   ,O, komme, so wahr dir dein Leben lieb,
   In der Christnacht auf Podol, mein Schloß.'
   Nun, Greif, mein Rappe, mein wackres Roß,
   Die schöne Feindin soll nicht warten!"
Und er zieht geheim in den Burgwallgarten
   Am Zügel das leise wiehernde Tier:
„Schweig, trauter Greif, das rat' ich dir!
   Wenn uns die Gebiet'ger erlauschten, die frommen,
   Wir würden in sichern Verwahr genommen
   Und wir flögen wohl niemals wieder, wir beide,
   Auf Minnefahrt durch Wald und Heide."
Und sacht und rasch auf beschneitem Rasen
   Führt er das Roß an die Ausfallpforte:
„Still, alter Hans, keine Predigtworte!
   Willst du vielleicht das Lärmhorn blasen
   Und den Priestern deinen jungen Herrn
   Verraten, daß sie ihn sah'n und sperr'n
   Sein Leben lang zu Brot und Wasser,
   Die gottseligen Burgunder-Prasser?"
Da lachte Hans, dann sprach er ernst:
„Daß du doch niemals Sitte lernst!
   O lieber Falk, mein Junker wert,
   Weit ist gerühmt dein rasches Schwert:
   Jedoch du läß'st nicht von der Minne!
   Die frommt dem Deutschherrn-Ritter nicht!

Wohin stehn dir heut' Nacht die Sinne,
  Heut' Nacht, da heil'ge Christenpflicht
  Uns alle ruft zur Mitternachtmette?"
„Auf Hans, rasch fort die Riegelkette!
  Vielschönes Weib berief mich heiß!"
„Die Nogat geht in Trümmereis!" —
„Greif schwimmt gleich einem Neckarhecht!"
„Im Weichselwalde fährt sich's schlecht:
  Dort rennen rudelweis die Wölfe."
„Nicht fürcht' ich ihrer zehn und zwölfe!"
„Im Tanne von Podol verhohlen
  Masuren bergen sich und Polen."
„Gleich ihren Wölfen acht' ich sie:
  Zwölf gegen einen fürcht' ich nie!"
Rasch auf das Thürlein! Greif, nun lauf:
  Frau Aventiure, nimm mich auf!"

II.

„Gesteh, du wilder, geliebter Mann,
  Ob Zauber dir mein Herz gewann?
  Du bist wie Sturm und Glut und Gewitter,
  Bist heißer als all die blonden Ritter,
  Bist mark'ger als die Polenknaben:
  Aus deinen dunklen Augen und Locken
  Sprüht's und knistert's wie Feuerflocken,
  Du bist wie Gold und Stahl und Flamme" —
„Schön Lieb, das rührt von meinem Stamme!
  Ich bin vom freud'gen Volk der Schwaben,
  Ich bin aus Deutschlands wonn'gem Süd,
  Wo heißer Blut und Minne glüht!
  Wer suchte wohl den Falk von Stauf
  Heut' Nacht bei schön Loboiska auf!"
„Wie kamst du in den frommen Orden?"
„Der Heimat war ich urdrüß worden:

Mein Schwert schlief ein auf leichten Siegen:
Da drang der Ruf ins Neckarland:
    — ‚Die deutschen Herrn erliegen!
    Marienburg wird heiß berannt,
    Sie schüttelt kaum vom Nacken
    Die Wölfe, die Polacken,
    Und Tag um Tag tobt grimmes Morden.‘ —
Da dacht' ich: ‚Falk, flieg aus nach Norden.‘
So trat ich in den frommen Orden:
    Traun, nicht fürs Werk der Pfaffen,
    Fürs freud'ge Werk der Waffen.“
„So magst du leichtern Herzens hören,
    Was ich erst jetzt enthüllen kann:
    Du kannst den Plan nicht mehr zerstören,
    Der meinem Volk den Sieg gewann:
    Als ich dich sterben sollte wissen,
    Da ward mein Lieben grell mir klar:
    Geliebter Mann, dich hat entrissen
    Loboiska sich'rer Todgefahr:
    Weißt du, weshalb ich dich beschworen
    Heut' aus Marienburg hieher?
    All' beine Brüder sind verloren,
    Sie schau'n den nächsten Tag nicht mehr!
    Verrat erschließt das Nogatthor
    Beim letzten Schlag der Mitternacht:
    Sechstausend Polen steh'n davor:
    Was drinnen lebt wird umgebracht.
    So siegt mein Volk, die Deutschen fallen:
    Doch du, der einz'ge sollst von allen,
    Du wilder Edelfalke mein,
    Durch mich, für mich gerettet sein:
    Ich liebe dich! Komm an mein Herz“ —
Auf fuhr der Stauf in Schreck und Schmerz:
„Marienburg! der Brüder Leben!
    Gott, Flügel mußt du jetzt mir geben!“

Und eh' die Polin sich's versehn,
    War schon der kühne Sprung geschehn
    Vom Erkerfenster in den Schnee:
„Jetzt renne, Greif! sonst, ewig: Weh!"

III.

Den Nacken gesenkt, die Zügel verhängt,
    Durch die Nacht kommt der rasende Reiter gesprengt.
Längst ließ er die Straße, verlor er den Pfad,
    Nach Süden, nach Süden nur pfeilgerad!
Über der Heiden endlos Weiß,
    Über der Bäche krachendes Eis,
    Über die Schluchten von mürbem Schnee,
    Über den spiegelglatten See,
    Hinab die Halden, hinan die Hügel
    Trägt ihn das Roß wie Adlerflügel:
    Die Dornen reißen im heißen Hetzen
    Vom flatternden, weißen Mantel Fetzen!
    Schon gewann er den dichten Wald von Podol:
    Zu seinen Häupten lacht es hohl: —
    Das sind in den Föhrenwipfeln die Eulen.
Doch näher und immer näher heulen
    Die Wölfe zur Rechten, die Wölfe zur Linken:
    Dem Rappen wollen die Kniee sinken,
    Es schnaubt, es zittert das edle Thier:
„Greif, Freund Greif, nicht bange dir!
    Halt' aus, halt' aus! es gilt viel mehr
    Als unser Leben: es gilt die Ehr'!
    Laß' sie nur kommen, die Hunde, die feigen:
    Ich will ihnen schwäbisches Eisen zeigen."
    Und er klopft ihm den Hals — ausgreift das Roß —:
    Ganz nah schon rennt der heulende Troß:
    Zur Linken, zur Rechten sieht er sie jagen,
    Doch den Ansprung will keiner wagen:

Herr Stauf zieht jetzt sein breites Messer:
Er schwingt's im Mondlicht — das scheucht sie besser:
Aber die eine, die Wölfin, die magre,
Die graue, die große, die hungrige, hagre,
Reißt endlich hin die lechzende Gier:
Sie springt auf den Bug dem schnaubenden Tier: —
Da fährt durch die Gurgel ihr scharfer Stahl,
Und die Sterbende schleudert Herr Falk zur Erde —
Und sofort sie zerfleischen die andern zumal
Und lassen vom Reiter und seinem Pferde. —
Der weiße Mantel ward blutig rot:
„Vorüber, Freund Greif, die Wolfesnot!" —
Aus dem Tann in das Freie jagt der Stauf; —
Was stutzt der Rappe? was hält ihn auf?
Vor ihnen welch Gurgeln! der Mond tritt grell
Aus dunklem Gewölk: er leuchtet hell!
Und ringsum kracht's und knistert und dröhnt:
Die Nogat ist's, die im Eisgang stöhnt!
Im Strahl des Monds, weiß, grün und grau,
Wogt Wasser und Eis — welch' grimme Schau!
Bald Fluten schwarz wie Todesnacht,
Bald Eisgezack' kryftall'ner Pracht:
Es rauscht, es knirscht, es zieht, es kracht: — —
Falk spornt das Roß: doch der treue Greif
Er sperrt sich todesbang und steif:
Die Vorderfüße vorgestemmt,
Den Hinterbug zurückgehemmt,
Die Mähne weht kopfüber wirr, —
So starrt er in das Eisgeklirr;
In die dunkle Flut, in den kalten Wind: — —
„Greif aus, mein Greif, geschwind, geschwind!
Schwimm durch! schwimm durch! es gilt viel mehr
Als unser Leben: es gilt die Ehr'!
Nun spring' und schwimm! es muß, es muß!"
Und in den eisigen, grollenden Fluß

Setzt der Rappe mit edlem Schwung:
Er springt und watet und schreitet und klimmt
Ans Ufer, ans steile, mit sichrem Sprung!
Da grüßet schon — das ist kein Stern! —
Das Licht Marienburgs von fern,
Das rote Licht vom Remterturm! —
Doch vor der Burg, wie ein ringelnder Wurm,
Was kauert und schleichet und lauert dort?
„Halt, Reiter, gieb das Losungswort!"
So ruft's in zischelndem Slaventon: —
„Der Teufel ist's, du Wolfessohn,
Der Teufel kömmt euch holen,
Ihr gottverfluchten Polen!"
So ruft Herr Falk und jagt vorbei:
Da hallt ein halb verhalt'ner Schrei:
„Nach, nach! mit allen Rossen!
Mit sausenden Geschossen,
Doch leis, daß von der Zinne
Man unser nicht wird inne."
Und hinter dem keuchenden, schäumenden Rappen
Die kleinen polnischen Hufe klappen:
Und verrät der Mond den weißmant'ligen Reiter,
Dann schwirren die Pfeile: weit und weiter
Schon jagt er voraus: — noch einmal ein Schwarm
Von Geschossen auf Schulter und Rücken und Arm: —
Da hält er auch schon vor dem Nogatthor:
Tot stürzt das Roß: — aus dem Sattel empor
Der Reiter springt und mit letzter Kraft
Schlägt er ans Thor das Schwert mit Macht,
Ein-, zweimal, drei: — und geisterhaft
Anschlägt die Glocke Mitternacht.
Er ruft: „Verrat! auf! auf!
Euch Brüder warnt der Stauf,
Laßt jetzt Gebet und Metten,
Das Leben gilt's zu retten!

Verrat erschließt das Nogatthor
Beim letzten Schlag der Mitternacht, —
Sechstausend Polen stehn davor, —
Ich kann nicht mehr: — es ist — vollbracht!"
Ein lauter Hornruf scholl vom Wall,
Rings Fackeln, Waffen überall:
Bald brachen wie Gewitter
Hervor die deutschen Ritter.
Die Polen flohn mit Eilen: —
Doch tot, mit sieben Pfeilen,
Hob man den Warner auf,
Den Schwaben Falk von Stauf!

———

Die Campbells.
(Nach einer Anekdote aus dem indischen Aufstand 1858.)

Zu Lakhnau, in der alten Inderstadt,
Ringt schwer der Britten Schar, zum Tode matt.
Umsonst wirft sich in das zerschoss'ne Thor
Der kühne Mut als letzten Riegel vor:
Der grimme Hunger zwingt die wack're Schar,
Die unerschrocken fest gestanden war,
Als, wie ein einsam scheiternd Schiff die Wogen,
Sie alle Schrecken Indiens umzogen. —
Das letzte Roß, das letzte Brot verzehrt,
Das Gras der Mauer selbst, das sie genährt,
Da denkt Sir Douglas, was der Feind gewährt,
Den freien Abzug, zürnend anzunehmen.
„Verloren sind wir all'" — er denkt's mit Grämen —
„Wird noch einmal die morsche Stadt bestürmt:
Schon seh'n die Elefanten, hochbetürmt,
Weit über Zinn' und Wall, und Übermacht

Hält tausendfältig jedes Thor bewacht." —
   Da tritt Sir Arthur Campbell vor ihn hin,
Er führt ein halbes Schottenregiment,
   Die beste Schar im Heer der Königin:
Die Campbells, die man die „Getreuen" nennt.
   Sein Haupt ist wund, sein Haar ist grau,
Sein helles Auge blitzt so blau:
   „Mylord, Mylord, räumt nicht den Platz,
Harrt aus, harrt aus: es kömmt Entsatz."
„Entsatz? sprich, Alter, bist du toll?
   Wenn er nicht vom Himmel fallen soll, —
Auf Erden wüßt' ich nicht, woher.
   Der Aufruhr lodert rings umher: —
Sir Lionel, der letzte Held,
   Der Englands Fahn' in Indien hält,
Der steht viel hundert Stunden weit,
   Und Berg und Strom und Wüste breit
Und Feinde, tausendfach gereiht,
   Sind zwischen uns und ihm gelegen:
Vielleicht ist längst der wack're Degen
   Erschlagen mit dem ganzen Heer."
Sir Campbell aber bat noch mehr:
   „Mylord, Mylord, räumt nicht den Platz,
Glaubt meinem Wort: es kömmt Entsatz."
Der Feldherr schüttelt still das Haupt:
   „Die Wund' hat ihm den Sinn geraubt.
Geh, Inder, sag' im Lager dort" — —
   „Halt," rief Sir Campbell, „halt, Mylord!
Hört Ihr's denn nicht, ganz laut, ganz nah?"
   Sir Douglas staunend nach ihm sah,
Im Winde weht sein graues Haar,
   Es zuckt sein Mund: und geisterklar,
Prophetisch sprüht sein Augenlicht:
   Ich höre schon drei Tage lang

Des Campbell Marsches stolzen Klang,
  Ich hör' ihn stets, bei Nacht, bei Tag,
Mit Pfeifenklang und Trommelschlag,
  Durch des Lagers Lärm, durch den Sturm der Schlacht
Hör' ich das Lied mit Macht, mit Macht:
  Und lauter, immer lauter klingt's
  Und näher, immer näher bringt's,
So laut wie jetzt, hört' ich's noch nie:
  O süße Hochland-Melodie:" —
„Wie könnt' ich der Freundschaft vergessen, der alten,
  Die so lang wir in Freuden und Leiden gehalten,
Die so oft wir bewährt in der Schlacht mit dem Stahl."
  „Sir Lionel ist ein Campbellmann:
  Er weiß in Not den halben Klan:
Er kömmt, er kömmt über Berg und Thal,
  Durch tausendfache Feindeszahl!
Sie eilen, eilen bei Nacht und Tag,
Mit Pfeifenspiel und Trommelschlag,
  Ich seh' sie steigen vom Bergeshang,
Mit Fahnenfliegen und Waffenschwang!
  Gegrüßt, du schottisch Kriegsgerät,
Das Breitschwert blitzt, es fliegt der Plaid,
  Im Wind die Adlerfeder schwankt: —
Ihr treuen Vettern seid bedankt!" —
Zu Boden sank erschöpft der alte Mann,
  Der Feldherr hob ihn auf und sah' ihn an:
„Bei Gott, das war das schottische Gesicht!
  Gesandter, geh', wir ergeben uns nicht." —
Und leis vom Himmel sank die blaue Nacht;
  Das Brittenheer, es horcht, es späht, es wacht:
Ob sie wohl kommen? sprach der Alte wahr?
  Ach stündlich wächst die tödliche Gefahr;
Es regt sich nichts — kein Laut, auch noch so ferne —
  Sir Douglas seufzt — schon neigen sich die Sterne:

Er tritt an Campells Lager; doch der liegt
    In dumpfen Fieberschlummer eingewiegt: —
Kein Rufen weckt ihn — und im Osten schon
    Empor der Sonne blut'ge Scheibe fliegt
Und vor den Wällen lärmt der Feinde Droh'n. —
    Mit Schweigen scharen sich die Britten all:
Schon kracht des ersten Schusses dumpfer Schall:
    Da horch, was tönt herab vom Bergeshang?
Was weht heran im Hauch des Morgenwind's?
    Ja, das ist Trommelschlag und Pfeifenklang,
Ja, das ist Dudelsack und Feldgesang!
    „Hört ihr es jetzt? Sie kommen, ja sie sind's!"
    Sir Campell ruft's und springt vom Schlaf empor;
Und sieh, aus dunklem Wald bricht's hell hervor:
    Die Fahnen weh'n die Büchsen knattern,
Im Wind die Adlerfedern flattern,
    Das Breitschwert blitzt, es fliegt der Plaid,
Gegrüßt, du schottisch Kriegsgerät!
    Dem Heer voran, im ersten Glied,
Sir Lionel mit den Campbells zieht:
    Die Inder werden weggefegt,
        Wie Feuer in die Garben schlägt.
    Es nehmen sie die Britten ingrimmig in die Mitten,
    Und Schuß und Hieb streckt Elefant
    Und Götzenwagen in den Sand.
        Und wie sie zieh'n durch Lakhnaus Thor,
    Da tönt zum Pfeifenspiel der Chor:
„Wie könnt' ich vergessen der Freundschaft, der alten,
Die so lang wir in Freuden und Leiden gehalten,
    Die so oft wir bewährt in der Schlacht mit dem Stahl:
    Es rufen die Brüder im Sturm der Geschosse:
    Da kommen gezogen zu Fuß und zu Rosse,
Da kommen zu Hilfe die Campbells zumal."

———

Die Loisach-Braut.

„Den See willst du befahren, im Vollmond, ganz allein?
   So möge Gott dich wahren und die Heiligen mit dir sein!
Die Loisach-Braut wird steigen aus grünem Grund empor,
   Verloren, ihr zu eigen, ist, wen sie sich erkor;
Ein Mittel nur kann taugen: sprich Paternoster drei
   Und mit geschloss'nen Augen rasch rudre du vorbei,
Denn hast du sie gesehen und ihres Leibes Pracht,
   So ist's um dich geschehen: — du bist in ihrer Macht."
Der Schiffer hört's mit Lachen, er führte das Steuer gut,
   Leicht flog der schwanke Nachen in die mondlichthelle Flut;
Blau lagen Berg und Hügel, wo sich das Land verlor,
   Leis huschte scheu Geflügel aus Binsen und aus Rohr. —
Und als er nun gekommen an der Loisach Schilfbereich,
   Da kommen ans Boot geschwommen viel Wasserrosen bleich.
Und jede Wasserrose wird ein weißes Angesicht,
   Darinnen namenlose, süße Sehnsucht spricht.
Und mit den Armen, den weißen, umflechten sie Ruder und Kahn:
   Er kann sein Schiff nicht reißen noch sein Herz aus dem süßen Wahn.
Vom Grund auf geht ein Rauschen, wie von hundert Harfen zumal,
   Sein thöricht Herz muß lauschen, muß lauschen in sehnender Qual:
„O komm, wir wollen dir zeigen, was die reiche Tiefe hegt,]
   O sieh, wie hold im Reigen uns die silberne Woge trägt.
In Grotten sollst du thronen, auf schwellendem Wassermoos,
   Wir werfen dir Muschelkronen und Perlen in den Schoß.
Dir ist in korallenen Sälen ein ewig Fest bereit,
   Und zum Kusse sollst du dir wählen die Schönsten in unserm Geleit.
O komm, laß Boot und Ruder, hier lebt sich's wohl und weich,
   Werd' unser seliger Bruder im seligen Nixenreich!"
— „Gott!" rief er — „mit Verfluchung triff ihre Melodei,
   Führ' uns nicht in Versuchung, des Übels mach' uns frei!" —
Und stark das Ruder zog er und schloß die Augen gut,
   Und frei und ledig flog er aus dem Schilf in off'ne Flut. —

Da hört er ein andres Singen, gleich klagendem Flötenlaut: —
Aus rauschenden Wellenringen steigt auf die Loisach-Braut:
„Der Lust bist du entronnen! Heil, edles Menschenkind!
Ich lade nicht zu Wonnen, wie der Nixen Wonnen sind.
Sie sind fühllos, kalt wie Juwele, ihr Leben ist ewiger Scherz,
Ich hab' eine fühlende Seele und einen unendlichen Schmerz.
In leuchtenden Flutkrystallen herrsch' ich als Meisterin,
Und bin doch nur von allen Schmerzen die Königin!
Ich hab' ein Herz, das flammet in Liebesbedürftigkeit
Und bin hier unten verdammet zu ewiger Einsamkeit.
Und die Menschen, sie könnten mich heilen: doch wie alle thust auch
        du: —
Du fliehest vorüber mit Eilen und schließest die Augen zu."
Das klang wie klagende Glocken tief in des Jünglings Herz:
Mehr als der Lust Verlocken verlockt der Ton voll Schmerz.
Das Ruder ließ er fahren, empor sein Auge schlug: —
Da schwamm sie in wallenden Haaren vor seines Schiffes Bug.
Da sah er die wunderbare, die hingegoß'ne Gestalt,
Den Nacken vom wogenden Haare wie von gold'nem Mantel umwallt.
Um die weiße Schläfe wob sich des Schilfes schmaler Kranz,
Auf ihn ihr Auge hob sich mit silberblauem Glanz.
Und sie rang die weißen Hände wohl über Haupt und Genick,
Ein Auge voll Lieb' ohn' Ende traf seinen versunkenen Blick.
— „Halt," rief er — „und wär's zum Bösen — du süße Verderberin,
        bleib! —
Ich komm', ich will dich erlösen, du schönes, trauriges Weib!" —
Und er sprang —: und die mondlichthelle Flut schlug über ihn her,
Und es trieb auf leiser Welle der Nachen des Führers leer. —

Der liebe Gott und der Teufel.
Ein Schwank nach mecklenburgischer überlieferung.

Früher war der üble Teufel
Gar so übel nicht gewesen:
Nur wie so ein ungezogner
    Neffe eines guten Ohms.

Deshalb war der liebe Gott auch
Mit dem ungeratnen Engel
Manchmal noch spazieren gehend
    Hingewandelt durch die Welt.

Später erst, nachdem der Teufel
Ibsen viel studiert und Zola,
Auch in Strindberg oft gelesen,
    Ward so bös er, wie er ist.

Weil er nun es erst gelernt hat,
Wie verrucht und miserabel
Ist die bête humaine. — „Pfui
    Teufel!"
Kann's nicht auch der Teufel so?"

Also sprach zu sich der Teufel
Und ward nun erst recht ver-
    teufelt. —
Aber früher ging er einmal
Unsichtbar durchs Feld mit
    Gott.

„Lieber Gott," sprach er, „ich
    klage!
Klage an!"
    „So wie gewöhnlich:
Meine Lieblinge: die Menschen!"
„Ja, dein allerletztes Werk!

Aber wahrlich nicht dein bestes!
Wie die Racker mich behandeln,
Das ist wirklich 'ne Gemeinheit:
    Im Vergleich zumal mit dir.

„Sei nicht frech, du arger
    Schlingel!"
Warnte Gott und hob den Finger.
„Nein — wahrhaftgen Gott! —
    es ist so.
Was sie selber angestellt,

Böses oder Dummes oder
Was der Zufall angerichtet, —
Alles muß ich han verschuldet!
    Aber was da gut gerät,

Sei's durch Zufall, sei's durch
    meine
Güte" ... — — —
„Wird nicht oft der Fall sein!"
„Solches danken die Hallunken
    Einzig dir, dem ‚lieben Gott'.

Gieb mal acht! Da weiden Kühe
An dem Graben und der Dorfhirt
Schläft: — er hat zuviel getrun-
    ken! —
    Lieber Gott, nun bitt' ich dich,

Stoß' die eine Kuh hinunter
Und gieb acht, was wir erleben."
Und der Herrgott, gut wie immer,
    Thut das auch: das Rindvich
    brüllt.

Aus dem Schlafe fährt der Kuh-
hirt,
Hört und sieht das Unglück:
"Teufel!
Teufel" schreit er, "übler Teufel!
Teufel, das hast du gethan."

Und da er allein das schwere
Vieh nicht aus dem Graben ziehn
kann,
Läuft er in das Dorf und holt sich
Ein paar Bauern rasch zu Hilf.

"Nun paß Achtung, lieber Gott!"
rief
Voller Wut der Teufel, "siehe,

Ich heb' aus dem tiefen Graben,
Ich allein, das schwere Biest.

Sieh da kommen sie gelaufen:
Nun horch auf: was rufen sie?"
Und sie rufen: "hei, gerettet
Ist die Kuh — nun, Gott sei
Dank."

"Lieber Gott," sprach da der
Teufel,
"Ist nun das nicht 'ne Gemein-
heit?
Diese undankbaren Kröten!
Wartet nur! Ich hol euch all'!"

Der Vampyr.

Ach, so gerne, gleich den andern Toten, hielt ich Grabesruh':
Doch mich treibt der Fluch, zu wandern ewigem Verderben zu.
Liegt im blauen Mondenscheine friedlich aller Gräber Zahl, —
Unterm schweren Marmorsteine reißt mich auf die heiße Qual.
Und mir wachsen dunkle Flügel und mir wächst der heiße Sinn,
Rastlos über Thal und Hügel reißt mich das Verlangen hin.
Wo in schwülen Liebesträumen süß die schöne Braut sich wiegt,
Dahin ohne Ruh' und Säumen leis der dunkle Freier fliegt.
Und zu ihren Häupten steh' ich: — scheu verlischt der Ampel Licht: —
Und aus Schmerz um sie vergeh' ich: — doch sie lassen kann ich
nicht! —
Ja, ich weiß, mein Hauch ist Sterben, ja, ich weiß, mein Kuß ist Tod:
Dennoch drück' ich das Verderben auf die Lippen voll und rot.
Horch': ein Hahnenschrei! — Von hinnen! — Bleich und kalt das
Mägdelein —
Aber ich — im Grab tief innen, über mir der Marmorstein.

Die Bernsteinhexe.

I.

Sankt Elms Licht flackert am Hexenturm:
  Die Bernsteinhexe beschwor den Sturm:
Ihre Botin ruft ihn flugs herbei: —
  Lachmöwe mit gellendem Schrilleschrei:
Den Westnordwest vom schwedischen Sund:
  Der wühlt das Meergold auf vom Grund!
Hinaus mit Netzen, mit Bark' und Boot,
  In das gleißende Glück, in den Tauchertod!
Bald kehren wir wieder, das Boot randvoll: —
  Nur der Jüngste ertrunken: — das ist ihr Zoll!

II.

Heut' traf es Jung Jörge von Heidebrink,
  Hei, haschte die Hexe hinab ihn flink!
Doch wohl dir, jung Jörge! Sie bettet dich warm
  Am wogenden Busen, im weißen Arm:
Und schlingt dir mit Kosen ins triefende Haar
  Von flammendem Bernstein die Krone klar!

Das Lied vom Schill.

„Mein Preußen zertreten, mein Deutschland tot,
Rings Schmach und Schmerzen, rings Nacht und Not:
  Und die Augen der edelsten Frau der Erd',
Die Augen Luisens, vom Weinen rot — —
  Nicht länger trag ich's! — Husaren, zu Pferd!
Wer reiten und fechten und sterben will, —
  Der folge mir·" — so sprach der Schill.

Bei Wittenberg und bei Halberstadt,
Wie scharf er geritten, gestritten hat!
   Doch tausend auf zehn sind zu viel zuletzt:
Sie haben ihn bis Stralsund gehetzt:
   „Den Schrecken ohn' Ende hab' ich satt:
Ein Ende mit Schrecken ich machen will,
   Das soll Rache wecken!" — so that der Schill. —

Stralsund, wie dein Markt vom Blute floß!
Die Straßen der Holländer Fußvolk schloß:
   „Ergebt Euch, Schill!" rief ihr General:
Doch der Schill, der hieb ihn stracks vom Roß:
   Da trafen ihn Kugeln zwölf zumal:
„Hoch Deutschland!" rief er: dann sprach er still:
   „O Kön'gin Luise!" so starb der Schill.

Bei Sedan.

I.

Bei Bazeilles, bei Balan hin und her,
   Wie rangen doch meine Bayern schwer!
Da traf ich am Graben, im Schützenkampf, —
   — Kaum sah man die Brücke vor grauem Dampf —
Am zerschoss'nen Zaun, von dem Park nicht weit,
   Den Hauptmann, den Freund aus der Jugendzeit
„Freund Felix, du hast dein altes Glück!
   Heut' schaust du des Krieges schönstes Stück!
Die Sachsen, so heißt es, sind schon ganz nah: —
   — Avanciren, Hornist! — und die Garden sind da:
Wir fangen sie, hoff' ich, auf Einen Schlag:
   Das wird meines Lebens schönster Tag."

II.

Zwei Stunden darauf, da brachten sie
   Mir sterbend den Hauptmann nach Donchéry.
„Ist's wahr, Freund?" forscht' er mit mattem Ton.
   „Ja! — gefangen der Kaiser und MacMahon,
Und das ganze Heer — hunderttausend Mann!"
   „Ich sterbe: — grüß' mir den von der Tann
Und wer an der Isar mein denken mag: — —
   Das war meines Lebens schönster Tag!"

Die Brüder.

Der Sturm durchrast die Dezembernacht!
Die Düne stäubt, die Brandung kracht
Wie Kanonenschuß,
Wirft gegen die Klippen sie ihren Guß!
Der Strandwart thut einen gellenden Pfiff:
„Ein Schiff in Not! Ein Wrack! Ein Schiff!
Ein Schoner gescheitert am Möwenriff!"
Er ruft aus dem alten Stierhorn dumpf
Den Wrack-Schrei über Sand und Sumpf:
   „Wracka! Ala Mannida, hilf."

Und schon aus den Hütten, bedeckt mit Schilf,
Rennen heran die Jungen, die Alten,
Die harten, verwetterten Schiffergestalten,
Vom Seesalz dunkelbraun gebeizt. — —
Jetzt, die Beine steif auseinander gespreizt,
Steh'n sie am Strand und lugen aus
In den winternächtigen Nebelgraus,
In des wütenden Ostnordost Gesaus.

Der volle Mond bricht durch die Wolken:
Da ruft der Strandwart: „am Möwenholfen,

Am nadelspißen, hängt das Wrack!
Verloren ist's mit Mann und Maus!
Verloren ist's mit Sack und Pack!
Da seht, wie die Brandung drüber schlägt!
Wie sie Mann um Mann vom Decke fegt!
Nun birst es gleich! Schon sinkt es fast!
Wie eine Gerte biegt sich der Mast!
Da schaut! Hoch oben im Mastkorb lauert
Der letzte, vom Eissturm überschauert:
Bald wird es ihm überstanden sein!"

Da schallt ein: „Nein!
Hier mein Boot: Hinein! Hinein!"
So ruft durch den Sturm ein starker Gesell,
Flachsblond das Haar, das Aug' grauhell,
Er hat von der Kette gelöst das Boot:
„Drei Mann mit mir! Wer folgt?"

                      „Der Tod!"
So ruft der Alte, „der sitzt schon im Boot.
Ich habe siebzig Jahre gesehn,
Doch keinen Ostnordost wie den!
Die Brandung schlägt bis zum Kirchenthor,
Das hat kein Mensch erlebt zuvor!
Bleib, Harro, bleib, tollkühner Thor."

Doch der hat schon das Steuer gefaßt:
„Nur einen noch brauch' ich: — hei Wisogast,
Mein Brüderlein jung — her lauft er in Hast:
Doch oh, das Mütterlein hinter ihm her,
O daß sie doch schlafend im Bettlein wär'."

Da springt schon der Knabe zu ihm in den Kahn,
Stumm nickt er, mit blißendem Blick dem Bruder
Und taucht in den schäumenden Gischt das Ruder.

Doch die Mutter, sie bricht durch die Menge sich Bahn
Und sie ringt die Hände, sie rauft das Haar,
Das weiße, wie flattert's ihr im Wind:
„O Harro! und du mein jüngstes Kind!
Zurück! Aus dem Boot. Ihr — mein letztes Paar!
Ist noch mein Elend nicht schwer genug,
Das ich um den ertrunknen Gatten trug,
Und seit meinen Uwe der Sturm verschlug,
Seit mir mein Liebling Uwe verschollen, —
Was blieb mir noch, der Jammervollen?
Nur ihr seid meines Alters Stab,
Soll ich ganz verlassen wanken ans Grab!
Mein Knabe, komm du zurück aus dem Kahn.“
„Nein, ein Bruder muß bei dem andern stahn.“
„O Harro, bleibe, mein arger Sohn! —
Muß ich mit dem Fluche der Mutter drohn?“

Doch Harro stößt schon ab vom Strand,
Das Auge nur auf das Wrack gewandt. —
Sie schwören nicht am Nordseestrand,
Die schweigsamen Männer von Harlingland:
Den Schwur ersetzt der Druck der Hand:
So hatten die zwei sich zusammengethan,
Zu retten aus jedem Orkan
Einen Mann in Not:
Sie thaten nun, wie Treue gebot.

Die Greisin hebt drohend die mag're Hand:
Schon öffnet sie zu dem Fluch den Mund,
Da hat sie bezwungen das Weh zur Stund,
Ohnmächtig sinkt sie auf den Sand.

Lang liegt sie so. — Und der Mond, verhüllt
Von Gewölk, versagt sein Licht:
Man gewahrt von der Küste das Schifflein nicht,
Um das wütend die donnernde Brandung brüllt:

Nur Nacht und Sturm und Wogendrang:
Ein schweres Schweigen lang und bang,
Die Kühnsten verzagen um das Paar:
„Die sind verloren! ich wußt' es klar,"
So spricht der Alte und sinkt aufs Knie:
„Kommt, Nachbarn, laßt uns beten für sie:
Das heißt: für ihre Seelen:
Die wollen wir Gott befehlen!"
Und knieend betet die ganze Schar! —

Da fegt den Mond ein Windstoß klar:
Hell leuchtet die See, weiß glänzt der Strand:
Da sieh — schon fährt das Boot zu Land!
Drei Männer trägt's, den Halb-Erstarrten
Wärmt Harro schweigend an seiner Brust:
Doch der Knabe, der kann's nicht erwarten!
Er schreit aus dem Kahn vor Stolz, vor Lust:
„He, Mutter, wach auf! Du bekommst 'nen Gast,
Dein Uwe war's, der da hing im Mast."

Wie die Zeit vergeht.

I.

„Am öden Strand, im öden Haus
Zieht Lenz und Winter ein und aus. —
Großmutter, die ist immer krank:
Bald Gartenstuhl, bald Ofenbank:
Gern pfleg' ich sie bei Nacht und Tag
Bei unsrer Dorfuhr gleichem Schlag. —
Nur manchmal, schlief sie endlich ein,
Wird mir zu eng das Kämmerlein,
Und in den Garten schlüpf' ich still,
Zu lauschen, ob gar nichts kommen will,
Nichts kommen, was stark und groß und neu.
Es rauscht das Meer: es duftet das Heu:

Es rauscht das Meer: es knistert der Schnee
Und im Sommer und Winter winken die Sterne:
Doch immer das gleiche, das öde Weh: —
Ach, ich möchte was andres so gern, so gerne:
Heiß pocht mein Herz — weiß nicht, warum.
Doch der Weg bleibt leer und der Himmel stumm:
Mich verzehrt das Schweigen der Einsamkeit — —
Und unterdes verblüht die Zeit."

II.

„Da draußen im Boote, da fischt mein Mann
An dem Riff, wo ich immer ihn sehen kann,
Vom Garten aus, von der Geißblatthecke:
Wie lieb' ich die enge, die duftige Ecke:
Da schläft auf dem Gras, Kirschblüten bedeckt,
Mein Kind, bis der Kuß des Vaters es weckt:
Und da spinn' ich und hüt' es und sinne dazu,
Wie das alles so ward. — O, Herzliebster du!
Wie den Dorfweg herauf einst abends er kam
Und mit lächelndem Gruße die Seele mir nahm:
An der Hecke dort hielt er und wies auf den Krug,
Den mit Wasser gefüllt von dem Brunnen ich trug:
Und ich reichte den Krug ihm über den Zaun
Und sah in sein Auge haselbraun. —
Und er blieb im Dorfe seit jenem Tag:
Großmutters Gehöfts und Nachen er pflag
Und gewann, wie der Jungen, das Herz der Alten.
Und wie hat er so treu die Liebe gehalten!
Da zieht er das Netz ein: — ei wie schwer!
Jetzt zähl' ich die Schläge der Ruder im Meer
Und jeglicher Schlag führt ihn rascher mir her
Und ich denke, nun sind es, — wunderbar! —
Nun sind es schon volle sieben Jahr.
Und immer die gleiche Seligkeit,
Und unterdes — wie fliegt die Zeit!"

III.

Und Winter ist es wieder worden:
Schon kränzt der Schnee mit weißen Borden
  Des Kindes Hügel:
  Und mit weißem Flügel
  Streift er das schwarze Holzkreuz an,
  Das meinem Mann
  Ich habe gesetzt
  Da, wo zuletzt
  Er sprang ins Boot. — —
  O wär' ich tot!
So geh' ich immer auf und nieder
Vom Kirchhof zu dem Strande wieder:
Von einem Kreuz zum andern
Geht nur mein müdes Wandern,
Der Weg wird mir doch nie zu weit: —
Und unterdes — rinnt ab die Zeit.

Lieder, Sprüche, Vermischtes.

Abschied von der Poesie.
(1865.)

Die Sonne taucht mit Glanz und Milde
    Ins Goldgewölk des Hügelsaums
Und mich umfängt das Waldgefilde,
    Die Stätte meines Jugendtraums.
Der heil'ge Wind zieht in den Zweigen:
    Des Tages letzter Laut verscholl:
Ein großes, feierliches Schweigen
    Umflutet mich bedeutungsvoll.
Bist du es, der mit so viel Wehmut
    Mir naht und doch mit Seligkeit,
Bist du's, — ich grüße dich in Demut, —
    O Genius meiner Jugendzeit?
Du schwebst daher im Abendwinde,
    Du kommst aus Himmeln, ewig fern,
Dich schmückt die weiße Priesterbinde,
    Auf deinem Haupte glänzt ein Stern.
Was blickst du mich so weich und traurig,
    So mahnend an mit feuchtem Schmerz?
Halt ein: — der Geister Blick ist schaurig
    Und ihn erträgt kein sterblich Herz.
Du reichst mir meine Harfe wieder,
    Die stumm der harten Hand entfiel,
Du mahnst an alte, frohe Lieder,
    An längst verklung'nes Saitenspiel.

Du zeigst mir in den Wolken Kränze,
  Danach die Sehnsucht einst gestrebt: —
  Ach, ewig blüh'n der Geister Lenze: —
  Mein Frühling — er hat ausgelebt!
Du süße, weiche Stimme — schweige!
  Die alten Träume wecke nicht:
  Du Zaub'rin, nicht so liebend neige
  Dein feenschönes Angesicht!
Willst du den steten Sinn bethören
  Mit unbestimmter Sehnsucht Qual? —
  Ich darf und will nicht auf dich hören,
  Und diese Brust deckt spröder Stahl.
Denn in ein Heer bin ich getreten,
  Ein Mann des Kampfes und der Pflicht:
  Mir gilt der Ruf der Schlachtdrommeten,
  Der Ton der Flöte gilt mir nicht.
Nicht in die Wolken darf ich schauen:
  Vor mir, auf Erden, liegt das Ziel:
  Da muß ich ringen, schaffen, bauen:
  Kein Arm blieb frei für Saitenspiel!
Der reifen Saaten muß ich warten,
  Und schichten gold'ner Garben Wucht:
  Ach, nur im Hesperiden-Garten
  Schlingt sich die Blüte um die Frucht!
So kehre heimwärts zu den Sternen:
  Jedoch vergiß des Freundes nicht,
  Und geuß aus deinen hohen Fernen
  Auf meinen Pfad ein holdes Licht.
Doch wie sich mag mein Los vollenden: —
  Einst schau' ich wieder deinen Glanz:
  Es schmückt mein Haupt aus deinen Händen
  Der Sieges- oder Totenkranz.

———

244

An Pallas Athene.
(1868.)

Steige, klare Himmelstochter,
Strenge Göttin, mir hernieder,
Ach, und auf die heißen Schläfe
Deines abgefall'nen Priesters
  Lege deine kühle Hand!

Ach, ich hatte sie vergessen,
Deiner Weisheit herbe Sprüche:
Der Entsagung schwer Geheimnis,
Das du schon dem ernsten Knaben
  Auf den roten Mund geküßt.

Wie doch lehrt' ich, überfließend
Deiner eingehauchten Weisheit,
Andre meisternd, strenge richtend:
Glück und Unglück ist den Menschen
  Suchens nicht und Meidens wert."

Ach, erfreuendere Lehre,
Herzgefälligere Weisheit,
Überzeugend durch die Wonne,
Auf den Pulsschlag sich berufend,
  Zog in mein berauscht Gemüt!

Ach, ich sah den Falter fliegen,
Wo die junge Rose glühte,
Sah im Maienglanz sich sonnen
In des Glückes Heißverlangen
  Jede frohe Kreatur! —

„Leben, volles Leben," rief es
In mir mächtig: „Freude, Schönheit,
Jugend, Hoffnung, Freiheit, Wonne: —
Sie allein sind wert des Suchens, —
  Wo sie nicht sind, ist der Tod."

Wie der Hirsch nach frischem Wasser
Schrie nach Glück die durst'ge Seele: — —
Schweige, schweige! Still verschmachte!
Knicke deines Lebens Herztrieb
    Und dein Auge — reiß' es aus.

Weihe, strenge Himmelstochter,
Mich aufs neu' zu deinem Priester.
Doch um eine Gnade fleh' ich:
Nimm zuvor mit kühlen Händen,
    Nimm das Herz mir aus der Brust.

Sonntag.
(1869.)

Wenn sonst ein schöner Sonntag war und schimmernd schien die Sonne,
  Wie war mein Herz so morgenklar, so voller Festeswonne!
Und nahm sich große Freude vor und frohe Pläne macht' es,
  Und mischte sich dem heitern Chor, und sich im Himmel dacht' es.
Jetzt kömmt er wie ein andrer Tag, in grauen Zwilch gekleidet,
  Und bei dem hellen Glockenschlag die dunkle Seele leidet;
Die Weihe fehlt dem müden Sinn: die Glocke ruft vergebens: —
  Ach, mit der Jugend geht dahin der Sonntag alles Lebens!

Das Sterbeglöcklein.
(1865.)

Hell durch den Maientag das Sterbeglöcklein tönt!
Der andere schrecken mag, ich bin des Klangs gewöhnt:
Ich hör' ihn fort und fort in allem, was da lebt:
Er ward nur heute laut, der leise sonst verschwebt . . .

Enträtselte Ahnung.
(1867.)

Es mahnt mich eines Abends wunderhold:
  In Rosenglut stand Himmel, Flut und Erden:
Und auch mein Herz war voller Sonnengold
  Und schien kein Ende seines Glücks zu werden.
Vom Hügel sah ich weit in lachend Land,
  Des Chiemsees Wogen rauschten mir zu Füßen:
Wie zögernd auf dem Berg die Sonne stand,
  Als wollte sie mich noch und nochmal grüßen.
Und nochmals grüßte sie mich hellsten Strahls: —
  Und sank — und Schauer nahm mein Herz gefangen
Warum? Jetzt weiß ich's erst! — Es ist damals
  Die Sonne meines Glückes heimgegangen.

Melancholie.
(1867.)

Zurück, o Welt, mit deinen schwanken Wogen
  Du lockst mich niemals wieder in Gefahr:
  Denn deine Liebe hat mir stets gelogen
  Und deine Selbstsucht nur bleibt ewig wahr.
Und ob der Freund dir drücke warm die Rechte, —
  Er liebt in dir doch nur sein eigen Bild:
  Ob liebend dich des Weibes Arm umflechte —,
  Du blöder Thor, du wähnst, daß dir es gilt?
Es gilt nur dem Idol des eig'nen Wertes,
  Dem ihre Eitelkeit Altäre baut:
  Und nur ein eigen Selbst, ein kraftverklärtes,
  Umarmet in dem Bräutigam die Braut.
Ach, deines Herzens eigenste Gedanken —
  Wem sind sie lieb wie dir? Wer denkt sie mit?
  Du stehst allein: drum lerne nie zu wanken:
  Nur auf dich selber stütze sich dein Schritt.

Huld ist der Menschen Wunsch und Lieb' ihr Träumen,
Jedoch das Selbst ihr eisernes Gesetz.
Sie wähnen, frei zu geh'n in freien Räumen: —
Ein feiner Blick sieht rings das feine Netz.

Warnung.

Sei nicht zu sicher und befriedet,
Sei nicht des Glückes allzuvoll:
Schon ist der Donnerkeil geschmiedet,
Der all dies Glück zerschmettern soll!

Rat.

Störe keinem den Schlaf! Daß du nicht ein Glück ihm verscheuchest,
Welches du nicht aufwiegst, bringst du die Krone der Welt.

Unser Kirchhof.
(1863.)

Die Sonne, die das Licht dem Leben beut,
  Hat Huld und Muße
Genug, daß sie die Gräber auch erfreut
  Mit einem Gruße.
Der Ort liegt von des Lebens Lärm und Hast
  Still abgeschieden:
Im Abendwind bebt der Chpressenast —
  Welch tiefer Frieden! —
Mir ist, er spricht: „Zum Lohn ward ich erbaut,
  Nicht um zu strafen:
Komm' nur, wird dir's da draußen allzulaut;
  Hier ist gut schlafen."

An meine Schwester Constanze.

Es steht ein Felsen einsam. — Die Wolke küßt sein Haupt. —
   Nicht viel ist ihm gemeinsam mit dem, was unten staubt.
Ihn hat der Blitz getroffen. — Der Sturm hat ihn zerschellt. —
   Es schmähet ihn den Schroffen, den Harten gern die Welt. —
Des Wetters grimmes Tosen durchfurcht den dunkeln Stein: —
   Es wollen drum die Rosen nicht recht bei ihm gedeihn. —
Nur eine kleine Rose, von süßer, holder Art,
   Erblüht aus stillem Moose an seinem Herzen zart.
„Mir ist hier ganz geheuer bei ihm" — spricht sie mit Lust —
   „Er birgt ein tiefes Feuer in seiner kalten Brust —
Und will er sie auch nicht zeigen, — ich spüre seine Glut,
   Und tief in ihm — mit Schweigen — ein Schatz von Golde ruht.
Mit einem Lebensodem zusammen atmen wir,
   Er ist mein dunkler Boden, — ich seine helle Zier!" —
Er hört's und immer fester an sich die Rose zieht: —
   Sprich, meine kleine Schwester, verstehst du dieses Lied?

Nachruf an Frau Amanda von Geibel.

O reines Herz, du konntest dich versöhnen
   Und du versöhnst auch uns mit deinem Lose:
Denn selbst der Tod: — er mußte dich verschönen.
   Du lächelst noch, als ob dir Harfen tönen,
Als sagte dir der Tod mit Lenzgekose:
   „Komm, blüh' im Himmel nun, du weiße Rose!"

Klage.

Ich hör' eine alte Weise
  In meiner Seele klingen:
Sie zittert und schwebet leise,
  Wie auf dunkeln Schwingen,
Empor: und breitet sich schwer,
  Wie ein großer Schatte, darüberher! —
Wenn ich müde gespielt mich hatte,
  Auf des heimischen Gartens Wiesenmatte
Und die Sonne war untergegangen
  Und der kühlere Abendwind
    Um die glühenden Wangen
  Wehte dem bangen Kind, — —
Da glaubt' ich im Rauschen der schwarzen Föhren
  Ein altes, trauriges Lied zu hören
  Von Schmerz und unendlichem Weh:
Daß, wie die Sonne nun untergeh',
  Und der Tag, der freundliche, scheide
  Und die Rose welk' auf der Heide,
So alles Liebliche schwinde vorüber —:
Ein Lied, düster und bang,
  Voll unerbittlicher Not —
Von alles Schönem Untergang,
  Von alles Glücklichen Tod —!
Und meine Seele ward trüb' und trüber:
  Und ich floh aus den bangen Schatten,
  Die sich leise gebreitet hatten,
    Und barg mein Weh — so ausdruckslos —
    Und mein Haupt in der lieben Mutter Schos.
Und dies Lied von der Menschen alter Not,
  Von des Lieblichen Welken, des Edlen Tod,
Von aller Freude Vergänglichkeit,
  Von dem Wurm, der in gift'ger Verborgenheit

In jeder Blüte der Hoffnung nagt, —
  Dies Leid, das die alten Föhren geklagt,
Dies bange, düstere Ahnungswort, — —
  Es begleitet mich fort und fort!
Tausendstimmig hör' ich's im Nord,
  Im Herbstwind jammern und schallen,
  Wann die Blätter zu sterben fallen
  Und wann, wie ein großes Leichengewand,
  Der Nebel sich breitet über das Land
    Grau, düster und kalt.
Und mit zäher Gewalt
    Klingt nach der klagende Seufzerhauch,
  Wie lärmend auch
  Ihn übertäubt die laute Lust:
  Seines ewigen Rechts bewußt
    Scheidet er nicht aus der Menschenbrust,
    Hält bald sich verborgen, ein Schattenstreich,
    Und schwillt bald, wachsenden Fluten gleich,
    Über jeglichen Damm und Deich,
  Den die zitternde Freude dazwischenbaut. —
Und ich höre den leisen, traurigen Laut
  Im Wasserfall, der vorüberrauscht
  Und in ewigem Wechsel die Woge tauscht,
  In der Abendglocke verhallendem Klang,
  In der Cykaden ödem Gesang,
  In des Frühlings sehnsuchtatmendem Hauch: — —
  Und leise, leise stiehlt er sich auch
  In den gold'nen Wein, in die roten Rosen,
  Selbst in der Liebe süßes Kosen:
    Und überall aus der Freuden Chor
  Hör' ich die leise Klage hervor:
  „Es naht die Nacht, die kein Licht erhellt, —
  Eine große Gruft ist die ganze Welt."

„Mariä Geburt fliegen die Schwalben fort.“

Aus feuchten Gründen der Nebel steigt,
  Wie unvermeidliches Unheil,
    Und grau durch die öden Himmel streicht
    Ein fröstelnder, nasser Schauer.
Von der Mauer die Hedraranke fällt,
  Todmüde vom langen Halten:
    Durch die kahlen Gärten, durchs Stoppelfeld
    Suchet der Wind und seufzet.
Und Schwalbe sogar, die, mutig und treu,
  Zuletzt von allen verzagte,
    Sie ziehet davon in fröstelnder Scheu,
    Zum Zeichen, daß alles verloren.
O trüber Tag, da von bannen zieht
  Die letzte, zwitschernde Schwalbe:
    O trüber Tag, da die Seele flieht
    Die letzte, singende Hoffnung.

Vergeblicher Zuspruch.

„Was irrst du verlassen, in Wälder entrückt?
  Sieh, Hallen und Gassen sind festlich geschmückt.
  Es locken die Geigen, es flattert der Kranz,
  Die Jugend im Reigen fliegt hurtig zum Tanz,
  Rings sprudelt und schäumet die Lust und der Scherz: —
  Was sinnet und träumet dein einsames Herz?“
    „O lasset mich träumen im grünen Gezelt: —
    Kein Glück zu versäumen hab' ich in der Welt!“
„Ei, was dich betroffen, — nach vorwärts den Blick!
  Ein mutiges Hoffen besiegt das Geschick.
  Die Wellen des Lebens, sie tragen im Spiel
  Des Sinkens und Hebens den schaukelnden Kiel.

Was wanderst du einsam? Hinaus in die Welt,
Leicht trägt sich gemeinsam, was den einzlen befällt!"
„O lasset mich wandern in Schmerz und allein: —
Ihr Herz ist des andern und nie wird sie mein."

Wehmut.
(1864.)

O schöne Zeit, da jede Dämmerung
    Dem Herzen eine holde Weihe brachte,
    Und sich die Seele hob mit hohem Schwung,
    Sobald das Licht der Sterne sich entfachte!
Die Abendröte lieh ihr duftig Kleid,
    Wie den Gefilden, damals meinen Träumen:
    Ein Sinnbild seiner lichten Freudigkeit
    Ersah mein Herz hoch in den Sternenräumen.
Jetzt wirft die Dämmerung ihr rot Gewand,
    Ein blutig Bahrtuch, über meine Lieder:
    Wie Totenkerzen an des Grabes Rand
    Schau'n trüb die Sterne auf mein Hoffen nieder.

Zu spät!

Im Herbst bin ich von Haus gegangen,
    Die Herbstzeitlose blühte spät,
    Da sprach ich: „Liebste, wann mit Prangen
    Durch unser Thal der Frühling geht, —
Dann kehr' ich heim, dann komm' ich wieder,
    Dann find' ich dich in alter Treu',
    Der Fink schlägt die gewohnten Lieder,
    Und Lieb' und Rosen blüh'n aufs neu'. —"

Sie sah mich zieh'n mit bangen Thränen; —
   Der Frühling kam: doch ich blieb aus:
Im Spätherbst endlich trieb das Sehnen
   Mich unaufhaltsam fort nach Haus.
Ich suche sie im Haus — im Garten — —
   Rings alles einsam, wie das Grab, —
Das Weinlaub fällt, wie matt vom Warten,
   Welk, lautlos von der Mauer ab.
Auf feuchtem Grund die Herbstzeitlose
   Mit letztem Seufzer zu mir spricht:
„Ich soll dich grüßen von der Rose: — —
   Sie harrte lang: — du kamest nicht!"

———

Versäumte Rosen.

Es steh'n die Gärten ach! und Wälder
   Schon ihres schönsten Schmuckes leer,
Vergeblich streif' ich durch die Felder, —
   Ich finde keine Rose mehr!
So viele tausend sind erblühet,
   Viel Tausenden zu Zier und Lust, —
Des Sommers Kuß, warum erblühet
   Er nicht auch hier, an meiner Brust?
Wie viel, an stillentleg'nen Orten,
   Dem Schmetterling bekannt allein,
Von Menschen ungepflückt, verdorrten: — —
   Wär' eine nur von diesen mein!
Als sie gelockt auf allen Wegen,
   Hab' ich zu pflücken sie versäumt:
Dem Fenster rankten sie entgegen, —
   Ich hab's versäumt, ich hab's verträumt.

Ich hatte noch den blauen Flieder,
  Die stillen Veilchen noch im Sinn, —
Ich sang dem März noch Abschiedlieder,
  Da floh der Mai mir schon dahin.
Ich rechte nicht mit dir, o Sommer:
  Du kannst die Gaben deiner Huld
Nicht sparen für den späten Kommer: —
  Was er versäumt, ist seine Schuld.
Doch traurig ist's, soll nicht umzirken
  Der frohe Schmuck ein junges Haupt,
Und soll die Rosen rasch verwirken,
  Wer allzulang an Veilchen glaubt!

Mit „Harald und Theano".
(Einem jungen Mädchen.)

Gedenkst du noch der ernsten Willkomm-Worte,
  Darin zuerst wir freudig uns verstanden?
  „Wer ganz entsagt, ist frei von Schmerzensbanden,
  Stark bleibt sein Stamm, ob Laub und Schmuck verdorrte."
In meines Liebes epheugrüne Pforte
  Tritt ein und siehe, wie in fernen Landen
  Zwei tiefe Herzen diese Wahrheit fanden,
Die Menschenschicksal ist an jedem Orte.
Und glaube mir, so oft du wirst gedenken:
  „Es wohnet im Entsagen nur der Friede,"
  Wird in dein Herz sich heil'ge Ruhe senken.
  Vielleicht, ob ich für immer von dir schiede,
  Wirst du dann mir und meinem ernsten Liebe
Noch einen Pulsschlag der Erinn'rung schenken.

Die Bernsteinhexe.

Wer ist das Weib — gelbfahl ihr Haar,
 Ihr Auge meergrau, wellenklar,
 Ihr Wesen kühl und wunderbar?
Oft liegt sie stumm auf ödem Strand,
 Ritzt Zeichen in den weißen Sand, —
 Hebt heischend in die Luft die Hand: — --
Da in den Wellen kommt's gerollt,
 Dem sie gebeut, das sie gewollt,
 Das feuchte, kalte Meeresgold.
Und wem sie hold, dem wirft sie's zu —
 Von Stund an weicht von ihm die Ruh': — —
 Die Bernsteinhexe — das bist du!

Ahnung.
(1857.)

Ich habe mit dir in die Wolken geschaut,
 In die Abendwolken dort oben.
 Es küßte die rosige Nebelbraut
 Ein Bräut'gam, aus Wolken gewoben.
Und als sie am schönsten zusammen gekost,
 Als könnten sie nimmer sich missen, —
 Da kamen die feindlichen Winde getost
 Und haben die Liebe zerrissen.
Wo ist nun der Bräut'gam, wohin ist die Braut,
 Ach, wohin bist du selber geschieden?
 O Gott, was wir hoch in den Wolken geschaut,
 Ist uns alles geschehen hienieden.

Abschied.
(1855.)

Hast du's in dir nicht tief empfunden,
Wie einen Schauer heiß und kalt,
Daß unzertrennlich wir verbunden
Durch eine zwingende Gewalt, —
Ist dir nicht alles jäh zerstoben,
Gleichwie mit einem Zauberstreich, —
Fühlst du dich nicht emporgehoben
Wie in ein blaues Himmelreich
Und fühlst du nicht mit leisem Beben,
Daß dir dein Schicksal nahe trat, —
Daß abgethan dein altes Leben,
Daß aufgethan ein neuer Pfad: — —
O dann halt ein und laß uns scheiden,
Und laß mich einsam weiter ziehn:
Von Liebe wurde dann uns beiden
Ein gleich Verständnis nicht verliehn!

Der Brief.
(1857.)

Nun hast du wohl den Brief gelesen, der meine ganze Seele trägt:
Die Frage ging nun an dein Wesen, die bittend um dein Leben
frägt.
Nun seh' das Köpfchen ich gesenket, in Züchten und in Liebe rein,
Die Wangen hold von Scham getränket, wie weißes Glas von
rotem Wein.
Nun geht dein Herz wohl hoch in Wogen, wie Meerflut, die im
Sturme stiebt,
Und klingend kommt's durch dich gezogen: „ich bin geliebt, ich bin
geliebt."

Nun blickst du wohl ins Land mit Schweigen, gehüllt in Schnee
                 und Sternenlicht,
Indes vom Köpfchen dir mit Neigen die Hand die blonden Zöpfe
                 flicht.
Mit seinem Gruß, dem friedereichen, der Mond in deine Kammer
                 sieht: — —
Es sei mit einem guten Zeichen, daß meine Liebe zu dir zieht!

Vision.

Ich weiß, viel hundert Stunden hält' ich zu dir zu gehn:
Doch heut' im grünen Grunde sah ich dich vor mir stehn.
Du huschtest rasch vorüber, am buschigen Waldessaum —
Und war es nicht dein Schatte — so war es doch mein Traum.
Ich sah die blonden Zöpfe, das blaue Augenpaar:
So pflegtest du zu blicken, so scheu, so tief, so klar.
Ich war so hart erschrocken, als säh' ein Heil'genbild
Ich aus dem Dome schreiten und wandeln im Gefild.

Nach Lesung eines Tagebuchs.

Mir ist, ein Heiligtum hab' ich betreten!
  Hier atmet ringsum Friede, Kraft und Milde.
  Ein tiefes Herz hat seine Traumgebilde
  Hier aufgestellt, sie liebend anzubeten.
O wie viel Reinheit, wie viel sinnig' Streben!
  Welch zarte Jugend, frisch und unentweiht!
  Welch milder Ernst, welch zarte Innigkeit
  Und ach! welch opferfreudiges Ergeben!
In Ehrfurcht bebt mein Herz. Es weiß zu gut,
  Welch armen Kaufpreis nur es bringt, zu zahlen
  Für die Juwelen alle, die hier strahlen,
  Den Wunderhort, der hier verborgen ruht.

In deines Lebens dämmernde Kapelle
    Trat mit der Fackel ich, entscheidungsvoll,
    Die sie zerstören oder füllen soll
    Mit eines niegeahnten Lichtes Helle.
Ob ich zum Heil, zum Unheil dir gekommen: —
    Das wird der Zukunft dunkler Gott entscheiden
    Jetzt aber ist es Frühling in uns beiden:
    Und dieses Jetzt, es wird uns nie genommen!

Epistel.

Wie tausendfältig hast du dich bewährt,
Gleichwie der Demant, der, wie man ihn wende,
Nach allen Seiten gleichen Schimmer zeigt.
Du hast zuerst mit deinen hellen Augen
Mir neu entfacht die längst erlosch'ne Hoffnung,
Daß mehr als Eitelkeit im Weibe wohne.
Du zogst mich an, ein schönes, stummes Rätsel:
Ich wagt' es nicht, dich deutend zu erklären:
Doch ahnend legt' ich ihm den schönsten Sinn: —
Der Weiblichkeit Mysterium — zu Grunde:
Und immer noch hab' ich dich recht erraten,
Wann ich das Herrlichste gedacht von dir! —
Wie froh und kindlich weißt du zu genießen,
Kredenzt die Stunde gütig den Pokal:
Wie ernst und stark weißt du die Last zu tragen,
Die dir die Pflicht des Lebens auferlegt:
Wie hältst du hoch den Freund, wie klein dich selbst, —
Beschämende Bescheidenheit der Liebe! —
Und selbst die Kränkung, schwer und unverdient,
Du wolltest nicht sie stolzen Sinn's vergeben, —
Nein, weil ich zürnte, glaubtest du dich schuldig,
Und wolltest büßen, wo du nie gefehlt!'

In Demut trugst du Unrecht und Verkennung,
Dich schweigend hüllend in verborg'ne Treue,
Erhieltest still der Liebe Funken glimmend: —
Und freudig, ohne Scheltwort, ohne Klage,
Als er dir reuig wieder heimgekehrt,
Empfingst mit alter Wärme du den Freund! —
O stilles Dulden, anspruchslose Treue,
Sanft wie ein Kind und wie ein Gott allmächtig, —
Ich kann dich nicht erreichen, nicht verdienen,
Doch dich bewundern will ich immerdar!

Rosentod.

Du kannst nicht von mir lassen, mir sagt's mein Herz gewiß,
  Sonst wird dein Glanz erbleichen in öder Finsternis.
Die Liebe war die Farbe, die herrlich dich getränkt,
  Sie hat dir, meine Rose, dein schönes Rot geschenkt.
Du darfst es nicht verlieren, dies schöne Liebesrot:
  Entfärben sich die Rosen, bedenk', — es ist ihr Tod.

Den Strom hinab!

Fern sind die Tage, fern dahin,
  Da ich in tiefem Gras,
  Du schöne Waldeskönigin,
  Zu deinen Füßen saß.
  Die Frühlingswolken zogen weiß, —
  Im Quellgrund ging die Mühle leis — —:
  Den Strom glitt all das nieder —
  Und kam nicht wieder.

In Lenzduft lagen Wald und Höh'n,
    In Lenzduft unser Sinn:
Wir waren jung, du warest schön,
    O Waldeskönigin:
Die Frühlingswolken zogen weiß,
Im Quellgrund ging die Mühle leis — —
    Den Strom glitt all das nieder —
    Und kam nicht wieder.

Aus einer Novelle.

Hoch rauscht das Fest: die Marmorbrunnen gießen:
    Ein Wald von Azaleen ward der Saal:
Die Tänze wirbeln: heiße Blicke schießen:
    Rings flammt das Licht aus Kelchen von Opal.
Ich lehn' im Erker einsam: drinnen suchen —
    Ich fühle sie — der Augen viele mich:
Doch mich unweht der Hauch der Loisach-Buchen: —
    Mein Alpenröslein ach! — ich denke dich.
Dich denk' ich, dich! Du schwebst im weißen Kleide
    Des Dörfleins Gangsteig, mich erwartend, hin:
Fort, stolzer Atlas! Fort, du bunte Seide!
    Das Alpenröslein nur trag' ich im Sinn.

Besorgnis und Trost.

Im holden Auge sanfte Güte, —
In weicher Brust ein tief Gemüte, —
Mir bangt um dich, du liebes Kind:
Ich hab' erprobt seit vielen Jahren:
Am härt'sten pflegt die Welt zu fahren
Mit Blüten, die die zart'sten sind! —

Jedoch: getrost! Es ist gelegen
In solcher Art auch höchster Segen:
— Die eitle Flachheit faßt ihn nie —:
Es quillt in Schmerzen dir und Wonnen
Der ew'ge Melusinenbronnen
Der Weiblichkeit und Poesie.

———

Wunsch.

Du sollst in Glück, du sollst in Glanz
    Durchs Leben geh'n:
Mich aber laß, in Dunkel ganz,
    Zur Seite steh'n:
Wann dir durchs Haar sich schimmernd weiß
    Die Myrte flicht, —
Wirf auf mein Grab ein Lorbeerreis: —
    Vergiß das nicht! — —

———

Entschuldigung.

Vergieb dem Freund! — Ihm war nicht wohl:
Sein Scherz war spitz, sein Lachen hohl,
    Er war sich selbst zuwider:
Bald macht er's gut und windet dir
Ums schöne Haupt die schöne Zier
    Herz-tief empfundner Lieder.

———

Abschluß.

Ich rühmte dich die laut're Güte!
    Was kränkest du mein wund Gemüte

Mit unverdientem, herbem Hohn?
Daß in dein helles Leben hatte
Sich eingedrängt mein dunkler Schatte,
Verdiente das so bösen Lohn?
Gleichviel! du sollst aus meinem Herzen
Mit spitzem Spott ein Bild nicht merzen,
Das ich geträumt und das mir blieb:
Du lebe fort in frohen Scherzen:
    Nicht neid' ich sie : — denn meine Schmerzen
Sind wie ein Heiligtum mir lieb! —

———

Des Sternes Rache.

Magst den Stern du Irrwisch schelten: —
Gleicher Glanz nur wird's vergelten.

———

Trost.
(1868.)

Das Leben hat mir reich gespendet,
Mir oft den Becher voll geschenkt:
Doch alles hat mit Schmerz geendet,
Dem Glück hab' ich nun abgeschworen:
— Wunsch, Wahn und Hoffnung sind der Thoren —
Und für die Zukunft mich geweiht
    Entsagender Beschaulichkeit.
Doch manchmal hebt aus Fröhnerjoch
Den Blick zum Himmel Sehnsucht noch:
Dann grüßt ein schöner Stern und spricht:
„Schilt, einsam Herz, dein Schicksal nicht:
Genuß würd'st schläfrig du gewöhnen:
Die höchste Gabe der Kamönen
    Ist ew'ge Sehnsucht nach dem Schönen."

Die Sehnsucht.

I.

Die Sehnsucht ist's, die Sonnen und Planeten
  Sich suchend läßt durch alle Himmel irren,
Sie zieht zum Nordpol zwingend den Magneten,
  Zum Licht das Moos und der Phaläne Schwirren.
  Sie ist's, die vor der weißen Lotosblume
Den sanften Inder betend knieen lehrte,
  Ob nicht aus diesem kleinen Heiligtume
Das Wunder steige, das sein Herz begehrte.
Sie ist's, die früh den sinnenden Chaldäer,
  Den schwärmenden Nomaden, zu den Sternen
Emporwies, aus dem Licht, ein Zukunftspäher,
  Das nie von uns zu Lernende zu lernen.
Sie hieß für Freiheit fallen den Hellenen: —
  Ihr Geist umflog die Eb'nen Marathons,
Und sie durchklang, ein fromm' Messias-Wähnen,
  Die Harfen an den Flüssen Babylons!

II.

Und als Er, der göttliche Mensch, war erschienen,
  Der prophetenverkündete Heiland der Welt,
Da führte sie, ihm anbetend zu dienen,
  Mit Sternen die Könige vor sein Gezelt.
Und es ging allüber die Lande die Botschaft:
  „Frohlocket ihr alle, mit Schmerzen beladen:
Gestillt und geheilt ist die irdische Notschaft,
  Und das Sehnen gestillt in dem Quelle der Gnaden.“
Und sieh: aus dem ahnenden, sinnenden Norden,
  Da kamen gezogen in drängender Eile
Goldlockig-blauäugige Völkerhorden:
  Es zog sie zum Süd' und zum ewigen Heile.

Und wo immer ein Herz mag streben und ringen
Mit der Kraft der Entsagung nach dem Edlen und Guten,
Da trägt es das Sehnen mit rauschenden Schwingen,
Ein himmlischer Phönix, aus irdischen Gluten!

Wo ist Gott?

„Wo ist Gott?" — Im Meeresrauschen!
„Wo ist Gott?" — Im Eichenwald!
Kehr' in dich und lerne lauschen: —
Seinen Atem hörst du bald!
„Wo ist Gott?" — Im Kindesbeten!
„Wo ist Gott?" — Im Sternengang
Und im Ruf der Schlachtdrommeten
Und im frommen Orgelklang.
„Wo ist Gott?" — Im Duft der Linde
Und im Lied der Nachtigall,
Und im Hauch der Frühlingswinde: —
Überall im Weltenall.

Mein Stern.

Mein Herz verzage nicht,
Ob Sturm und Wellen dicht
Droh'n nah und fern:
Wie auch die Woge schnaubt, —
Sieh', hoch ob deinem Haupt,
An den du stets geglaubt,
Glänzt er, — dein Stern!

Der dich von Jugend an
Führet auf sich'rer Bahn,
Huldvoll und mild,
Er wird aus Schmerz und Qual
Leiten auch dieses Mal,
Bergen nicht seinen Strahl,
Jetzt, da es gilt.

Am hellen Glückestag,
Da man dich missen mag,
Schaut man dich nie:
Doch in des Leidens Nacht,
Da gehst du auf in Pracht
Und ziehst empor mit Macht: —
Stern Poesie!

In der Fremde.

In der Fremde, in der Ferne wird dem Herzen bang, so bang,
    Muß es missen, den so gerne es vernahm, der Heimat Klang.
Wenn es muß die Menschen missen, denen seine Tiefen klar,
    Und die Thäler, die da wissen, wann es froh, wann traurig war.
Fester drum in fernen Landen schließt sich in sich selbst das Herz,
    Von den Menschen unverstanden, sehnend, schaut es sternenwärts.
Wohl ihm dann! Es wird genesen an dem sanften Silberstrahl:
    Tröster war er ihm gewesen auch daheim so mancher Qual.
Und es fühlt: auch in der Ferne ist nicht alles fremd und neu:
    Sind es doch die alten Sterne, freundlich, ernst, verschwiegen, treu.

Das Lied des Herzens.

In meiner Seele tiefstem Grunde klingt eine Weise wundersam,
    Die ich in gotterfüllter Stunde aus Himmelshöhen einst vernahm:
Ein Lied von allem Ewig-Schönen, das Gott und Menschen einen kann:
    In seinen edeln Silbertönen liegt meines Lebens Talisman.
Und ob's die Welt mit wirrem Streite, wie Sand die Perlen, über-
                    zieht: — —
    Gleich eines Engels Schutzgeleite treu schwebt um mich das heil'ge
                    Lied.
Mag noch so hoch die Woge rauschen, die brandend schlägt der laute
                    Tag:
    Nur still in mich brauch' ich zu lauschen, — ich hör's, wie meines
                    Herzens Schlag.

Das Heiligtum.

Bald wird nun alle Welt erfahren um diese Lieder, die so lang'
Uns beiden nur gemeinsam waren, ein hold Geheimnis, scheu und
                    bang'!

Der Neugier und der Bosheit Augen, dem schalen Wiß, dem freßlen
Spott
Zur Weide bald wird ihnen taugen, was uns so heilig, wie ein Gott.
Sei's drum! was heilig, bleibt es immer, Spott schändet sich, das
Weihbild nie: —
Wie schön bleibt doch der Sterne Schimmer, ob auch trüb' Wasser
spiegle sie!

Die Lerche.

Eine Lerche möcht' ich sein, lieblich ist der Lerche Leben!
In des frischen Saatfelds Rain liegt ihr heimlich Nestlein, neben
Rotem Mohn und grünem Klee, gern umschwärmt von Bien' und Käfer,
Nachbartraut dem jungen Reh, gern geschont von Herd' und Schäfer.
Saatengrün und Himmelsblau ist ihr Traum im Nachtverstecke,
Bis der frische Morgentau sie zum frohen Tagwerk wecke.
Seht, wie hoch, wie frei sie schwebt, steigend in stets höhern Ringen:
Ihr Gesang ist's, der sie hebt, nicht die Kraft der schwachen Schwingen.
's ist, als ob zu Gottes Thron sie den Dank der Erde bringe,
Der, zu schwer sonst, nur im Ton klar und leicht nach oben bringe.
Eine Lerche möcht' ich sein, lieblich ist der Lerche Leben:
Sangvoll, frei und sorgenrein in dem blauen Himmel schweben!

Gottvater spricht:

„Wenn ich ins Weltgebäude vom Himmel schau' hinein,
Traun, alle meine Freude ist jetzt die Lieb' allein.
Die Demut ist gestorben, der Glaube todesbleich,
Die Wahrheit ist verdorben, die Lüge hat das Reich.
Den Stolz, auf den sie pochen, längst hätt' ich ihn gefällt,
Längst hätt' ich sie zerbrochen, die ungetreue Welt, —
Säh' ich nicht treues Lieben blüh'n hin und wieder doch:
Ein Reis, das übrig blieben vom Paradiese noch.

Den Engel will ich senden, den treuesten, der mein:
    Der soll mit starken Händen der Liebe Hüter sein!
Mit Glut und Tau sie pflegen soll er zu rechter Zeit:
    Soll schirmen sie und hegen gen alle Fährlichkeit.
Und spricht er einst mit Reue: ,o Herr, die Lieb' verbarb! —
    Nichts half ihr meine Treue, denn ihre Wurzel starb,' —
Dann weigr' ich meinen Blitzen nicht mehr ihr Rächeramt:
    In ihren tiefsten Sitzen zermalmt die Erde flammt,
Und aus dem Weltenstaube entfliegt die Liebe bloß,
    Fliegt, eine weiße Taube, in meinen ew'gen Echos."

Sommerglanz.

Du wunderschöner Sommerglanz mit Duft und Klang und Blüte,
    O, laß mich deine Fülle ganz einatmen ins Gemüte.
Ich grüße dich, du grünes Thal, — wer weiß, ob nicht zum letztenmal!
    Ich grüße dich, mein Wasserfall, o, laß mich niederknieen
Bei deines Silberstaubes Schwall: laß um die Stirn mir ziehen
    Die feuchten Funken ohne Zahl, — wer weiß, ob nicht zum letztenmal!
Schwarzamsel im Holunderstrauch, mit deinen süßen Tönen:
    Dir, liebes Vöglein, dank' ich auch für deinen Sang, den schönen,
Der sich so hold ins Herz mir stahl, — wer weiß, ob nicht zum letzten-
                             mal!
Denn flüchtig ist die Sommerzeit und flüchtig ist das Leben,
Nie ist der Tod, der Winter weit, mir ist, — ich hör' ihn schweben;
    Herz, — grüße jeden Freudenstrahl, als wäre dies das letzte Mal!

Im Sonnenschein.

O sieh', wie warm die Sonne scheint, und alles rings erhellt,
Wie gut es Gott noch immer meint mit seiner alten Welt!

Er muß doch so viel böse Schuld und so viel Elend schau'n, —
Noch immer läßt in alter Huld er seinen Himmel blau'n!
Im Sonnenschein, wie lebt sich's leicht, wie atmet sich's gelind,
Wann warm um deine Wangen streicht der liebe Sommerwind!
Nimm nur die Welt nicht allzuschwer, — sie ist so hold zu seh'n —
Und lebe mehr von ungefähr, mein Herz, und laß dich geh'n.
Der Raum, dess' du bedarfst, ist klein, und was dein Glück bestellt,
Wird auch wohl noch zu finden sein in dieser weiten Welt!

Nach dem Regen.

Nun liegt die Flur gesegnet: die Läublein all sind naß!
    Nun hat es ausgeregnet: Frau Sonne kömmt fürbaß.
Aus flieh'nden Wolken schaut sie, grüßt scheidend noch die Au,
    Den Regenbogen baut sie ins feuchte, warme Blau.
Der Hirt schürt vor dem Pferche sein Abendfeuer an,
    Und trillernd steigt die Lerche, danksingend, himmelan.

Hingebung.

In liebender Ergebung liegt alles Menschenheil,
    Liegt Leben und Erhebung, der Ewigkeit ein Teil.
Willst du das Schöne bilden, — so gieb dich ganz dahin:
    Es zwingt den Stoff, den wilden, nur liebergeb'ner Sinn.
Willst du das Gute schaffen, — so gieb dich ganz dahin:
    Des heil'gen Mutes Waffen wird jeder Kampfgewinn.
Willst du das Wahre finden, — so gieb dich ganz dahin:
    Es löst ein Gott die Binden nur treuergeb'nem Sinn.
Und willst du selig leben, — so gieb dich ganz dahin —
    Glück kann nur Liebe geben, die Allhingeberin!

Dank.

Und wieder ist ein Schritt vollendet und wieder ist ein Ziel erreicht
Und wieder war mir Kraft gesendet, die alles Schwerste schaffte leicht;
Was andern nur mit Widerstreben sich in die harten Hände zwingt,
Sich mir gehorsam und ergeben um den erhob'nen Finger schlingt.
Es ist kein eitler Aberglaube: die Huld der Sterne drückt mich schwer:
Und treu, wie eine zahme Taube, fliegt das Gelingen um mich her;
Noch hab' ich nie das Schwert geschwungen, daß es vergeblich
       niederfiel,
Noch ist kein Pfeil mir abgesprungen, — magnetisch zog es ihn ans
       Ziel.
Mich drängt unendlich süße Rührung, daß ich bekenne so viel Huld:
 Ich bin für wunderbare Führung, ihr Sterne, tief in eurer Schuld!
Doch, wie kann euch mein Herz bezahlen, die ihr des Herzens Reichtum
       seid?
 Ein Regenbogen eurer Strahlen ist alles, was mir Schimmer leiht.
So will ich ganz euch angehören, zu eurem heil'gen Dienst geweiht,
Kein Staub noch Makel soll euch stören, schaut ihr auf eures Priesters
       Kleid:
Weil ihr von Kind auf mich gehoben aus der Gewöhnlichkeit zum
       Glanz,
Sei all mein Leben euch gewoben zu schimmervollem Opferkranz.

Glückseinkehr.

Ja, ich erkenn' es klar,	Jeglichem Wesen ist
Nun ist auf immerdar	Vorbestimmt eine Frist,
Tot all mein Schmerz:	Da sein Glück blüht.
Mächtigem Strome gleich	Jetzo kam mir die Zeit:
Flutet mir überreich,	Komm' denn, o Seligkeit,
Flutet mir frühlingsweich	Offen unendlich weit
Glück in das Herz.	Steht mein Gemüt.

Wie durch den weiten Dom
Flutet der Orgel Strom.
  Rauscht in mir Lust:
Himmlischer Gnade Schein

Füllet des Herzens Schrein
Gottes Gefäß zu sein,
  Jauchzet die Brust.

Was da schön ist, das ist mein!

Was da schön ist, das ist mein, muß mein eigen werden!
  Lied und Liebe fängt mir ein Himmel, Meer und Erden:
Sternenschimmer, Perlenschein, Rosenduft und Feuerwein: —
  Was da schön ist, das ist mein!
Alle Cedern Libanons müssen sich mir neigen,
  Alle Tempel Babylons ihre Schätze zeigen:
Hellas' hohe Götterreih'n, Marmor, Gold und Elfenbein: —
  Was da schön ist, das ist mein!
Römerstolz, Germanenkraft, heil'gen Grales Wonnen,
  Hohenstaufenheldenschaft, Raphaels Madonnen,
Heidelberg im Mondenschein, Lorelei im tiefen Rhein: —
  Was da schön ist, das ist mein!
Mein der Alpen blauer Schnee, wo der Bergfall flieget,
  Mein des Samlands dunkle See, die den Bernstein wieget,: — —
Trotzig Kind, glaubst du allein, du willst nicht mein eigen sein?
  Was da schön ist, das ist mein!

Aus dem Vollen.

Ich liebe nicht die halben Zecher bei edlem Wein, bei kühlem Bier:
  Ich lobe mir die vollen Becher: — stets aus dem Vollen geht's bei
                        mir.
Ich liebe nicht die halben Dichter! Nur Kraft — und ob sie überschwoll:
  Ich liebe nicht die Splitterrichter: ich liebe, was da ganz und voll.

Ich liebe nicht die halben Herzen! Ganz sei in Lust und Leid der Mann:
   Ich lobe, wer in Glück und Schmerzen voll jauchzen, voll erseufzen
            kann.
Ich liebe nicht die halben Hiebe: ich lobe die von Sedan mir:
   Mein deutsches Volk: — in Haß und Liebe stets aus dem Vollen
            geh's bei dir

Wahl.

Vor mir stand edelster Firnewein,
Doch leider nur eine Neige klein.
Da schlich ein Gedanke, gar ehrsam schwer,
Mit silbernem Barte zu mir her
Und raunte: „Nun zeige Sinn und Art:
Drei Schlücklein giebt's wohl, wenn man spart."
Rasch schob ihn hinweg ein junger Gesell,
Ein Gedanke, mit Augen blitzend hell:
Nichts sprach er, erhob mit Lachen den Krug,
Trank alles mit einem vollen Zug:
Das war stolz und tief und doch genug: —
Der Alte war dumm und der Junge klug!

Frühlingslied.

Wie ein fliehender Parther nur
Schickt der weichende Winter noch
Schneegestöber und Nebel nach,
   Schlau die Flucht zu verbergen.
Doch er floh, und sein Heer zerstob;
Und schon tönet aus blauer Luft
Hell das schmetternde Siegeslied
   Lenzverkündender Lerchen.

Mädchenlied.

Ich hab' in diesen Wandertagen, mein Freund, des Schönen viel
geseh'n:
Viel hohe Wälder sah ich ragen und lieblich viele Saaten steh'n.
Doch wann mit lautem Lob die andern erhoben Berg und Thal
und Flur, —
Still dacht' ich: „Schön ist doch das Wandern — und auch das
Ruh'n! — mit Einem nur.“
Und lobte der die Felsenkronen und der die sanften Auen sich, —
Ich dachte nur: „Wie süß zu wohnen wär's für den Liebsten hier
und mich.“
Stets eine Blume still ich pflückte, wo mir am schönsten schien die
Welt: —
Dir, der mir jeden Ort beglückte, dir hab' ich sie zum Strauß gesellt.
Er sage dir: „im Kühl der Wälder dein dacht' ich und am Wasserfall:
Auf Bergeshöh'n, im Grün der Felder, ich dachte dein allüberall!“

Weinlied.

Auf Hügeln freudig und sonnig, da wächst er, der goldene Wein:
Drum ist er so froh und wonnig, wie des Himmels Sonnenschein.
Da wächst er, von allem umgeben, was lieblich, köstlich und frank: —
Drum spenden die heiligen Reben den wunderthätigen Trank.
Ihn tränket Gewitterregen mit erquickender Lebensflut: —
Drum bringt er den Kranken Segen, den Betrübten frischen Mut.
Ihn fächeln die Frühlingswinde mit duftigem Flügelschlag: —
Drum haucht er würzig-linde, wie ein blühender Maientag.
Die Schmetterlinge, sie schaukeln um ihn mit schillerndem Schein: —
Drum freundliche Bilder entgaukeln mit bunten Flügeln dem Wein.
Es segneten silberne Sterne die Reben manch stille Nacht: —
Drum hebt zum Himmel uns gerne des Weins begeisternde Macht.
Er wächst, gehegt und umgeben von allem, was Freude schafft: —
Drum spenden die heiligen Reben den wunderthätigen Saft.

In die Chronik der Fraueninsel des Chiemsees.

Treu, seit der Jugend gold'nen Tagen,
　Heimsuch' ich dieses Seegefild:
　In fremde Fernen hat getragen
　Die stille Brust das holde Bild,
Und oft, riß mich in wilde Kreise
　Der Sturm des Lebens brandend fort,
　Dann stieg dies Bild mir leise, leise,
　Aus meiner Seele tiefstem Ort:
Das Bild vom Eiland unter Linden,
　Vom See in stolzer Berge Hut,
　Vom Glockenschall in Abendwinden,
　Vom Mondenglanz auf stiller Flut.
Dann war mir oft im fremden Lande,
　Als trieb ich auf des Einbaums Kiel,
　Als hört' ich, wie am Ufersande
　Die Welle geht mit leisem Spiel, —
Als hört' ich durch die Binsen streichen
　Den Hauch der Nacht im Sternenschein: —
　Und sieh, ein Friede sondergleichen
　Zog überschwenglich in mich ein.
So sollst du mir im Herzen bleiben,
　Fest, wie am Himmel steht der Pol:
　Ein Zufluchtort im Wellentreiben,
　Und alles Friedens ein Symbol.

Gruß in die Ferne.
(1572.)

Welchen treuen und behenden
　Liebesboten soll ich senden,
　Welcher meiner Seele Grüße
　Streue vor der Freundin Füße?

Abendrot, mit leichtem Flügel
  Schwebst du über Thal und Hügel:
  Wer dich schaut, den faßt ein Sehnen,
  Das ihm weit die Brust will dehnen:
Wer dich schaut, den grüßen beide:
Herzewonne, Herzeleide:
Herzeleide, Herzewonne
Leuchten aus der Abendsonne
Abendrot, dich als behenden,
Treuen Boten will ich senden,
Welcher meiner Liebe Grüße
Streue vor der Freundin Füße.

Dank an eine junge Freundin.
(1672.)

In hoffnungsleerem, grauem Bangen
  War alles mir dahin gegangen,
  Woran dereinst mein Herz gehangen.
Zum Sterben war mein Haupt getroffen:
  Zu matt war ich für alles Hoffen,
  Und nur das Grab noch sah ich offen, —
Tief-Dunkel lag auf meinen Sinnen:
  Ruhm, Schönheit, Wissen, Kunst und Minnen, —
  Tot alles —: Todesnacht tief innen.
Da wuchs auf diesen Trauerwegen
  Mir deiner Jugend Reiz entgegen:
  Der Schönheit letzter Gruß und Segen.
„Das ist," dacht' ich, „die letzte Rose!
  Dahinter gähnt mit schwarzem Schoße
  Vernichtung, die erbarmungslose." —
Wird lichter nun mein Schicksal tagen,
  Du sollst dir immer freudig sagen
  — Und stolzer mag das Herz dir schlagen: —

„Ich war, als er sich aufgegeben,
Die letzte Freude seinem Leben:
Stets wird sein Dank mein Haupt umschweben!"

Abschiedsthränen.
(1872.)

Ob der Freund dem Blick entschwunden, —
Weißt ihn doch dir treu verbunden.
Zähren, die du reich vergossen,
Warum sind sie doch geflossen?
Schmerzen- nicht, noch Freudenthränen
Strömten sie aus ew'gem Sehnen,
Aus dem tief geheimen Rühren,
Das geweihte Seelen spüren,
Grüßen sie zum erstenmale,
Leis geahnt, die Ideale — —
Denn nicht mein Bild, rasch vergänglich, —
Dich ergriff allüberschwenglich,
Was die eig'ne Phantasie
Deinem schlichten Freund verlieh. —
Und ein Priester der Kamönen,
Ein Apostel nur des Schönen,
Faß' ich deiner Thränen Spende
In getreue Botenhände:
An der Musen Weihaltar,
Tief bewegt, bring' ich sie dar:
    „Seht, welch köstlich Angebinde!
    Lohnend reich dem reinen Kinde,
    Das so glühend an euch glaubt:
    Segnet dies geliebte Haupt:
    Niemals soll sie and're Thränen
    Weinen, als aus heil'gem Sehnen."

Unentreißbar.

(1872.)

Du sollst nicht grübeln und nicht fragen,
Du sollst nicht zweifeln und nicht zagen,
Du sollst nicht klügeln und nicht klagen:
Was du gewannst in gold'nen Tagen
Wird nie geraubt dir, noch zerschlagen,
Und ewig wirst du's in dir tragen.

———

Herzensgüte.

Heil dir! Tief wurzelt im Gemüte
    Dir reinsten Glückes weiße Blüte:
    Des Herzens still begnügte Güte.
Dir ward das höchste Gut hienieden,
    Der Seele stürmefreier Frieden,
    In also reichem Maß beschieden,
Daß du mit allzeit offnen Händen
    Auch andern voll davon kannst spenden: —
    Mein Dank dafür wird niemals enden.

———

Treugedenken.

Die liebe Heimat nimmt mich wieder, die alte Freundschaft in Empfang,
    Und Alpenrosen regnen nieder auf dieses Haupt im Überschwang.
Erprobte Treue, warme Güte, viel Lieblichkeit begrüßt mich hier:
    Doch unverdrängt zieht durchs Gemüte ein zartes Dein-Gedenken
                                        mir.
Bald, hebest du mit stummem Fragen die träume-schwere Wimper sacht,
    Will ich mit hellem Blick dir sagen: „ich habe treu an dich gedacht".

———

Wieder im Vaterhaus.
(1872.)

I.

Zartbeschwingte Jünglingsträume, seid ihr wieder mir genaht,
    Seit die herzvertrauten Räume, seit die Heimat ich betrat?
Ihr umschwebt die heiße Stirne, keusch und zagend, kühl und lind,
    Wie von meines Hochlands Firne heilend grüßt der Morgenwind.
Fesseln fallen, Ketten springen: sieh, der Nebel weicht und reißt,
    Und befreit, auf Adlerschwingen, hoch zur Sonne schwebt der Geist.

II.

Gereift, gestählt und streiterfahren, erprobt in Kampf und Ungemach
    Nimmst du auf's neu', nach zwanzig Jahren, mich bergend auf,
                                   vertrautes Dach.
Welch' tiefer Friede wohnt hier innen! Es überweht mich weihevoll,
    Daß ich zum zweitenmal beginnen von hier die Fahrt des Lebens
                                     soll.
Wohlan! es winkt aus duft'ger Ferne die Zukunft voll Verheißung
                                   mir:
Am Himmel steh'n die alten Sterne, und sturmvertraut ist mein Panier.

Aufbruch an die Ostsee.
(1872.)

„Vom Fels zum Meer!" — Der Falke spannt die Flügel!
    Leb' wohl im Süd, mein Thorstein-hoher Horst,
    Lebt wohl, ihr rebenduft'gen Frankenhügel:
    Mich ruft der Nordlandgötter Eichenforst.
Gegrüßt du Land, wo Wodans Wälder rauschen!
    Um Holm und Haff weht noch Walkürenhauch:
    Goldlock'ge Freia, laß uns Liebe tauschen:
    Schönheit um Kraft — so will's Germanenbrauch!

Du Land, das abgekämpft der Wölfe Horden
    Und wildern Menschen deutscher Mut allein:
    Es ruft zum Dienst in seinen Deutschherrn-Orden
    Marienburg den jüngsten Ritter ein!
Wohlan, er folgt! er kommt mit Klang und Klinge:
    Hie deutsches Recht in fernstem Ostmarkland:
    Vorauf zum Sieg das Sturmpanier uns schwinge,
    Des deutschen Geistes Heer-Großmeister: Kant! — —
Doch, wann ins Meer die Sonne sank zu Rüste,
    Traum-Runen ritz' ich in der Düne Sand:
    O Möwenschrei an salzduftwürz'ger Küste,
    O Segelflug fern an der Sehnsucht Rand!
Die Brandung rauscht: — darf ich ihr Rauschen deuten?
    Wie Silberharfentöne hör' ich's zieh'n:
    Es grüßen mich — die Meeresglocken läuten! —
    Aus blauer Nacht Vineta und Julin.

An der Ostsee.
(1872.)

Das Meer! — wie grausam groß, wie grau! wie öbe der Düne Strand:
    Kein Leben rings, so weit ich schau': nur Wasser, Luft und Sand.
Die Wolken zieh'n — die Nebel sprüh'n: mich schauert vor Einsamkeit. —
    O Heimalberge, buchengrün, — wie weit seid ihr, wie weit! — —

Einsam in der Fremde.
(1872.)

Die fremden Gassen hin und her im Abenddämmer geh' ich:
    Mein Geist ist trüb, mein Sinn ist schwer: nichts Herzgewohntes
                      seh' ich.

Wie durch die Fenster rot und traut die Abendlampen glimmen!
Wie lachen durch die Läden laut die hellen Kinderstimmen!
Ich schleiche heim: — wie dunkel, wie schwarzrot liegt meine Klause!
Die Hausfrau heißt Melancholie, mit der ich schweigsam hause.

———

Auf!
(1872.)

Auf! Die Verzagtheit ist der Thoren!
    Mein Herz, erkämpfe, was du liebst:
Kein Fußbreit Hoffnung ist verloren,
    Als den du selbst verloren giebst.

———

Gastfreundschaft.
(1874.)

Du hast zuerst an Thules Nebelborden,
    Bevor ich mir den eig'nen Herd gegründet,
    Bei dir ein gastlich Feuer aufgezündet,
Vom Gral dem Ritter, sturmverweht nach Norden.
In deiner Freundschaft ist mir Trost geworden
    Für vieles, was die Welt an mir gesündet:
    Und in die Gralburg hab' ich stolz verkündet:
„Vieledles Herz gewann ich uns'rem Orden."
Wie dank' ich dir? — Ach, wer vermag zu danken
    Dem Sonnenstrahl, dem Lenz, dem Sternenschimmer?
    Man kann sie segnen: — ihnen lohnen nimmer!
Laß um dein Bild, mit Flüstern und mit Schwanken,
    Die Epheuzweige meines Liebes ranken:
    Zwar sind sie schlicht: jedoch sie grünen immer!

———

An Miriam.
(1850.)

I.

Von allen Gütern, die mein Haupt gesegnet,
  Ist eins mir als das höchste stets erschienen:
  Daß Herzen, gleich dem deinen, mir begegnet,
  Die jede tiefste Huldigung verdienen.
Und wird mir einst des Glückes Kranz entblättert,
  Und wird mir einst der Seele Lenz versehrt, —
  Ein Kleinod trag' ich, das kein Sturm zerschmettert:
  Das freud'ge Hochgefühl von deinem Wert!

II.
(1871.)

Einst hab' ich eine Perle dich gepriesen:
  Mein Lied sang nie ein tiefer wahres Wort:
  Denn rein und glanzvoll hast du dich erwiesen:
  Durch all mein Leben strahlt dein Schimmer fort.
In reines Gold nur soll man Perlen fassen;
  So will ich denn das Beste meiner Seele
  Zu der Erinn'rung Reif sich runden lassen
  Um dein Gebild, du schönstes der Juwele!

III.
(1872.)

Im Samland reicht der Wald bis an die See:
  Abstürzt die Düne turmhoch, steil und jäh.
Ich stand in Staunen: endlos, hell besonnt,
  Hob sich empor die Flut im Horizont.
Nie sah ich solche Farbe: „dunkel", „licht"
  Und „blau" und „grau", — das alles sagt es nicht.
Und doch hab' ich die Farbe schon geschaut. —
  Da zog mir's durch den Sinn, erinnerungstraut:

„Lang, lang ist's her — du trafst den Glanz genau:
  Vorahnend diese hier erfüllte Schau:
Du kannt'st ein Auge — „dunkelmeeresblau" —
  Lang dacht' ich dein und tief, viel eble Frau!"

IV.
(1872.)

Weit von der Ostsee rauschenden Wogen,
  Feucht von der Brandung sprühendem Tau,
  Kommt dir ein singendes Vöglein geflogen:
  „Heil zum Geburtstag, herrliche Frau!
Über die einsam schweigenden Dünen,
  Über Marienburgs zackigen Wall,
  Über die Totenhügel der Hünen,
  Über der Nogat und Weichsel Schwall
Senden mich grüßend vertrauliche Hände
  Hieher zu dir, das beflügelte Lied,
  Wo von der brausenden Isar Gelände
  Schwaneck träumend hernieder sieht.
Einsam ringet der Freund in der Ferne,
  Schwer ist das Kämpfen und karg die Ruh',
  Aber es folgten ihm segnende Sterne
  Und ihren Reigen führtest ihm — du."

———

„Nie stirbt das Rittertum."
(1872.)
(Eichendorff: „Der letzte Held von Marienburg".)

Ja, du sprichst wahr, o Liebling Melusinens:
  Nie darbt der Gral der Kämpfer am Altar:
Stets bieten sie, belohnt vom Glück des Dienens,
  Begeist'rungsvoll die Brust dem Tode dar.

Mag's Vaterland, mag's Recht, mag's Liebe heißen,
    Der Forschung Flug, der Schönheit lichte Welt —:
    Dein Ideal soll in den Tod dich reißen!
    Beseligt, wer für seine Göttin fällt!
Ob der Gemeinheit Rotte dann mit Höhnen
    In Übermacht ihn traf bis auf den Tod, —
    Siegjauchzend schwingt das Sturmpanier des Schönen
    Mit letzter Kraft er hoch ins Morgenrot:
„Euch setz' ich ein, ihr kommenden Geschlechter,
    Zu erben dies Panier und seinen Ruhm:
    Schon seh' ich nah'n den glücklicher'n Verfechter —
    Ein Ritter stirbt: — nie stirbt das Rittertum!"

Offenbarung.
(1872.)

Ich lag am Meer: leis ging das Spiel der Wogen:
    Ich träumte wachen Auges tiefen Traum.
    Da kam vom Himmel weiß Gewölk gezogen
    Und aus der Tiefe hob sich weißer Schaum:
    Es ballte sich zum Bilde, duft-beflogen:
    War's Leib? war's Nebel? ich erriet es kaum:
    Und eine Stimme lang vertrauter Schöne
    Scholl aus dem Duft, wie leise Harfentöne:
„Gegrüßt, Freund, hier an Thules letztem Meere!
    Leibhaftig stell' ich endlich ganz mich dar:
    Mich rührt die Treue, der, zu meiner Ehre,
    Für meinen Dienst zu kühn kein Wagnis war:
    Den höchsten Lohn, den Menschen ich gewähre,
    Empfang' ihn hier: du sollst mich schauen klar,
    Klar, wie mich sonst seit ewigen Äonen
    Nur Götter schau'n, die in den Sternen wohnen.

Du staunst? willst forschend meinen Namen finden?
　Ich trage deren viele, hold von Klang!
Als Aphrodite flog auf weichen Winden
　Die Inseln der Hellenen ich entlang:
Im duft'gen Wipfel deiner deutschen Linden,
　Als Freia, lauscht' ich blonder Skalden Sang:
　Und Raphaël benannte mich Sistine
　Und Meister Schwind schuf mich zur Melusine.
Kennst du mich nicht? In manchem Liebesbilde,
　Verhüllt und täuschend, bin ich dir genaht:
Der Lor'lei Glut, — Atalas Engelsmilde, —
　Titanias Kuß auf waldverwachs'nem Pfad, —
Ellidas Stern, — Walküren-flüglich Hilde, — —
　Ich war's, was je dir schön vors Auge trat:
　Jetzt schau' mich ganz, nicht länger Täuschung sinn' ich:
　Erkenne mich: der Liebe Göttin bin ich."

Gespräch mit Alkibiades.
(1872.)

Alk.: Des Hades' Bote, grad' vom Styx, komm' ich zu dir,
Zu künden dir: du stirbst vor dieses Jahres Schluß.
　Ich: Das weiß ich schon. — (Gestatte, lieber Freund,
Daß ich, anstatt in deinem Trimeter,
Fünffüß'ge Jamben zu dir sprechen darf,
Die unvergleichlich mehr mir mundgerecht.)
Was schickt man eben dich zur Oberwelt?
　Alk.: Im Hades sagte man: vor andern liebst du mich.
　Ich: Da sagt man recht: oft hab' ich dich beneidet!
　Alk.: Weshalb? — Ich that beim Aufsteig einen zweiten Schluck
Aus Lethe, der den Schatten neu Gedächtnis giebt, —
Frisch hab' ich alles überdacht und fand dabei:
Athen ging garstig um mit seinem Lieblingssohn.

Ich: Ja, Freund, der Lieblingsſohn trieb's auch danach!
Was ſchlugſt den Göttern du die Naſen ab?
Ich ſage dir, du haſt es ſchön gehabt:
Aſpaſiens Zeitgenoß und Aphrobitens
Verwöhnter Günſtling, den die Prieſterin
Theano, ſtatt zu fluchen, ſegnete!
Ich aber .... — ſieh' dich um in unſ'rer Welt!
    Alk.: Das Häßliche, ſo ſcheint es, herrſcht bei euch.
Mir graut! —
Komm in den Hades! Eure Welt verlor den Glanz.
    Ich: Und dennoch, ſchöner Alkibiades,
Ich ſage dir: bei uns Barbaren liegt
Ein golden Bließ, von dem ihr nicht geahnt.
    Alk.: Das heißt?
    Ich: Romantik heißt's!
    Alk.: Seltſam melodiſch Wort!
    Ich: Und Meluſinen —
    Alk.: Wohlklang wie Muſik!
    Ich: Und Meluſinen hier im Goldgelock
Auf Erden laſſend zu den Schatten geh'n: —
's iſt hart.
    Alk.: Jedwedes Weib vergißt ſofort, wer Lethe trank.
    Ich: Und an der Weiber Trauer denkt ihr nicht?
    Alk.: Was gilt ein Weib!
    Ich: So ſpricht Aſpaſiens Freund?
Ich ſage dir, o Sohn des Kleinias:
Um eine Thräne jenem Weib zu trocknen: —
Mein Daſein werf' ich in den Tartarus!
    Alk.: Du biſt wohl krank?
    Ich: Nein, aber ein Germane!
Auf Wiederſehn jenſeit des Lethe denn!

Gespräch mit dem Mond.
(1872.)

Ich: Gegrüßt, mein alter Freund, am Bernsteinstrande!
(Mond): „Willkommen hier! — Dein denkt bei meinem Schein
  Jetzt manches Herz im weiten deutschen Lande." —
Ich: Komm, laß uns plaudern! wir sind ganz allein:
  Vom Haff ein später Fischer rudert heim,
  Ein später Reiher hastet noch ins Schilf: —
  Die letzten wohl: — die allerletzten doch
  Sind wir! — Nun hilf mir träumen, hilf!
Wo heb' ich an? (Mond): „Schloß Avalon!" — Ach ja!
  Dort fing dein Zauber an: du bist genau! —
  Die Elfe haschte deine Strahlen da: —
  Des Rundturms Veilchen netzte sie mit Tau!
(Mond): „Das Feld von Sedan!" — Schrecklich war's zu schauen!
  Und doch: uns beiden kam kein Schrecken nah' —
  Du freilich — und mich fröstelt's um die Brauen! —
  Du bist's gewohnt so manch Jahrtausend ja!
Mein bleicher Freund, du schautest Millionen
  Erschlag'ner Männer schon im Schlachtgefild:
  Assyrer, — Perser, — Griechen, — Legionen, —
  Germanen: — Reiherturban, — Kreuzesschild!
Und wie viel Kämpfe könntest du berichten,
  Von denen uns're Weisheit nichts ersann,
  Seitdem zuerst — man gräbt's aus Urweltschichten —
  Mit Stein und Horn der Mann erschlug den Mann!
Ich aber sah's zum erstenmale dort! —
  Gedenkst du noch? Der Zuavenkapitän? —
  Und doch — ich hielt dem roten Kreuze Wort —:
  Nicht wahr, kein Grau'n hast du mir angesehn?
(Mond): „Kein Grau'n." Denkst du noch Floings? Zwölf Offiziere!
  Die Rosse dünn nur in den Sand verscharrt: —
  Des lauten Frankreichs laute Kürassiere, —
  Wie lagen sie so stumm, so bleich verstarrt! —

Dann, stolz besinnt, sah Bouillon auf mich nieder:
  — Du sahst den frommen Gottfried beten hier —
  Froh grüßte den befreiten Rhein ich wieder!
  Die Wogen dünkten stolz'ren Ganges mir.
(Mond): „Drauf Rückerts Grab in meinem Pfingstnachtstrahle.“
  Die blonde Freundin, stets noch kindlich zart: —
  Wie einstmals Mühlbachrauschen durch die Thale: —
  Vor achtzehn Jahren that ich gleiche Fahrt!
Was sonst noch harrt, — das droht unabgewendet —:
  Sich selbst getreu sein, Freund, ersetzt das Glück:
  Voran, voran, was auch das Schicksal sendet: —
  Hier meine Brust: — ich weiche nicht zurück.
(Mond): „Ich wußt' es wohl von dir! und sieh': ich tröste
  Mit mildem Gruß von dir dein Lieb' manchmal,
  Bis endlich ihre Seele, die erlöste,
  Ins Blau verschwebt auf meinem schönsten Strahl!“

Allgegenwärtig.
(1872.)

Ich floh zu Berg —: tief, tief ins Herz getroffen:
  Vergessen sucht' ich, minnewund und -wirr:
  Wo jäh der Dachstein türmt die eis'gen Schroffen
  Und dunkle Bergseen wiegt das Hochgeschirr:
Umsonst! — Dein Bildnis nur die menschenlose
  Bergeinsamkeit mir rings entgegentrug:
  Dein süßer Reiz sprach aus der Alpenrose,
  Dein Seelenschwung mir aus des Adlers Flug! —
Ich zog ins Feld —: ich rief den Gott der Schlachten,
  Des eh'rne Stimme die Besinnung raubt:
  Umsonst! — Wie laut die Donner Sedans krachten, —
  Du schwebtest als Walküre mir ums Haupt.
Und wann zur Nacht die roten Feuer glimmten,
  Das Jäger-Wachthorn scholl aus fernem Tann, —

Ach, alle Lüfte, Töne, Sterne stimmten
    Nach dir, nach dir den Ruf der Sehnsucht an! —
Ich kam ans Meer: zu meinen Füßen brachen
    Geheimnisvoll die Wogen Thules sich: —
Melodisch rauschten sie, in Geistersprachen,
    Und all die tausend Wellen nannten: — dich!
Die Küste flieht: — kein Maß mehr! Unabläßlich
    Der Wogengang, der Puls des Meeres schwillt:
Ja, ja: das ist dein Lieben unermeßlich,
    Das unerschöpflich aus sich selber quillt.

Trostspruch.
(1872.)

Gestern Lenz — wie's heute schneit, wie die Flocken stieben!
Kannst nicht froh sein allezeit, — Herz, doch allzeit — lieben.

Der Lenz an die Erde.
(1873.)

Schon kommt am Himmelsbogen
    Von fern der Lenz gezogen
    Und winkt der Erde zu:
„Nur kurz noch sollst in Hulden
    Du Arme dich gedulden,
    Du Sehnsuchtsvolle du.
Ich weiß, was du getragen
    In langen, grauen Tagen,
    In banger Nächte Bann:
Bald sollst in Glutenbrennen
    Du selig mir bekennen,
    Daß ich vergelten kann."

Frühlingsahnung.
(1873.)

Nun steht daheim der Weißdornstrauch in ersten Knospentrieben:
  Und durch die Lüfte weht ein Hauch von leisem Lenz und Lieben.
Nun singt daheim im Abendrot die Amsel aus dem Flieder:
  „Vergeßt des Winters bange Not: — bald blüh'n die Veilchen wieder."
Hier starrt noch ringsum Frost und Eis: und doch, mit Südlands-
                                                          trieben,
  Durch meine Seele wogt es leis, ganz leis, wie Lenz und Lieben.

Im Mondlicht.
(1872.)

I.

Du bist geheim mit mir gezogen,
  Ob meinem Haupte Tag und Nacht,
Und aus des Mondes Silberbogen
  Grüßt du mich segnend hier und sacht.
Ja, ja! das ist dein Glanz, dein Weben,
  Was mich so zaubrisch rings umgiebt:
Das ist dein geisterstilles Leben,
  Das schweigend glänzt und schweigend liebt!

II.

Wie oft sah ich das Mondlicht weben,
  Mit dir um unsren Heimatwald,
Wo sanft die weißen Birken beben,
  Wo stolz die dunkle Tanne wallt.
Ich sah mit dir die Epheuzinnen
  Alt-Heidelbergs im Mondenglast,
Mit dir den Rhein wie Silber rinnen,
  Der Lorelei beglückter Gast.

Wo immer nun auf stillen Wegen
Um mich der Strahl des Mondes quillt: —
Er bringt mir deiner Liebe Segen, —
Er bringt mir deiner Schöne Bild!

III.

Mich drängt mein Herz, daß ich dir sage,
Wie mir in dir so selig ist,
Wie du die Sonne meiner Tage,
Das Mondlicht meiner Nächte bist.

Gemahnung.
(1872.)

Seht ihr im Teich die stolzen Schwäne schweben,
Mit hochgewölbtem Bug? Das ist ihr Schritt!
Seht ihr im West die weißen Rosen beben?
So wogt ihr Busen: — ihre Seele mit!
Seht ihr im Blau die ew'gen Sterne schreiten,
Treu, stet und still, nach gottbestimmtem Ort?
Das ist ihr Lieben: durch die Ewigkeiten,
Ein schweigend Wunder, strahlt es fort und fort.

Spruch.

Oft schrieb' ich, oft noch schreib' ich:
Dich lieb' ich und dein bleib' ich!

Das Schöne.
(1872.)

Treff' ich das Häßliche auf meinem Pfad,
Schließ' ich das Aug' und denke dein:
Wenn aber freundlich mir das Schöne naht,
Grüß' ich's als beinen Wiederschein:
    Nie werd' ich anders mich gewöhnen:
    Du bist das Urbild mir des Schönen.

Das Zauberwort.

Ganz leis, will mir die Kraft versagen,
    Hauch' ich mir beinen Namen vor: —
Und wie von Flügelkraft gehoben
    Schwingt all' mein Wesen sich empor.

Heilungshoffnung.
(1872.)

Magst bu mich mit Qualen tränken,
    Magst mich tief in Leiden senken, —
    Dennoch sei gesegnet mir:
Laß sie wogen, diese Fluten,
Laß sie lodern, diese Gluten: —
    Sie sind gut: — sie sind von bir.
Wer will höchstes Heil genießen,
    Lasse Schmerz sich nicht verdrießen:
    Unerläßlich ist der Preis;
    Wer will Zauberschätze heben,
    Der muß bringen ohne Beben
    Durch den glutgebannten Kreis.

Alle diese tiefen Wunden
Werden wundersam gesunden
Unter deiner linden Hand:
Alles, was ich mußte dulden,
Wird dereinst in großen Hulden
Mir zu süßem Heil gewandt.

Geduld.
(1873.)

Geduld! es wird in wenig Tagen, mein arm verschüchtert Vögelein,
An meiner Brust dein Herzchen schlagen und immerdar geborgen sein.

Willkomm.
(1873.)

Nun ist der Bann von dir genommen, den tragen du so lang gemußt,
In deiner Heimat nun Willkommen an meinem Herd, an meiner Brust!
Nun ist der Trennung Qual zu Ende, die herzverzehrend bange Pein:
Ich halte deine lieben Hände und immer sollst du bei mir sein.
Was ach! so lange du erduldet, in Liebe wunderbar erprobt,
Was an Vergeltung ich geschuldet, und tausendmal dir still gelobt:
Nun will ich alles voll gewähren, ein Mann gewordner Liebesgeist,
Bis du gestehst in Wonnezähren, daß du unendlich glücklich sei'st.

Geschenk.
(1873.)

Den ganzen Felix geb' ich dir:
Zuviel dir wird er, fürcht' ich schier:
Den Ernsten und Gelehrten,
Den Thoren und Verkehrten,

Den Dummen und den Weisen,
Den Lauten und den Leisen,
Den Traurig-dunkelmüt'gen,
Den Trotzig-feuerblüt'gen,
Den Jungen und den Alten —:
Du mußt nun damit schalten,
Und ewig ihn behalten.

Wie ich dich tragen werde.
(1873.)

Auf Händen nicht will ich dich tragen,
— Das kann ein jeder Philister sagen —
Nein: hoch auf meiner Seele Schwingen,
In immer höh'ren Fluges Ringen,
Sollst stolz du über Welt und Leben
Mit mir bis an die Sterne schweben.

Über den Wolken und über dem Wind!
(1873.)

Folge mir mutig durch Felsen und Schroffen,
    Zage nicht, scheue nicht, goldenes Kind!
Alles durchbringet ein mutiges Hoffen:
Oben am Gipfel, — da blauet es offen
    Über den Wolken und über dem Wind!
Neben uns, unter uns Brausen und Regen!
    Folge nur, reiche die Hand mir geschwind:
Höher und höher! Den Sternen entgegen,
Näher und näher den Blitzen verwegen
    Über die Wolken und über den Wind! — —

Siehst du nun, wie ich dich sicher geleitet?
Wie auf der Höhe geborgen wir sind?
Wie sich so friedlich, in Bläue geweitet,
Strahlend der Himmel nun über dich breitet
Über den Wolken und über dem Wind!

Ausklang.
(1873.)

Seit uns das höchste Heil beschieden, seit uns gewonnen Anker-Land,
Stört unsrer Liebe heil'gen Frieden nicht Menschenlärm noch
Menschentand.
Hoch droben, wo die Sterne ziehen, fand sie auf ewig sichern Hort
Und in der Sphären Harmonieen tönt sie, ein leiser Goldklang, fort.

Ewig.
(1873.)

Nicht nur des Jugendreizes flücht'ge Rose, —
Uns eint die Poesie, die wandellose.
Viel Blüten sah'n wir um uns her vergeh'n: —
Der Stern der Poesie, — er blieb besteh'n.
Und sieghaft soll durch unser Leben strahlen,
Der uns verband: — der Stern des Idealen.

Zur Jahreswende.
(1874.)

Wie kann ich dir in Worten sagen, was ewig unaussprechbar ist?
Du weißt, daß du in allen Tagen die Seele meiner Seele bist.
Für ewig sind wir uns gegeben: der Liebe kommt und geht kein Jahr:
Wir sind Ein Herz, wir sind Ein Leben: wir sind Ein Sein auf
immerbar.

An J. Roßbach in Würzburg.
(1874.)

Schon grüßt bei euch das Waldgelände
    Mit warmem Kuß der Sonnenschein
Und segnend legt die lichten Hände
    Der Frühling auf den edeln Wein.
Schon lauscht das Veilchen hin und wieder
    Bei euch aus Moos am Rennweg-Wall
Und in dem zart begrünten Flieder
    Übt schon die Amsel leis den Schall.
Bei uns herrscht noch der Winter grimmig:
    Noch starren Strom und Haff in Frost:
Aus Rußlands Steppen, bärenstimmig,
    Herüber brüllt der Ostnordost.
Es müßte mir das Herz verzagen
    Vor heißer Frühlingssehnsucht hier,
Hätt' ich nicht sie mit hergetragen,
    Die ew'gen Frühling zaubert mir.

Erholung.
(1873.)

Meistert mich nicht,
    Seichter Gesellung
Müde macht mich
    Hohles zu hören,
Kläglichem Klatsch und
Oder unendlich
Selbstgefälliger
Mit der entfremdeten
Scheint doch nicht schicklich
Ernst und erschöpfend,

daß ich mutig meide
geschwätzigen Schwarm! —
und matt die Mühe,
der Läst'rung zu lauschen,
bissiger Bosheit:
eitler Ohnmacht
Selbstbespieg'lung,
Phrase der Früheren!
in solchem „Salon",
die Tiefen ertauchend,

Den Fragen zu folgen,
    Laune leichthin,
Flau wird und flugmatt
    Über der öde
    Andrer und eigner:
    Erwidert man Antwort,
Häufig nun hör' ich
    „Tapferes Tagwerk
    Arbeit nach Abend
Ja, die verjüngende,
    Geheißen: „Erholung", —
    Hauset die Heil'ge.
Sehnt sich die Seele,
    Sich matt gemüdet
    Nach holder Erholung: —
    Oder mit Einem —,
    Allein mit der Einen,
    Warb deines Wesens,
    Wege, geweiht
Der sinkenden Sonne
    Ernst entgegen:
    Abendandacht:
    Den du längst dir erlesen,
    Gehobenen Hauptes,
    Im Gemüte zumal,
    Dem heiligen, heim. —
Leuchtet die Lampe
    Hole Homer
    Und Goethe, die Großen:
    Auf den schwarzen Schwanen-
    Klagend und klangvoll
Dann sinne, versunken
    — Gar nicht mehr gönnt sich
    Das häßlich hastet,
    Ein dankbar Gedenken,

welche die wechselnde
wahllos, aufwirft.
mir selber die Seele
rasselnden Rede:
denn, selbst verseichtet,
wie sie gewünscht wird!
Redliche raten:
heischet Erholung·
nützet dir nicht."
holde Hebe,
nicht in Hohlheit

nachdem der Gedanke
in schwerem Schaffen,
einsam des Abends
aber noch öfter
welche die Wonne
wandle gewohnte
durch altes Erinnern. —
schreite beschaulich
lausche der Lerche
und den stillen Stern,
grüße: dann gehe,
beschwingt und beschwichtet
zum Herde des Hauses,

traulich am Tische,
und Shakespeare und Schiller
beschwöre Beethoven,
Schwingen zu schweben,
und heldenhaft hehr. —
in altes Erinnern:
dies geschwinde Geschlecht,
ein sanftes Besinnen,
diese weise Wohlthat. —

Weih'voll weile
Jauchzender Jugend,
Erkämpfter Kränze:
Die bitter du büßtest:
Denke, die dauernd
Treue dir trugen:
Becher, den besten,
Und entschlumm're, von schlimmen Mächten gemieden,
Von guten Geistern
In Träumen getragen
Während im Wirrsal
Betäubt und bestäubt
Umsonst noch andre

du im Gedenken
tüchtigen Trachtens,
auch trauriger Thorheit,
ferner Freunde
durch's lange Leben
leere den letzten
beinem heiligsten Heiligtum:
friedlich und freundlich
zu strahlenden Sternen:
seichter Gesellung,
die erschlafften Seelen,
haschen „Erholung".

An Lorenz Graßberger.
(1876.)

Freund aus schönen Jugendtagen,
 Laß gerührten Dank dir sagen:
Ja, weil uns're Herzen schlagen: —
 Treu verbunden sind sie.
Hier, an Thules Nebel-Borden,
 Ist mir neues Heil geworden:
Frisch ergrünt im frischen Norden
 Schmerzversengtes Leben.
Aber nie kann ich vergessen,
 Was, an Tiefe unermessen,
Ich in deiner Brust besessen
 Goldgediegner Freundschaft.

Mein Evangelium.

Dieweil wir, leider! von dem Wahren
Noch immer nicht viel mehr erfahren,
Als weiland Herr Pilatus wußte,
Da er die Achseln zucken mußte, —
Dieweil vom Wesen wir des Guten
Das Widersprechendste vermuten, —
Kommt, daß ich euch zu meiner Lehre,
Die einzig selig macht, bekehre:
Sie ist — leicht werdet ihr's gewöhnen, —
Das Evangelium des Schönen! —
Hellas heißt mein gelobtes Land,
Mein Moses wird Homer genannt:
Zwar mangelt uns Unfehlbarkeit,
Doch fehlt Sankt Wolfgang selten weit. —
An Wundern aber und an Zeichen
Mag sich mit uns kein Kult vergleichen:
Ein Röslein, das entknospen will,
Ein Mädchenlächeln, selig still,
Im Abendrot der Lerche Lied, —
Solch Wunder Tag für Tag geschieht:
Und wer an Schönheit heilig glaubt,
Dem rührt nicht Furcht, nicht Lust das Haupt:
Unschönes hat an ihm kein Teil
Und er gewann das höchste Heil:
Er lebt in sel'ger Harmonie,
In Glanz und Duft und Poesie.

Mit einem Bernsteinschmuck in einem Büschel Seetang versteckt.

An der blauen Ostsee Strand
Schritt ich hin auf Dünensand:

Segel blitzten, Möwen flogen —
Endlos rollten an die Wogen. —
Manchmal griff ich in die Flut,
Haschend nach dem schwanken Gut, —
Tang und Seemoos, Holz und Brettlein,
Sand und Muschel, Stein und Blättlein,
Wie's die See, die nimmer ruht,
Wiegt und spült in reger Flut:
„Nun — nach jenem dunkeln Streifen,
Will ich für schön Rottraut greifen.“
Was daran nun und darin, —
Nimm es staunend alles hin:
Stoff, von Dichterhand gegriffen,
Ist in Kunstform flugs geschliffen.

An ein krankes Kind.

Gott grüß' dich, liebes Schwarzblättlein!
Ich denke viel und freundlich dein
Und hoffe, daß zu dieser Frist
Gebessert dein Befinden ist.
Heut' hab', in schlummerloser Nacht,
Ich dein, du liebes Kind, gedacht:
Da fiel mir dieses Rätsel ein:
Das will von dir geraten sein.
Nun grüß' Papa mir und Mama,
Und wenn du's riet'st, so schreib' mir's! Ja?

Rätsel.

Ich sitze hier an meinem Tisch:
Laß' weiße Vöglein fliegen:

Und will nicht eins — nun rate frisch)! —
Zurück von allen Kriegen:
Sie haben rote Schnäbelein
Und können doch nicht picken:
Wer ein's erhält, soll mir nur sein
Dafür ein andres schicken.

Aus Italien.

1. In Rom.

Heute laß die alten Helden ruh'n, die Römer wie die Goten:
   An der Porta nomentana schenkt Rosetta jungen Roten.
Aber von den Heil'gen vollends will ich heute gar nichts hören!
   Südlands Sonne soll mir selig dies mein heidnisch Herz betören.
Doch zum Schutz vor Bacchos soll mir Amethyst und Epheu dienen
   Und die reife Frucht der Freude seien zierliche Quadrinen.

---

2. Im Sabinergebirg.

O, welcher Reiz euch Mädchen von Lavandola beseelte,
   Wenn euch der Jungfrau'ntugenden erfreulichste nicht fehlte:
Die Liebesgötter würden selbst von euren Lippen naschen,
   Ihr Jungfrau'n von Lavandola, wenn ihr euch wolltet:——waschen!

---

3. In Lorega.

Jetzt drischt daheim im Cicero
Das alte, mürbgedrosch'ne Stroh
Manch' fleißiger Collega:
Ich aber pflücke, ferienfroh,
Oliven zu Olevano
Und Lorbeer von Lorega.

---

4. In Amalfi.

Don Felice, Don Felice!
Immer leerer wird der Beutel,
Immer röter wird die Nase!
Erstere Naturerscheinung
Rühret her ganz unbestreitbar
Von den heißen, welschen Weinen: —
Doch die zweite, woll'n wir hoffen,
Einzig von der heißen Sonne!

———

5. Aus Rom nach Alzei.

Weil ich in der grauen Roma
Unter Altertümern wühle,
Kommt auf einmal aus der Heimat
Angeflogen, wie ein deutsches
Vöglein, von zwei jungen Mädchen
(— Unbekannten, nie geseh'nen —
Doch, die ich recht hübsch mir denke,,
Ein höchst liebenswürdig Brieflein!
Dank, ihr jungen, deutschen Mädchen
(Die ich auch sehr hübsch mir denke!),
Für die warme Herzensfreude,
Die ihr habt dem deutschen Sänger
In das ferne Rom getragen.
Euch zum Dank will ich aufs Weihnacht-
Tischlein eine Freude legen. —
                    Euer
                        „Volker von Alzei".

———

Pucks Beschwörung.

Hört mich, all' ihr Fee'n und Elfen!
  Uns'rem Schützling gilt es helfen.
Wieder krank das liebe Kind,
  Dem so hold wir alle sind!
Auf, ihr leichtbeschwingten Scharen:
  Unsern Liebling gilt es wahren!
Streuet ihr aufs heiße Köpfchen
  Sternenkuß in Silbertröpfchen!
Kühlet ihr das warme Näschen
  Frisch, gleich einem Schnupper-Häschen.
Lasset Glanz die trüben Augen
  Aus der eignen Seele saugen.
Zeigt im Traum — das heilt sie bald! —
  Ihr des Vaters[1] schönsten Wald.

Einer jungen Kritikerin des Romans: „Ein Kampf um Rom“.

Ei, du schöne Richterin,
Stolz von Herzen, streng von Sinn,
Laß dir danken von dem „Schreiber“,
Deine Muße Zeitvertreiber,
Daß im ganzen dir gefiel
Seiner Goten Heldenspiel.
Und wenn dir Valeria
Allzukühl ins Auge sah,
Denk': — wenn alle jungen Mädchen
Wären solche Feuerrädchen,
Tief getaucht in Flammentinte,
Wie dein Liebling Mataswinthe — —:

---

[1] Eines berühmten Landschaftsmalers.

Liebes Kind, dann wär's auf Erden
Einfach, um verrückt zu werden! —
Zur Belohnung wünsch' ich dir,
Daß du gerne lauschtest mir,
Einen Bräut'gam ganz und nah
Schön und gut wie Totila.

Dank für eine „pommersche Gänsebrust".

Aber Laura! aber Laura! Wie kann man sich so benehmen!
  Einen Dichter, arm an Mitteln, unvergeltbar zu beschämen!
Ach, du hast es scharf erlauret, — daher rührt dein schöner Name —
  Wie die Spickgans mir aus Pommern eine höchst sympath'sche
                                        Dame.
Wann ich von Cethegus' Planen, Mataswinthens Sehnen las, —
  (Unterbrochen oft von Konchen, der sein Tintenfaß vergaß',
Wann ich las von Miriams Liebe, von Regetas Volksgericht, —
  (Konchen wollte gern ja schreiben, doch die Lampe brennt ja nicht!
Wann ich von der Griechen Listen las und von der Goten Stern: —
  Immer dacht'st du nur das Eine: „Spickgans aber ißt er gern.'
O du Hausfrau, edle, deutsche! Wie du doch so selten bist!
  Von dem Pregel bis zur Isar keine beinesgleichen ist.
Manche, die mir herzlich gut ist, giebt zu essen mir mitnichten:
  Andere Verehrerinnen nah'n mir schrecklich mit Gedichten!
Aber noch lebt, unvergessen, jener Lachs mir im Gedächtnis,
  Den du in die Königstraße trugst, der Freundschaft zum Vermächtnis.
Und nun vollends diese Pommern-Jungfrau mit dem weißen Busen!
  Schon auf mich herniedersteigen fühl' ich alle neun, die Musen.
Häufig schelten wir das Nordland: aber sei'n wir doch gerecht!
  Lebte je am gelben Tiber solch' ein herrlich Gansgeschlecht?
Schnattern mochten laut sie können, die beschirmt das Kapitol,
  Aber keine Quellenstelle kündet, wie sie schmeckten wohl!

Die schwierige Taufe.

Das war das frohe Taufen zu Stillhaus auf dem Gut:
   Nun hört, wie das entbrannte beinah' in Kampfeswut.
Ein Mägblein war geboren, ein Mägblein zart und schmal:
   „Tranquilla" sollt' es heißen, so war der Eltern Wahl.
Anhob der würd'ge Pastor, auf daß er taufe sie:
   Doch kaum that er den Mund auf, — das liebe Quillchen schrie!
Und schrie so laut, so lange, — wie stark er rief und rang,
   Tranquilla blieb ihm über —: den Zeugen wurde bang.
Ausging die Luft da endlich dem Mann: er gab es auf:
   Nur hauchend noch: „Tranquilla, still sei dein Lebenslauf!"

Einer Sechsjährigen zum Geburtstag.

Ich wünsche dir, lieb' Berthalein,
Für dieses Jahr viel Sonnenschein,
Viel Kirschen, Erdbeer'n, Aprislöslein
Und wenig Löchlein in die Höslein,
Den ganzen Tag lang nie Verdruß
Und, wenn man endlich schlafen muß,
Der Mutter herz-zufriednen Kuß.

An Doris.

Mag dir die Anmut blühend bleiben,
Die dir ein güt'ger Gott verlieh:
Dann brauchst du Verse nicht zu schreiben,
Dann bist und lebst du Poesie.

Einer Sängerin.

I.

(Die drei Rheintöchter.)

Woglinde.

In die Fluten des Rheins, als sein edelstes Gold,
    Ist versenkt des deutschen Gesanges Hort:
Wo am Lurleifelsen die Welle rollt,
    Da pflegen wir seiner fort und fort.

Wellgunde.

Und wir steigen empor in der silbernen Nacht:
    Und unsere Lieblinge suchen wir heim:
Und träufen leise des Wohllauts Macht
    Auf die Lippen ihnen wie Honigseim.

Fluthilde.

Oft sind wir, du Holde, genaht dir im Traum:
    Wie Rheingold zog es dir durch den Sinn:
Und so wuchsest du auf — und ahntest es kaum! —
    Als des deutschen Gesanges Meisterin.

II.

Die Muse bringt den Lorbeer.

Des Lebens andre Blumen welken bald:
    Der Schönheit Rose, selbst der Myrte Reis:
Doch stolz, mit unvergänglicher Gestalt,
    Ergrünt, Apoll geweiht, das Lorbeerreis.
Den Dienst der Kunst soll höchster Preis bekrönen:
    Laß andern der Vergänglichkeit Gewinn:
Du aber nimm den Siegeskranz des Schönen,
    Der Muse Stirnschmuck, nimm den Lorbeer hin.

An eine Geigenspielerin.

Wie Mächtiges schafft
Doch zarte Kraft!
Du hebest mit Anmut den leichten Bogen:
Da kommen in Fluten, da kommen in Wogen
Die geflügelten Geister der Töne gezogen!
Die Kleinen,
Die Feinen,
Die Schelmischen, Necken,
Die schäkern und necken,
Die Lustigen, Losen,
Die kichern und kosen;
Die Hehren, die Hohen,
Die großen und drohen
Und die in des Herzens innersten Tiefen
In Träumen schliefen. —
Was im Kern uns gründet,
Ein heiliger Hort,
Und was nimmer kündet
Das versagende Wort:
Was, schleier-verhüllt,
Uns mit Ahnen füllt
Und mit wonnigen Thränen,
Was mit ringendem Sehnen
Will weiten und dehnen
Die zitternde Seele, —
Das, gesammelt zum Chor,
Beschwörst du empor
Mit des Bogens Befehle!
Meisternde Zaubrerin,
Zaubernde Meisterin,
Die das Mächtigste schafft
Mit zartester Kraft!

———

Einer in Athen gebornen Deutschen.

Du hast nicht nötig, erst zu sagen,
    Daß du uns kamst von Hellas Strand:
Denn, wer dich schaut, weiß ohne Fragen:
    Die Schönheit ist dein Wiegenland.

An die Venus von Melos.

Nicht nackt bist, keusche Hoheit, du:
    Denn deine Schönheit deckt dich zu.

Ostpreußen.
(»Intraverunt terram horrorum.« Dusburg III. 10.)

Hier, wo letzte Marken ragen,
    Deutscher Sitte, deutschen Schwerts,
Höher macht das Herz uns schlagen
    Vollempfindung deutschen Werts.
Ach, ihr wißt's nicht, dort am Rheine,
    Wo die Rebe duftig blüht
Oder wo der Wettersteine
    Firnes Eis im Abend glüht!
Rings, was eurem Aug' erreichbar,
    Grüßt euch wieder deutschen Blicks!
Euer Heim ist nicht vergleichbar
    Dieser Mark voll Streit-Geschicks.
Denn die Herrschaft dieses Strandes, —
    Furchtbar ward sie uns erkämpft:
In der alten Herrn des Landes
    Herzblut ward der Brand gedämpft,

Der aufs neue stets entgegen
  Aus dem Urwald flammend schlug,
Wo der deutsche Mut verwegen
  Ostwärts drang mit Schwert und Pflug.
Abends, wann die Wogen rollen
  An die Düne von der See,
Hör' ich klagen, hör' ich grollen
  Ausgetilgter Götter Weh.
Reit' ich nächtens durch die Föhren,
  Wann der Blitzstrahl nieder loht, —
Immer glaub' ich dumpf zu hören,
  Wie Perkunos donnernd droht.
Zu verschlingen droht die Welle,
  Zu ersticken droht das Moor,
Zu verbrennen Sommerhelle: —
  Und aus Gräbern tönt hervor
Fluch in seltsam fremden Sprachen,
  Die kein Lebender mehr spricht,
Seit die Deutschherrn-Ritter brachen
  In Romowes Eichendicht.
Ihr in Deutschlands Süd und Mitte,
  Warm gebettet, weich gehegt,
Freut euch uralt deutscher Sitte,
  Seit Jahrtausenden gepflegt.
Aber ehrt die Kraft des starken
  Stammes, der mit zäher Zucht
Sich erkämpft hat diese Marken,
  Als des ehrnen Willens Frucht.

Trinkspruch
bei der Feier des 50jährigen Jubiläums der Königsberger Kaufmannschaft.

Wer hat zuerst nach Thules Strand
    Des reichen Südens Pracht gezogen?
Wer wölbt mit kühner, sichrer Hand,
    Von Volk zu Volk die Brückenbogen?
Der Wunder that und Wunder thut:
In schwankem Schiff der stete Mut:
    Der Handel und der Handelsstand!
Wer hat aus Steppen, wüstenhaft,
    Hier Stadt um Stadt emporgerungen?
Wer mit der Hansa Speereschaft
    Die Nordlandkönige bezwungen?
Das beste Rüstzeug uns'res Stamms:
Der feste Mut in schlichtem Wams,
    Des deutschen Bürgers Fleiß und Kraft!
Denn mit Gott Hermes Hand in Hand
    Von je die schönsten Genien wandeln:
Kultur und Sitte, Weltverstand,
    Der kluge Rat, das kühne Handeln:
Im deutschen Volke fort und fort
Wachs' er, der Macht, der Freiheit Hort:
    Der Handel und der Handelsstand!

An Ludwig Friedländer in Königsberg.

Der hoch gefüllte Becher meiner Muße,
    Der frohen Wanderzeit in mildern Landen,
    Ist fast schon leer geschlürft: nur wen'ge Tropfen
    Vom Rande saugt die durst'ge Lippe noch:
    Nach Norden weist die Deichsel längs des Wagens
    Und nach der Heimat trachtet der Gedanke. —

Der Heimat? — Ach, die Jugend bleibt die Heimat!
  Das Land des Alters wird zur Heimat nie.
Doch wird das Land der Arbeit auch uns wert,
  Und in der Fremde heimisch macht die That.
So kehr' ich in das Nordland denn zurück,
  Dem Krieger gleich, der aus dem langen Urlaub
  Zurückeilt in der Kampfgenossen Schar:
  Das Banner muß die Heimat ihm ersetzen: —
  Ja, zwingend winkt das Banner ihn herbei.
Und denk' ich dein, du liebster Kampfgenosse,
  So fass' ich fester, froher Schild und Speer,
  Und freue mich der Stelle in der Phalanx
  Zu deiner Linken, wo dein kluges Auge,
  Dein treues, mich zuweilen grüßend trifft, —:
  Und nicht mehr fremd dann dünket mich die Fremde.

München, Herbst 1877.

Beim Abschied des Freiherrn von Aufseß von Königsberg.

Wie stolz im Frankenland am Main sich hohe Burgen heben!
  Wie träuft der Wein dort stark und fein und edel aus den Reben!
Wem Land und Wein bekannt dort ward, der muß sie lieb gewinnen—:
  Du bist von solcher Frankenart an Sitten und an Sinnen.
Du hast bei uns gar wundervoll dein Zöllneramt betrieben:
  Denn du erhobst den höchsten Zoll an Achtung und an Lieben.

Jakob Schipper zum Abschied.

Seit zuerst ich in dein graues Auge sah, das tiefe, kühle,
  In dies echte Sachsenauge, ward mein Sinn dir zugewandt.
Und seither hab' allerwege, wie in guten so in bösen
  Tagen ich dich treu erfunden, stet und still und stark, wie Stahl

Schwer erschließt in meinen Jahren sich das Herz noch neuen Gästen:
Du bist noch hineingeschlüpft mir als der jüngste, letzte Freund.
Und des sollst in fernen Landen immer du versichert leben,
Daß ich dein gedenken werde, warm und innig, tief und treu.

Bei dem Abschied eines Lehrers.

Schwer überkömmt in dieser Stunde
　Das Herz der Trennung Bitterkeit:
　Der Abschied schlägt die tiefste Wunde
　Der Menschenbrust seit ew'ger Zeit.
Doch, ob das Rauschen seines Wortes
　Nicht mehr durch uns're Mitte fliegt: —
　Wir trösten uns des reichen Hortes,
　Der unter seinen Wurzeln liegt.
Ihr kennt die alte, deutsche Sage,
　Daß, wo der Eichbaum Wurzel schlägt,
　Er einen Schatz verborgen trage,
　Den still der Schoß der Erde hegt.
Wohl herrlich ist's, dem Baum zu lauschen,
　Wann er die Stirn' den Winden beut
　Und rings, so weit die Zweige rauschen,
　Den Segen seiner Wipfel streut.
Doch auch, wann ihn nach fernen Landen
　Verpflanzt das wechselvolle Glück: —
　Es bleibt dem Ort, wo er gestanden,
　Der Schatz im Erdenschoß zurück.
Ein Hort der Triebkraft und des Lebens,
　Ein Schatz, der nachwirkt ungestört:
　Er hat sie nicht geschmückt vergebens,
　Die Stätte, der er angehört.
Drum seid getrost, denn ihr behaltet
　Nicht Schatten der Erinn'rung nur:

Nein, wo ein mächt'ger Geist gewaltet,
  Verwischt kein Zufall seine Spur.
Nicht sein Gedächtnis nur und Name
  Lebt fort in seiner Freunde Schar:
Die Früchte bleiben und der Same, —
  Das Ew'ge bleibt, das an ihm war.
Drum laßt uns stolz die Becher heben,
  Und stimmet frohen Rufes ein:
In unsern Herzen soll er leben
  Und, ob er schied, doch unser sein.

Einem Mädchen zur Einsegnung.

Auch mich laß weihend heut' die Hand dir legen,
  Leis, in Gedanken nur, aufs liebe Haupt,
Und sprechen laß mich einen starken Segen,
  Den nicht die Welt dir, nicht der Zweifel raubt:
Den heil'gen Dienst der Muse wirst du pflegen,
  Und jenen Zartsinn, der an Schönheit glaubt:
Und wie mit Silberklang aus Harfensaiten
Wird Poesie durchs Leben dich begleiten.

Einer Braut zur Verlobung.

Wo im stillen Partnachthale
  Durch Gebüsch die Kanker rinnt,
Sinnend saß im Abendstrahle,
  Hold verträumt, ein lieblich Kind.
Wellen rinnen, Wellen rauschen,
  Flieder nickend hangt herein: —
Wolken wallen, Blumen lauschen,
  Leise singt ein Vögelein:

„Träumst du? Frägst du, zarte Blüte,
  Welche Zukunft harre dein?
Horch, ich künd' es: ‚Liebe, — Güte, —
  Selig machen — selig sein.‘
Präg' es tief dir ins Gemüte:
  Höchstes Menschenglück wird dein,
Denn dies lautet: ‚Liebe, — Güte,
  Selig machen — selig sein.‘“

Einem Brautpaar mit Lorbeer und Myrte.

Wohl ist um Liebesglück ein Paar zu preisen,
  Dem, ohne daß es harrte, rang und litt,
Erfüllung, wie das Licht aus Sternenkreisen,
  Auf unbewölkten Pfad hernieder glitt. —
Doch höher schätz' ich euer Los, ihr Treuen:
  Denn Liebesglück wuchs euch aus Liebeswert:
Ihr dürft euch nicht der Myrte nur erfreuen,
  Des Lorbeers auch, den Mut dem Sieg beschert.
Was Glück verlieh, mag leicht das Unglück rauben:
  Ihr tragt der Dauer Bürgschaft in der Brust:
Ihr dürft getrost an goldne Zukunft glauben, —
  Denn goldner Treue seid ihr euch bewußt.

**Einem Brautpaar,
mit Scheffels „Frau Aventiure".**

Vor allen Abenteuern, davon man singt und sagt,
  Gleicht keines doch dem euern, das ihr im Herzen tragt:
Von Liebe und von Treue, die keine Drangsal schied,
  Das alte, ewig neue, das heil'ge Minnelied.

Einer Braut zur Hochzeit.

Dir ward das stille, reine Herz beschieden,
Das von sich ausstrahlt tiefen, reinen Frieden:
So wird euch in des Lebens lautem Treiben
Der stille Friede reiner Herzen bleiben:
Daß, wann ihr aus der Welt nach Hause kehrt,
Das höchste Glück euch beut der eigne Herd.
Dann reißt kein Wahn entzwei mit Kranz und Schleier:
Sinnbilder bleiben sie von ew'ger Feier:
Der Kranz des Glücks, der Schleier des Geheimen
Zeigt Wunderkraft in nie erschöpftem Keimen
Und ewig grünt, mit nimmer welkem Triebe,
Die heil'ge, sel'ge, ewig junge Liebe.

Hochzeitsgedicht.

Des Lebens hohe Zeit nennt diese Stunden
    Der Sprache Weisheit, und sie redet wahr:
    Denn sie umschließen und sie spiegeln klar
Untrennbar innig Lust und Schmerz verbunden:
    Und solch' ein Rätselbund von Lust und Schmerzen
    Ist auch der tiefste Kern der Menschenherzen.
Wohl darf die Wehmut unser Auge feuchten,
    Schau'n wir zurück und sehen, ohne Ziel,
    Ein Kind lustwandeln durch der Tage Spiel:
Es pflückt die Blumen, die im Frühtau leuchten,
    Und windet sie zum Kranz im frohen Reigen
    Um jene Sphingen, die ihm all' noch schweigen.
Bald sprechen sie — dann lebe wohl! dem Kinde:
    Mit ehr'nem Band umspannt es nun die Pflicht,
    Fortan zieht es das Schicksal vor Gericht,
Von dem erstaunten Auge fällt die Binde,

Und, daß sie ewig ihm zur Seite bleibe,
Gesellt die ernste Sorge sich dem Weibe. —
Jedoch getrost! Auch andere Gestalten
Von nie geahnter Schöne sieht sie nah'n:
Mit Siegeskraft bricht Hoffnung ihr die Bahn,
Ums Haupt wird Treue stark die Hände halten
Und Liebe, sie durchdringend bis zum Kerne,
Zeigt himmelwärts und spricht: „Mit uns die Sterne!"
„Mit euch die Sterne!" — wiederholt die Muse. —
„Gönnt mir ein Plätzchen stets an eurem Herd,
Noch keinen reut's, der Gastrecht mir gewährt:
Ich scheuche fort die Prosa, die Meduse,
Die selbst der Minne Rosen kehrt in Steine:
In Rosen Steine wandeln ist das Meine.
Ich bin gesandt aus fernen deutschen Gauen,
Zu segnen euch mit bestem Segensgruße:
So segn' ich euch vom Scheitel bis zum Fuße,
Und seht, zum Talisman, — ihr dürft ihm trauen —
Lös' ich den eignen Kranz mir aus dem Haare
Und häng' ihn auf am bräutlichen Altare!"

Segenspruch.

Wachse, heiliger Keim!　　　Elsenlieblicher Reiz
　Unter dem Schutz　　　　Werde dein hold
Segnender Göttinnen　　　Leuchtendes, mütterlich
　Wachse zum Licht!　　　Wiegengeschenk.

Aber sehnender Drang,
Immer empor
Trachtender, werde dein
Väterlich Erbteil.

Einem neugebornen Mädchen.

Du Kind, aus Glück und Schmerz geboren,
    Das ich mit erstem Lied begrüße:
Zu Frauenlos bist du erkoren
    Mit seinem Weh und seiner Süße.
Die Anmut sei dir Wiegengabe,
    Die Poesie dein Angebinde:
Schon tummle sich der deutsche Knabe,
    Der einst in dir sein alles finde.
Und in dem Kreis von vielen Jahren
    Sollst, in des Lebens Vollgetriebe,
Die alte Weisheit du erfahren:
    „Das Höchste giebt dem Weib die Liebe."

————

Seebruck.
(Epistel an Theodor Töche.)
(1861.)

Wo mit Rauschen die Alz aus des wassergewaltigen Chiemsees
Breitem Schose sich löst und, wie jugendlich, eilt auf die Wandrung,
Liegt ein friedliches Dorf, das dem Wiesengelände sich anschmiegt:
Seebruck wird es genannt: und sein Reiz hat das Herz mir befangen.
Denn von dem Söller herab, wo zu Häupten mir nistet die Schwalbe,
Beut sich ein Blick, der den Geist mir zugleich erhebt und befriedet,
Und des Erhabenen Ernst mit dem Lächeln des Lieblichen mildert. —
Rechts dehnt weit sich der See und gemahnt der unendlichen Meerflut:
Endlos wogt er dahin: an dem Ufer kaum landet das Auge.
Und wann Wettergewölk auf der düstern Fläche heranrückt,
Wann, dumpf rollenden Schlags, an die Brücke donnert die Brandung,
Und, aufheulend in Wut, weiß schäumige Wogen ans Land wirft,
Graut mit Schauern der Brust vor der mitleidlosen Naturkraft
Und vor dem ehrnen Gesetz, das da nimmer des Einzelnen achtet. ——

Aber auch milder erscheint das Erhab'ne: denn wie ein Gürtel,
 Eng in einander gefügt, zieht lang sich die Kette der Alpen,
Ferne vom Untersberg — wo der Kaiser schläft, ach wie lang' noch? —
 Bis zu dem Wendelstein und des Allgäus rundlichen Hügeln:
Zackige Schroffen von Fels und gegiebelte Dächer und Nadeln
 Wechseln indichtem Gemisch mit bezinnten Terrassen und Kämmen,
Grünende Trift mit nacktem Gestein und mit dunkelndem Tannicht: —
 Wer sie geschaut in dem Schweigen der Nacht und im Dämmer der
                              Frühe,
 Mächtig erhebt ihm das Herz die gewaltig ruhende Größe. —
 Doch zur Linken enteilt, in gewundenem Laufe, der Alzfluß:
 Auen und Inseln umarmt er im Spiel, voll nickenden Buschwerks:
 Dicht an den Ufern entlang wogt Schilf und flüsterndes Röhricht,
 Möwen und Enten ein trauter Versteck: und ob walbigen Hügeln
 Zieht, stolz segelnden Flugs, mit gespreiteten Schwingen der Adler.
O wie lieblich, hinab mit der rascheren Strömung zu gleiten,
 Ohne Rudergeräusch, nur von gurgelnden Wellen getragen,
 Wasserrosen zu sahn und des Schilfs rotbräunliche Blüte,
 Träumend, am Gransen des Kahnes das Haupt, in die Wolken zu
                              schaun,
 Wie sie der Abendwind von den purpurglühenden Bergen
 Über den See herführt und in wechselnde Bildungen ändert,
 Während am Ufer der Hirt von der Halde die Schafe zurücktreibt,
 Vielfach mahnend, ins Dorf, wo die Glocke mit silberner Stimme
 Läutet zum Abendgebet, bis sie zitternd verhallt in den Lüften: — —
Freund, wer solches genoß, oh, dem löst in beschwichtetem Frieden
 Sorge sich, Gram und Verdruß, die da wuchern im Staube der Städte:
 Gift und Stachel verlieret der Schmerz und verklärt sich in Wehmut: —
 Kleinliches nicht besteht vor der mahnenden Größe der Berge,
 Und in der Brust — wie im See — abspiegeln sich ewige Sterne.

———

Aus Thüringen.
(Ein Traum.)

Wie du so lieblich bist, o du Deutschlands deutscheste Landschaft:
    Thüringen, Waldkleinod, in der Hülle des schattigen Laubschmucks!
Hügeldurchwölbt und von Vogelgesang und von Quellengeriesel
Gleich melodisch durchrauscht und besiedelt von freundlichen Menschen!
Langsam in Abendgold sinkt wolkenlos der August-Tag.
    Auf das friedliche Haus, das da Büsche verstecken und Gärten,
    Legt den segnenden Gruß mit dem letzten Strahle die Sonne,
    Eh' in die Buchen sie taucht der aus Fernduft winkenden Wartburg.
Wo aus dem Garten ins Feld — kaum scheidest du Garten und Feld
                                   hier! —
    Unter dem Weidengebüsch der geschwätzige, murmelnde Quellbach
    Silberrieslich enteilt, lauscht, dicht in dem Eck des Besitztums,
    Grünend von wildem Wein und von Geißblatt duftig umflochten,
    Falterumflattert, umsummt von den schwärmenden Bienen, die
                                   Laube. —
An dem geräumigen Tisch, mit der Platte von glänzendem Ahorn,
    Steht die Mutter: wie schlank und wie mädchenähnlich noch immer
    Immer noch woget ihr frei — denn so will es der Gatte — das
                                     Goldhaar.
Und sie lehrt mit Bedacht aus vergriffenem Büchlein des Lesens
Dornenumgitterte Kunst ein von nußbraun wogenden Locken
Lieblich umflutetes Kind, das des Vaters Farben und Art trägt.
„Lies! Was stockst du denn da? Wie? Kannst du nicht weiter, Ellida?"
    „Reinhart vom Strahl, du bester Mann —"
„Eben! Das ist nicht wahr! Und so will ich auch weiter nicht lesen.
Mutterlein „bester Mann." — o wie oft hast selbst du gesagt so —
Vater ist das, nicht Reinhart Strahl!" Da küßt sie mit Lächeln
Selig das Kind: „du hast Recht! Doch der Vater selber heißt Rein-
                                    hart: —
Frag' ihn nur selbst! — und er führt in dem Buch da noch mancherlei
                                   Namen,
Die du noch alle vernimmst: — doch zuvor heißt's: Warten und
                                   Lernen."

Charon und Odysseus.

Charon.

Mannigfaltiges Los hat der wechselnde Gott dir beschieden,
    Mannigfaltigen Pfad schwebte dein wandelnd Geschick:
Mehreres hast du als sonst wohl der Sterblichen einer erfahren,
    Waltend in Frieden und Krieg, irrend zu See und zu Land.
Selig hast du gelöst ihr den Gürtel, der Jugendgemahlin,
    Hast dich des Sohnes gefreut, den sie dir blühend gebar:
Hast hellleuchtenden Ruhm dir vor allen Achäern gewonnen
    Dort im Skamander Gefild unter Athenas Geleit:
Hast auch die Stunde geschaut, da das ragende Pergamon endlich
    Sank nach unsäglicher Müh' in der Argiver Gewalt:
Auch der Wunder noch viel auf der Heimfahrt hast du erfahren,
    Da dir Göttinnen selbst Kuß und Umarmung gewährt:
Künde mir nun genau, du Erforscher des Lebens, Odysseus,
    — Längst schon wüßt' ich es gern —: welcherlei Freude zuhöchst
Hebt der Sterblichen Brust, die der Erde Fluren bewohnen,
    Die ich äonenlang rudre hier über den Strom?

———

Odysseus.

Solches will ich genau dir, unsträflicher Charon, verkünden.
    Ja, mir hat sich die Welt reicher erschlossen als sonst
Sterblicher Menschen Geschlecht: was sie birgt an Leiden und Wonnen,
    Weiß dies mächtige Herz: wahrlich, ich sage dir, Greis:
Lieblich ist es und schön auf der nährenden Erde zu schreiten,
    Wo sich der Äther wölbt über das Land und die See,
Aber die seligste Lust — sie war nicht in den Freuden genannt, Greis,
    Welche du aufgezählt aus des Odysseus Geschick.
Wahr ist's, ich habe gelöst ihr den Gürtel, der Jugendgemahlin,
    Auch mich des Sohnes gefreut, den sie mir blühend gebar:
Auch hellleuchtenden Ruhm mir vor allen Achäern gewonnen
    Unter Athenas Geleit dort im Skamander Gefild,

Auch die Stunde geschaut, da das ragende Pergamon endlich
  Sank nach unendlicher Müh' in der Argiver Gewalt:
Auch der Wunder noch viel auf der Heimfahrt hab' ich erfahren,
  Da mir Kalypso selbst Kuß und Umarmung gewährt:
Aber von diesem nichts hat das Herz mir am höchsten gehoben:
  Was mich am tiefsten entzückt, das war ein wonniges Weh. —
Als auf Ogygias Strand ich, der Liebe der Göttin gesättigt
  Und nie wechselnder Lust, welche nur Göttern gemäß,
  Einst in das Weltmeer sah mit verlangender, sehnender Seele,
  Sah ich aus fernem Duft steigen ein graulich Gewölk,
Ja und ein Eiland war's, dem der grüßende Rauch war ent-
                                        stiegen —
  Duftig in Ätherblau türmte sich Neritons Haupt:
Wahrlich, Ithaka war's, — ich erkannte die heilige Heimat!
  Traurig und selig zugleich streckt' ich die Arme hinaus: —
Niemals hatt' ich geweint in den zwanzig Jahren der Drangsal:
  Aber die Rührung zerschmolz da mir in Thränen das Herz.
Damals hab' ich, o Greis, als mit Thränen ich grüßte die Heimat,
  Damals habe ich erkannt seligste menschliche Lust.

———

An Genua.

Heil dir, herrliches Genua!
An dem Busen Italiens,
Den ligurischer Meeresflut
Rhythmisch wechselnder Atem schwellt,
Liegst du, schimmerndes Prachtgeschmeid,
Unvergleichliche Perle!
Was bewunder' ich mehr? Der Vergangenheit Stolz,
Ob der Doria Ruhm, ob der Pesaro Glanz,
Und die säulengetragnen Paläste?
Ob den Himmel, das Land und der Linien Reiz
Und den segelbevölkerten Hafen?

Schon des träumenden Knaben Sinn
Hat dein südliches Bild entzückt,
Wie es, der dich, ach! nie geschaut,
Nie dem nebligen Nord entkam,
Unser Schiller so glühend schuf
In dem Dämon Fiesco.
Vom umbrandeten Turm, wo der Kühne versank,
Sah leuchtend den Mond an dem Kap Mont Vin
Ich, die Fluten versilbernd, empor geh'n:
O, da wünscht' ich und rief: „Hätt' Er dies doch geschaut,
Der Poet der germanischen Jugend!"
Ja, wer einmal von deinen Höh'n
Villa Pallavicini sah,
Rechtshin lachen das gold'ne Land,
Reben-, Lorbeer-, Oliven-reich,
Doch zur Linken das weite Meer,
Schön, in göttlicher Bläue:
Der hat Einen Moment sich dem Genius nah
Der Antike gefühlt und der Welt des Vergil
Und der seligen Heitre Homeros':
Und es weht um sein Haupt wie ein wonniger Gruß
Von auf ewig versunkenen Göttern.
Doch mehr als um des Adels Ruhm,
Um den Kampf mit San Marcos Leu,
Um tunesischen Flottensieg
Und Natur, paradiesesgleich,
Preis' ich um deiner Bürgerschaft
Freiheit atmenden Geist dich:
Der es nimmer vergaß, daß das Oberste sei
Für die Seele des Mann's doch des Volkes Gestalt,
Von der Ehre gekrönt und der Freiheit!
Nie erlösche solch' echt genuesischer Sinn
Und Italia lächelt der Feinde.

Lied der Ghibellinen.
(1860.)

Die Priester sind die Herrn der Zeit!
  Trüb ist dein Glanz verlaufen,
Du schöner Stern voll Herrlichkeit,
  Du Stern der Hohenstaufen.
Dem Kaiser Friedrich brach das Herz
  In friedelosem Ringen,
Den jungen Konrad traf das Erz
  Des schwarzen Kapetingen.
Und Enzio liegt in Ketten schwer,
  Und Manfred liegt erschlagen: —
Es lebt kein Hohenstaufe mehr,
  Die Fahn' uns vorzutragen.
Wir aber ruh'n und rasten nicht,
  Zu streiten und zu fechten:
Wir schließen keinen Frieden nicht
  Mit Pfaff' und Pfaffenknechten.
Wir tragen, ob zum Tode matt,
  Den Brand der heil'gen Fehde
Von Land zu Land, von Stadt zu Stadt,
  Mit Schwert und Schrift und Rede.
Wir kämpfen nicht mehr um den Sieg,
  Nur um die Treu' und Ehre,
Und, bis dein Stern aufs neue stieg,
  Dir, deutsches Volk, zur Wehre.
Es kommt der Tag — er ist nicht fern
  Da durch die Nacht der Pfaffen
Bricht hell des Geistes Morgenstern:
  Da splittern ihre Waffen:
Da zündet mehr kein Anathem,
  Nicht Wunder frommt, noch Zeichen,
Der Kaiser läßt ans Diadem
  Den Krummstab nimmer reichen!

Dann, stärker als der Staufer Kraft,
  Zerbricht die alte Kette,
Das freie Wort der Wissenschaft,
  Der freie Sinn der Städte.
Dann, wenn im Licht des Sieges klar
  Ihr Glücklicheren schreitet, —
Dann dankt der Ghibellinen Schar,
  Die euch den Weg bereitet.

Städtesprüche.
(In die Fenster des germanischen Museums zu Nürnberg.)

I. Regensburg.

Als Zwingburg seiner Macht die Stadt der Römer schuf —;
Jedoch der Freiheit Burg zu sein ward ihr Beruf.

II. Aachen.

Der große Karl, der neu erschuf der Römer Reich,
Schuf neu in deutschen Gau'n auch Römer-Glanz zugleich.

III. Merseburg.

Heil, König Heinrich dir, der Ungarn und Normannen
Von mancher Städteburg Erzthoren trieb von dannen.

IV. Mainz.

Der Hohenstaufe spricht: „im Kampf mit Rom und Welfen
Soll, deutsch und stark und frei, die treue Stadt mir helfen."

V. Reutlingen.

Die uns der König gab, der Freiheit edle Zier,
Mit unserm Blut, bis in den Tod, verteib'gen wir.

VI. Lübeck.

Ihr Schwestern reicht die Hand vom Weichselstrom zum Rhein:
Der Städte Reigentanz soll undurchbrechlich sein.

VII. Köln.

Hoch steig' aus Erdenstaub zum Himmel auf der Dom
Und spiegle frommen Sinn und stolze Kunst im Strom.

VIII. Hamburg.

Das Segel schwillt: Hurra! Ihr Schiffe, fort ins Meer:
Tragt deutsche Kraft hinaus und fremde Schätze her.

IX. Augsburg.

Auf allen Straßen holt — euch schirmt des Reiches Hut —
Des Nordens Pelzwerk hier, dort Welschlands Rebenblut.

X. Danzig.

Aus reichen Farben spricht, aus Marmor, Erz und Holz,
Noch heut' der Meister Kunst, noch heut' der Städte Stolz.

XI. Ulm.

Tiefsinn und Feinsinn ziert, Kunst adelt das Gewerke:
Die Schönheit ist sein Schmuck, die Einfalt seine Stärke.

XII. Wittenberg.

„Germaniä præceptor!" sei uns hie willkommen:
Nichts mag der Freiheit mehr als Zucht und Wissen frommen!

———

XIII. Nürnberg.

Nur treustem Fleiß gelingt die Kunst: — und auch der Schuh —:
Ein wack'rer Schuster drum und auch Poet warst du.

Das röm'sche Reich versank — das deutsche Reich erstand:
Du, Nürnberg, schmückst dich selbst, das Reich, das Bayerland.

———

XIV. Straßburg.

Des Bürgers saurem Fleiß bringt Lust der Kranz der Feste:
Daß ihm den Kaiser bringt, das Fest bringt ihm das Beste.

———

Prolog zur Neueröffnung des Stadttheaters zu Königsberg.
(Vor Goethes Egmont.)
(1876.)

Die Muse spricht:
Mich rief hierher hoch aus Olympos' Hallen
Ein froh und ernst Gerücht verheißungsvoll:
Hier, wo die letzten deutschen Worte schallen,
Ein Neubau deutscher Kunst erwachsen soll:
Hochfreudig meinen Segen spend' ich allen,
Die daran bau'n. — Doch — hört' es ohne Groll! —
An euch allein ist das Gedeih'n gelegen:
Denn edle Kunst kann edler Sinn nur pflegen.
An euch, ihr Künstler! — Denn die Kunst ist schwer:
Den Lorbeer mag nur treu'ster Fleiß verdienen:
Von eitlen Beifall's lüsternem Begehr
Kehrt sich die Muse mit empörten Mienen:

Der Schönheit Göttin, jungfräulich und hehr,
  Unreinem Blick ist nie sie noch erschienen:
Das Edelweiß der Kunst verlangt die Höh'n
Und: was nicht wahr und rein, — das ist nicht schön.
Und streng und ernst mahn' ich auch euch, ihr Hörer,
  Denn mit den Künstlern traget ihr die Kunst:
Der Mime braucht den süßen Herzbethörer,
  Er braucht den Beifall und die laute Gunst:
Ihr seid der Kunst mitschuldige Zerstörer,
  Sucht ihr statt Sternenschimmers trüben Dunst. —
Doch still: Beethoven hör' ich, Goethe tönen: —
  Dies Haus, ich weih' es heil'gem Dienst des Schönen.

Zur Todesfeier Anastasius Grüns.
(1876.)

Und wieder ist emporgestiegen,
    Hoch den Unsterblichen gesellt,
    Zugleich ein Sänger und ein Held,
  Ein Paladin, gewohnt zu siegen,
    Der, als noch andre mutlos schwiegen,
    Sich in des Geistes heil'gen Kriegen
    Kühn in den Vorderkampf gestellt.
  Heil, Östreich dir, das ihn besessen!
    Den „ersten Ritter", freiheitskühn:
    Auch bei der Sonne Sieges-Glühn, —
    Der Morgenstern bleibt unvergessen:
  Aus „Schutt" und Trümmern unermessen,
    Hoch über trauernde Cypressen,
    Wuchs seines Lorbeers Immergrün.

Oſtpreußiſches Sängerfeſt.
(Königsberg 1976.)

Hier an Deutſchlands letzten Marken, nahe wilder Völler Drang,
   Laßt uns pflegen treu den ſtarken, heiligen, den deutſchen Sang:
Lieblich bald und ſilbertönig, wie das Lied der Nachtigall,
   Brauſend bald und orgeldröhnig, wie der Brandung Donnerhall:
Weit hinaus aus unſrer Mitte künd' er ſtolz und heroldgleich:
   „Hier lebt deutſche Kunſt und Sitte, deutſches Volk und deutſches
                  Reich."

Sängergruß.
(Oſtpreußiſches Sängerfeſt, Tilſit 1873.)

Hebt die Stimmen empor
Und die Herzen im Chor:
Heil, geflügelter Klang,
Heil, du deutſcher Geſang!

Feſtſpruch zur Feier von Vater Jahns hundertjährigem Geburts-
tag.
(10. Auguſt 1878.)

In fremder Feſſeln ſchwerer Haft
Lag unſres Volkes Ruhm und Kraft:
Verſiegt faſt ſchien ſein Lebensſaft:
Da hat ſich's endlich aufgerafft
Und glorreich, zornig, heldenhaft
Den Zwingherrn aus dem Land geſchafft: —
Doch blieb's zerklüftet und zerklafft.

Der Fürsten und der Völker Streit
  Vergiftete die dumpfe Zeit:
  Verpönt war Mannes Mutigkeit,
  In Gunst stand Herzensmattigkeit
  Und schmeichelnde Verlogenheit
  Und höfische Geschmeidigkeit:
  Und Freiheit — ach! war sternenweit.
Da war ein Mann im deutschen Land,
  Von Sinne schlicht und von Gewand,
  Doch stark an Mut und Herz und Hand:
  Der hat die Not der Zeit erkannt
  Und was dem Volk die Schwingen band:
  Er sprach: „nicht Geist nur und Verstand, —
  Auch Fleisch und Blut hat Gott gesandt.
Erprobt den Blick, den Arm, den Mut!
  Heil dem, der frisch das Kühne thut,
  Das ew'ge Sitzen thut nicht gut!
  Den Toten gleicht, wer immer ruht:
  Nur Kraft durchschwimmt der Brandung Flut,
  Kraft in das Mark und Glut ins Blut:
  Und pfui der Ofenhocker Brut!"
Und kühn durch Mißtrau'n, Haß und Wahn
  Brach er der neuen Weisheit Bahn,
  Ein flügelstarker Edelschwan:
  Er hat's uns allen vorgethan:
  Das deutsche Reich — er ahnt' es nah'n:
  Und dieses Reich — das war sein Plan —
  Baut nur die Kraft! — Heil, Vater Jahn!

———

Den Alamannen und Schwaben.

Abschied vom Bodensee.
(1877.)

Mit deinen dunkelgrünen Tannen an deiner stolzen Berge Fuß,
  Du schönes Land der Alamannen: nimm meinen Dank und Scheide-
                                                gruß!
Seit hier, in vorzeitgrauen Tagen, besiegt, der Römeradler sank,
  Der Kaiserwall, vom Beil zerschlagen, der Schlachtkohorten Herzblut
                                                trank,
Seitdem, bald in der Speere Toben, bald in der Kunst, des Wissens
                                                Glanz,
  Welch' reiche Blüten habt gewoben ihr Schwaben in den deutschen
                                                Kranz! —
Von hier aus stieg den Staufer-Kaisern ihr Stern bis nach Jerusalem,
  Die dicht bekränzt mit Lorbeerreisern sich Harfe, Schwert und Diadem.
Von hier schritt Er, dem sich im Sange Ein Ebenbürt'ger nur gesellt,
  Mit des Kothurnschritts Siegesgange von hier schritt Schiller durch
                                                die Welt.
Der Schwaben Geist mit mut'gem Segel, er sucht der Forschung letzten
                                                Rand:
  Welch kühne Weisheit trugen Hegel, Strauß, Schelling durch das
                                                deutsche Land!
Und sieh', aus diesen Rebgeländen, so frieblich hold, entstammte sie,
  Die standhaft starb, das Schwert in Händen, die Heldenschar von
                                                Champigny.
Gedeihe fort, du Land der Schwaben, mit Wald und Seeflut, Korn
                                                und Wein,
  Mit deinen trotzgemuten Knaben und blondgezöpften Mägbelein!
Und droht aufs neu' der Feind dem Reiche, dann schlägt, im Vorstreit
                                                ruhmbewährt,
  Dann schlägt die alten Schwabenstreiche — wert Meister Uhlands
                                                — euer Schwert!

———

An Königin Luise.

Im Nachtfrost sterben muß manch' edle Blüte,
 Die, wenn sie nur erlebte noch den Tag,
Aufs neue warm die Lebenskraft durchsprühte: —
 O, daß Luise allzufrüh erlag,
Als noch kein Morgenrot der Hoffnung glühte:
 Daß nicht das Haupt mehr, nur den Sarkophag,
Umwinden konnten in zu spätem Lenze
Von Leipzig und von Waterloo die Kränze.
 Doch auch wohlthätig ihr der Tod ersparte,
Die Schmerzen manchen dumpfen Jahr's zu schau'n:
 Denn uns're Zeit erst völlig offenbarte,
Was uns geschenkt die herrlichste der Fraun:
 Sie gab den Sohn, der glorreich um sich scharte
Die Stämme Deutschlands, neu das Reich zu bau'n:
 Und dieses Reiches stolze Kaiserkrone,
 Der Gott des Sieg's gab sie Luisens Sohne.

Prolog zur Luisenfeier[1].
(Den 30. März 1877.)

O Geist Luisens, wie bist du uns fern!
Du strenger Geist der stillen Selbstvertiefung,
 Der Selbstverleugnung und der leisen Zartheit,
Du Geist des edeln Aufschwungs zu den Höh'n,
Du Geist des Muts bei kindlicher Bescheidung!
Wie arm, wie trüb', wie trostleer war die Zeit,
In der das Herz dir und das Auge brach;
Und doch: — welch' hohe Schwungkraft des Gedankens
Welch' unerschöpfte Tiefe des Gemüts!

---

[1] Einweihung einer Stiftung zur Fortbildung begabter, dürftiger Kinder.

Wie ist die Welt, wie ist dein Volk verwandelt,
  Seit jenem Ringen der Verzweiflung aus
  Der tiefsten Schmach der Fremdherrschaft, was hat
  Nicht unser Blick, mit jener Not verglichen,
  Allüberstrahlend Herrliches geschaut:
  Den deutschen Staat erbaut: — im Gottesurteil
  Der Schlacht gestürzt des Imperators Reich: —
  Zurückerkämpft — ein Traum der deutschen Jugend
  Seit alter Zeit! — die Westmark unsres Volks: —
  Auf Frankreichs Feldern alle deutschen Stämme
  Zu nie erhörtem Siegeslauf vereint: —
  Und, als der Einheit leuchtendes Symbol,
  Die schimmervoll gewölbte Kaiserkrone. —
Wir durften das erleben: und die Männer,
  Die es mit Geist und Schwert erkämpft, sie waren
  Der großen Dinge wert:
  Denn hoher Kraft nur wird solch' hoher Sieg.
Doch, blieben wir auch, blieb dies ganze Volk
  Der harterkämpften Kränze wert? Blieb uns
  Der Sinn, der Geist aus jenen Tagen, der
  Allein erhalten kann, was er errang?
Ein widrig Spiegel-Bild zeigt unsre Zeit!
  Die wüste Gier jagt blindlings nach Genuß,
  In lautem Lärm den Silberklang der Sehnsucht,
  Der nach den Sternen trachtet, übertäubend:
  Rings kreischt der Zwietracht häßlich Zankgeschrei:
  Und dies Geschlecht kennt die Vertiefung nicht
  Und nicht den Segen stiller Harmonie.
O Geist Luisens — wie bist du uns fern!
  Wohl ziemt uns heut' und hier solch' strenge Mahnung:
  Der Jugend gilt dies Fest und diese Stunde,
  Der Zukunft heil'ge Saat bestellen wir:
  O möge diese deutsche Jugend doch,
  Für die Luise wir zur Schirm-Frau koren,
  O möge sie verschont von unsrer Tage

Unschöner Krankheit, möge sie erblühen
In Reinheit und in still-vertiefter Kraft,
Abhold dem eiteln Glanz, der falschen Lust,
Bescheiden, pflichtstreng, wortkarg, thatenreich)!
O Geist Luisens — segne unsre Jugend!

Prolog eines Festspiels.
(Zu Gunsten der Weichsel- und Nogat-Überschwemmten.)

Wie furchtbar, wann des Menschen Siedelung
  Dem sichern Dach, der treu bestellten Saat,
  Unhemmbar, mit des Südsturms Flügelschwung,
  Im Grau'n der Nacht die Eisflut grimmig naht!
Da flüchtet aus dem schaumumsprißten Hause
  Entsetzt der Vater, bergend Weib und Kind,
  Und ob der Wogen dräuendem Gebrause
  Verweht mit Hohn den Hilfeschrei der Wind.
Nicht ganz verweht er ihn —: langt aus den Sternen
  Auch nicht herab des Wunders Retter-Hand —,
  An Menschenherzen bringt durch weite Fernen
  Der Weheruf durch alles deutsche Land.
Und sieh': die Spenden strömen rings zusammen,
  Aus allen Gauen unsres Reichs gehäuft:
  Von wo in Abendglut die Gletscher flammen
  Und wo das Rhein-Gold aus der Rebe träuft! —
So helft auch ihr! — Erfreut euch unsres Spieles,
  Aus heit'rer Hand der Kunst schöpft heit'ren Mut,
  Und freut euch mehr des Wohlthat-reichen Zieles:
  Denn: „Edel sei der Mensch, hilfreich und gut!"

Straßburg.

(In das „Rheinalbum" zu dem Titelbilde „Straßburg".)

(1877.)

Es steht am reichen Rheine
    Manch altersgrauer Turm,
Verglüht vom Sonnenscheine,
    Erprobt im Wettersturm.
Doch hat in all' den Jahren,
    Seit um sie rauscht der Strom,
An Weltgeschick erfahren
    Das meiste — Straßburgs Dom.
Im Wechsel der Geschlechter,
    An Ruhm und Trauer reich,
Hoch ragt er, grauem Wächter
    Der Heldensage gleich.
Voll ward dir sonder Maßen
    Des Krieges Stolz und Ehr': —
O Stromburg an der Straßen,
    Sei nun des Friedens Wehr.

Zum Abschied eines (nichtschlanken) Generals.

General * *, der tapfre Ritter,
    Half dem Kaiser wieder bringen
    Elsaß-Lothringen mit Metz:
Er half zieh'n um die Franzosen,
Die sich heut' noch drum erbosen,
    An der Mosel dicht das Netz.
Als es galt Kapitulieren,
    Ritt er zum Parlamentieren
    Wohl auf einem Schimmel licht:

Auf ihn schossen die Verräter:
Doch sie trafen den Trompeter, —
Und den schlanken * * nicht.
Darauf ward ihm hier am Pregel,
Wo der Ostwind ist ein Flegel,
Hochgesteckt ein neues Ziel:
In der Flocken Schneegetriebe
Fand er hier viel heiße Liebe: —
Doch das Klima ihm mißfiel.
In die Westmark wieder gehen,
Wo ihm weich're Lüfte wehen,
Heißt ihn seines Sternes Glanz:
Wach zu steh'n in den Vogesen,
Wo er damals schon gewesen,
Dort zu Straßburg auf der Schanz.
Dort, wo Rhein und Mosel blinken,
Soll er viel Champagner trinken,
Den es dort vortrefflich giebt,
Stets noch höhern Ruhm gewinnen,
Doch sich manchmal auch besinnen,
Daß wir hier ihn sehr geliebt.

Alma mater!

Zum vierhundertjährigen Jubiläum der Hochschule München.
(1. August 1872.)

Alma mater litterarum, decus bajuvaricum:
Fidelissima scholarum nutrix atque artium!
Alma Mater, sei gepriesen, Stolz und Zier des Bayerlands
Die du Tausenden gewiesen freier Forschung Sonnenglanz.
Tot honores, quot doctores! Miror te ut Iridem
Oscillantem per colores: medicorum viridem,

Wieviel Ruhm haſt du erzogen! Wechſelt auch dein Farbenſpiel
   Gleich der Iris Schimmerbogen: — ſtets iſt Licht dein Kern und
                                Ziel.
Sanctum illum tenebrosum, dubium ianthinum,
   Jure sanguinis pomposum et Platonis cyanum. —
Bunt, wie ſich dein Schiller flechte, Scharlach, Dunkel, Blau und Grün:
Stets das Wahre, Schöne, Rechte auf dem Vier-Pfad ſuchſt du
                               kühn! —
Quales vices, quanta fata notavisti patriae,
   In fluentis conspicata Istri atque Isarae.
Welchen Wandel der Geſchicke haſt verzeichnet Blatt um Blatt
   Du mit Klios' ernſtem Blicke: — München — Landshut — Ingolſtadt!
Suecos irritos misisti profugos a moenibus:
   Gallos socios vidisti eheu, aequo longius!
Sahſt die Flut der Schweden rollen ab vom feſten Wall gedrängt, —
   Sahſt die Söhne lang mit Großen in Franzoſenbund gezwängt.
Sed strinxisti ut Minerva frendens nuper gladium:
   Prodit nobilis caterva militum scholarium:
Aber jüngſt, ſchön gleich Minerven, ſprangſt du auf im Stahlgeſchmeid,
   Deine Jünglinge zu werfen jauchzend in den Völkerſtreit.
Et clarissimum thesaurum refert mox in patriam:
   Nam devovit matri laurum, laurum parisiacam!
Und aus dunklem Sturm der Schlachten holten ſie ein köſtlich Vließ:
   Die die Schweſter, Straßburg, brachten und den Lorbeer von
                             Paris! —
Alma mater litterarum, Aram colas Genii,
   Umbris tuta sub alarum Aquilae Imperii!
Fröhlich magſt du Feſte feiern, ſicher kränzen den Altar,
   Die der Löwe ſchirmt von Bayern und des Deutſchen Reiches Aar.

———————

De prima Aureliani expugnatione.

Carmen Tyrtaeicum in gloriam Bajuvariorum.

Famosissimo capitano atque poetae Henrico de Reder, ordinum propter virtutem
praestitorum maxime insignium fortissimo equiti.
d. d. d.

Parva turba obsidet
  Ligerim lotanum:
Non te tua proteget
— Bajuvarus imminet! —
  Virgo Aurelianum! —

Sed jam vires colligit,
  Prisca falconetta
Ex castellis protrahit,
Coelum, terras concutit
  Turbidus Gambetta.

Undique arripitur
  Gallia proterva:
Gelu, telis plectitur,
Plectitur nec flectitur
  Nobilis caterva.

Sed jam in tentoriis
  Nostri brummulabant:
Res dilectas Noricis
Vocibus Stentoriis
  Perdesiderabant.

»Quantis haec protenditur
  Gallia kilometris!
Quantis jam adimitur
Reditus et clauditur
  Hicselis et Petris!

Potus non bibendi sunt!
Globuli cum pillis
Semper sustinendi sunt:
Semper exmittendi sunt
  Galli noctu villis!

Casulas in alpibus
  Quando revisemus?
Vale tu cum rupibus,
Rupicaprae saltibus,
  Vale, mons ac nemus!«

Tunc poeta strenuus
  Dixit ille Reder:
»Nocet moeror viribus!
Daß hier was geschehen muß,
  Das begreift ein jeder!«

Surgit, carmen excitat
  Castra per intenta:
»Qui sub Tanno militat,
Longe pergit, visitat
  Mira et portenta.

Turcos, Zuavos vidimus,
  Weissenburg et Tullum,
Mac-Mahonem fudimus,
Napoleonem cepimus,
  Qui creavit Lullum. — —

Vincit haec miracula
  Quod nunc est mirari:
Sine cerevisia
— Sexta est hebdomada —
  Vivunt Bajuvari!«

Solvitur tristitia,
  Premit manus manum,
Curritur in moenia,
Capitur victoria
  Atque Aurelianum.

Ave mater Albertina!

(Bei Übernahme des Prorektorats der Hochschule Königsberg 1877.)

Ave mater Albertina,
Ut aurora matutina
  Quamvis vetus, — florida:
His sub nivibus nitescens,
Non senescens, adolescens,
  Vireas per secula!

Armis fessa, causae piae
Custos quondam, arx Mariae
  Quem demisit clypeum, —
Ordinis per hasce sedes
Fratres, vindices, heredes
  Nos levamus iterum.

Sicut sol ex oriente
Surgens fulgure splendente
  Luminat occiduos —,
Hinc processit ita lumen,
Hinc Immanuelis numen,
  Perdocens doctissimos,

Ab imperio longinqua
Marca Sarmatis propinqua
  Expugnata gladiis
Equitum Teutonicorum, —
Defendatur nunc doctorum
  Atque artis radiis.

Decent mores acriores
Excubantes exteriores,
  Dedecet desidia:
Ave mater Albertina
Sicut stella matutina
  Alias praeradia.

Der Eberhardina-Carolina.

(Zum vierhundertjährigen Jubiläum der Hochschule Tübingen August 1877.)

Heute hell aus allen Gauen
    Ruft es, wo dir Schwestern sind:
„Heil, wie schön bist du zu schauen,
    Schwabenmädchen, Waldeskind!
Schlachtenjungfrau'n sind wir alle,
    Odhins Töchter, augenklar:
Bei der finstern Riesen Falle
    Jauchzt die waffenfrohe Schar:
Aber, von der Ostsee Wallen
    Bis zum Wasgenwalde grün,
Mehr als du war von uns allen
    Keine siegreich, keine kühn.
Die du stets, gleich scharfen Speeren,
    Weithin Lichtesstrahlen warfst: —
Wie in deinen Heldenehren
    Heut' du hoch dich freuen darfst!
Nimm den Helm nun aus den Locken,
    Zeige frei der Stirne Glanz,
Rote Rosen, blaue Glocken,
    Flicht in deinen Eichenkranz.
Dich beseelt mit hohen Gaben
    — Lied und Sage rühmen's nach —
Jener kühne Geist der Schwaben,
    Der den Römerpfahl zerbrach!
Der, vom Staufen sich erschwingend,
    Romas Lorbeer sich errang,
Und aus Schillers Harfe klingend
    Sieghaft durch Europa drang:
Der in eurer Forscher Lehren
    Welt erschloß und Himmelreich:
Heldenstreich zu höchst zu ehren,
    Nennen wir ihn: „Schwabenstreich".

Und nicht staunen wir verwundert,
  Wächst noch deines Geist's Gewalt:
Nicht nur vierzig Jahr: — vierhundert,
  Schwabenhelbin, ward's du alt! —
Diese deine Schwabenstreiche,
  Kühn und klug und scharf und klar,
Schlag' im Vorkampf sie dem Reiche,
  Schlag' sie noch viel hundert Jahr!"

Eberhardinae Carolinae.

Ave clara lux Suaborum!

»Ave clara lux Suaborum!«
Chorus jubilat sororum
  Gratulator hodie:
Frontem manu seculorum
Non rugatam cinge florum
  Jam corona splendide.
Carptos in extrema marca,
Quam, electri dives arca,
  Aqua claudit baltica,
Flores tibi triumphales,
Flores spargit boreales
  Soror en! thulitica.
Palmam nescientem mori
Genio tuo scrutatori
  Mittit Kant philosopho:
Vobis algido de Pregel
Schelling annuit et Hegel
  Atque tibi, Struthio!
Contra noctem et errores
Priscos tu secundum mores,
  Suabia, duc cuneum:

Heribanno Germanorum
Propugnare nam Suaborum
Clarum privilegium!

———

Zum 9. Oktober 1877.

(Enthüllung des Denkmals Friedrichs des Großen zu Marienburg in Westpreußen
durch den Kronprinzen.)

Höher schwebt mit leisem Schauern
 Hier der Seele Flügelschwung:
Denn es webt um diese Mauern
 Großer Zeit Erinnerung.
Nogatburg, du Werk der Starken,
 Ringplatz deutschen Rittertums,
Fester Stein im Bau der Marken,
 Stolzes Blatt im Kranz des Ruhms!
„Preußenland“: — barbarisch klang es,
 Bis der Deutschen Schwert und Pflug
In die Höh'n des Heldensanges
 Jenen dunklen Namen trug.
„Preußenland!“ Wenn lauten Schalles
 Stolzer Siegesruhm dich ehrt: — —
Was hier groß ist —: deutsch ist alles, —
 Deutsch der Geist und deutsch das Schwert.
Aus dem Sumpfwald, aus der Wildnis
 Deutsche Größe herrlich schritt,
Wo des großen Königs Bildnis
 Heute schimmernd vor uns tritt.
Und so streng sein Auge dräute, —
 Leuchten würd' es warm und weich,
Säh' er dich, den Enkel, heute,
 Kaiser-Erbe, lorbeerreich.

Was dies Preußen hat geschaffen,
  Was dies deutsche Reich gebaut, —
  Kühner Geist und scharfe Waffen,
  Friedensfroh, doch sturmvertraut, —
Pflicht und Mut, getreu zum Sterben,
  Kraft, die nie sich selber preist —:
Gott der Völker, laß uns erben
  Solchen Deutschherrn-Rittergeist!

Salve, victor laureate!

Heredi coronae imperii germanici et regni Prussiae.

Salve, victor laureate,
Rubra barba tu barbate,
  Ave his in terminis:
Qui junxisti Germanorum
Natos omnium pagorum
  Splendidis victoriis.
Contra impetum Gallorum
Vocas turmas defensorum
  Rheni supra flumina —:
Linquunt truces Bajuvari
Potu et virtute clari
  Alpium cacumina.
Et profundi linquunt, guavi
Rerum omnium, Suavi
  Lacum en! bodanicum:
Immo Saxones civiles
— Immutatur bello miles! —
  Saevum agunt proelium.
Multum qui dissentiebant,
In invidia vivebant,
  Lingua ipsa varia, — .

Quantum sese diligebant
Atque te intelligebant,
    Quum vocas: ▸Victoria!◂
Castra clara montalbana,
Woerthi silva cum Sedana
    Mirae rei testes stant:
Tot Germani — se amantes
De hoc uno concertantes,
    Tibi uti placeant.
Conciliasti dissidentes
Prisca simultate gentes
    Pari tecum gloria.
Salve, victor laureate,
Rubra barba tu barbate,
    Ave hac in patria.

Carmen in honorem conventus XXXIII philologorum et magistrorum Germaniae.

(1878.)

Salve, nobilis conventus,
    Salve hac in patria:
Tot sapientium concentus,
    Quanta spargit lumina!

Laeti celebrate digne
    Hanc diei gloriam,
Accipientes perbenigne
    Scholae nunc historiam.

Auctor noster quis et qualis
    Primus erat sciscitor:
Adam puto: Orientalis
    Disciplinae conditor.

Conspicata quem sodalem
    Vix procerum femina, —
Eva protinus Dualem
    Jam invenit garrula.

Prima quaenam — est quae-
                    rendum! —
    Concio philologica?
Necessario dicendum:
    Turris babylonica!

Nam rixabant et stridebant,
    Impugnantes omnia:
Sese non intelligebant,
    Undique vocabula!

Sibi quisque vindicabat
  Soli rectam scientiam
Et grammaticam vibrabat
  Diram velut lanceam:

Tandem omnes discessere:
  Ex quo usque hodie,
Ubi unquam convenere, —
  Agunt babylonice.

Sed ex copia colorum
  Iridis amoenitas,
Ex certamine doctorum
  Victrix surgit veritas.

Ut dissensus populorum
  Linguas cunctas protulit, —
Pugna sic philologorum
  Cognitionem provehit.

Salve igitur, conventus!
  Vobis hic certare fas;
Ex discordia concentus,
  Ex errore veritas.

Idem carmen, propter ignorantiam barbarorum in linguam vernaculam translatum.

Tiefgelahrte, seid willkommen,
  Hoher Meister dichter Kranz:
Von euch strahlet, hell entglommen,
  Weisheit, wie von Sternen Glanz.
Höret nun im Weihgedichte
  Eurer Festzusammenkunft,
Höret Ursprung und Geschichte
  Edler Sprachenfreunde-Zunft.
Wer war aller Philologen
  Erster? Heide? Jude? Christ?
Wenn nicht heil'ge Bücher trogen:
  Adam, ein Orientalist.
Als ihm Eva bald „Mein Schätzchen!
  Essen wir vom Baume!" rief —
Da erfand dies Schmeichelkätzchen
  Dual schon und Vokativ!

Wo zuerst thät sich versammeln
  Aller Philologen Schar?
 Ach, ich wag' es kaum zu stammeln,
  Daß beim Babelturm es war!
Alle Zweifel müssen schwinden,
  Prüfen wir den Urbericht:
 Streiten, zanken, Wurzeln finden
  Mit gerötetem Gesicht:
Jeder mühet Mund und Lunge,
  Blick und Wort und Finger spricht,
 Jeder lehrt in seiner Zunge
  Und versteht den andern nicht:
Endlich auseinander geh'n sie:
  Aber bis zum heut'gen Tag
 Mangelhaft nur sich verstehn sie: —
  Wie man bald erproben mag.
Aber, wie dem Regenbogen
  Farbenwettkampf Schöne leiht,
 So, ihr tapfern Philologen,
  Wahrheit wächst aus eurem Streit.
Wie dereinst der Völker Teilung
  Aller Sprachen Fülle schuf,
 Also ist des Irrsals Heilung
  Eurer Fehden Hochberuf.
Drum willkommen, weise Meister!
  Redet, ringt und rastet nicht,
 Bis dem Schwerterschlag der Geister
  Hell entsprüht der Wahrheit Licht.

Prolog

zur Festvorstellung am Geburtstag des Kaisers und Königs (22. März 1878) zu Königsberg.

(Armin, Operndichtung von Felix Dahn. Musik von Heinrich Hofmann.)

Germania lag vom Römernetz umstrickt:
    Die Alpen und die Donau und der Rhein,
    Sie hielten nicht mehr die Legionen ab:
    Und von der See her, auf der Elbe schwamm
    Die Tyrannei ins Land, von Stolz geschwellt
    Die Purpursegel dräuender Trieren. —
Das Recht, die Sprache, wie die alte Freiheit
    Der Ahnen lag am Block: — schon hob das Beil
    Der Liktor, auf den Machtwink des Augustus,
    — Wie ungezählter andrer Völker Leben, —
    Für immer uns zu tilgen aus der Welt. —
Da — in der letzten Stunde — brach ein Held
    Mit ungeheurer That das eh'rne Joch,
    Furchtbar der Notwehr furchtbar Recht gebrauchend,
    Arglistig-kühn, wie Wodan ist: — den Vorwurf
    Des Treubruchs schleudernd auf Rom selbst zurück,
    Rom übermeisternd mit der eignen Kunst. —
„Germanias Erretter zweifellos,
    Den spät das Lied noch feiert seines Volks":
    So rühmt sein Feind von ihm, der große Römer. —
    Zweitausend Jahre rauschten fast vorbei
    Seit jener That im Teutoburger Wald:
    Tief, nach dem Glanz der Stauferkrone, war
    Zu Nacht gesunken wieder unser Volk: — —
    Der Fürsten und der Stämme böser Zwist
    Zerriß es, wie zu Zeiten des Armin:
    Und von der Sequana herüber warf
    Bald Zwietracht Samen, bald des Hochmuts Drohwort
    Der neue Imperator uns ins Land. —

Da, sonder Arglist, nicht in Walpnachts-Mordschlacht,
    Am hellen Tag, beim Schall der Kriegsbrommeten,
    Hat um sich her zum Heeresbann geschart
    Die Sachsen, Friesen und die Thüringe,
    Die Bayern, Franken und die Alamannen
    Der greise Held, Luisens Sohn und Rächer,
    Aufs Haupt geschlagen fürchterlich den Feind
    Mit blitzgeschwind erneuten Siegesschlägen,
    Als läg' ihm Donars Hammer in der Faust,
    Der niemals fehlt und stets zur Hand zurückfliegt:
    Und auf den Scheitel drückte schimmervoll
    Der Gott des Sieges ihm den Kaiserreif.
„Germaniens Erretter zweifellos,
    Den stets das Lied wird feiern seines Volks."
Heil diesem Tag, der seinem Volk ihn schenkte,
    Heil ihm, der ganz sich hingab seinem Volk,
    Ja, der dies Volk sich selbst erst wieder gab!

Zum 50jährigen Doktorjubiläum
Leonharts von Spengel in München.
(1877.)

Auch ich bin zu deinen Füßen gesessen!
Und hab' ich seither viel vergessen
Vom Kolleg: „das griechische Altertum",
So schmälert das nicht des Lehrers Ruhm,
Nur des schlechten Schülers Würdigkeit.
Froh dankbar denk' ich jener Zeit:
Und heut', an deinem Ehrentag,
Da sie daheim im lieben Bayern
Dich um die Wette rühmend feiern,
Mit schlichtem Wort, wie ich's vermag,
Ruf ich dir Heil! aus ultima Thule.

Ich hab's gelernt in deiner Schule:
Die Alten sind die ewig Jungen!
Und wer, wie du, sie hat durchdrungen,
Dem ruht auch im ergrauten Haar
Ihr Goldkranz ewig schön und klar,
Dem tönt noch der Olympier Lachen
Nach aus Homeros Lyraklang, —
Bis er beschreitet Charons Nachen.
Du höre jenen Ton noch lang:
Und wann der Kranz vom Haupt dir sank,
Aufhebt ihn deiner Schüler Dank
Und hängt ihn — das ist Lehrers Ruhm —
In der Erinn'rung Heiligtum.

* * *

**Zum 50jährigen Doktorjubiläum
von Karl Lehrs in Königsberg 1876.**

Darf ich in eurem Kreis noch weilen,
Bekränzte Becher mit euch teilen,
  Wann ich das Gräßliche gestand?
Mir ist der Archi-Grammat-archos,
Mir ist der große Aristarchos,
  So gut wie völlig unbekannt!
Auch sonst bin ich nicht gut beschlagen
In eurer Nächte Lieblingsfragen:
  Vom Hund des Alkibiades, —
Wie oft bei Platon εἶτε stehe, —
Wie lang des Agamemnon Zehe
  Und andres hoch Erhebliches.
Ob Jemand in das Ohr mir riefe
Der Konjunkt- und der Optat-ive
  Urgenesis, — mir wär's egal.

Und gar die griechischen Accente,
(Wenn ich sie lieber gar nicht kennte!),
    Die sind mir gradezu fatal.
Doch int'ressieren mich die Mören
Und zu der Nymphen holden Chören
    Zog thöricht mich das Herz von je: —
Und riecht der Schloßteich gar zu gräßlich
Und scheint ganz Königsberg mir häßlich, —:
    Stürz' ich mich in die — Odyssee.
Drum hoch will ich den Priester ehren,
Der schürt an Boreas Altären
    Die Glut olympischen Begehrs:
Heil ihm, der in dem Land der Skythen
Pflegt Hellas ewig schöne Blüten,
    Heil ihm, dem weisen Meister Lehrs.

An Emmanuel von Geibel.

Mit Rückert und mit Platen
    Hast du mich treu beraten
Und ist mein Vers geraten, —
    Das dank' ich deiner Kunst:
Den Lehrer will ich preisen:
Jedoch in eignen Weisen:
    Das höre du mit Gunst. —
Und schlürf' ich hier im Norden,
An Thules Nebelborden,
    Viel edle süße Labe
Aus deiner letzten Gabe,
Aus deinen „Spätherbstblättern“,
Gereift in allen Wettern,
    In heißen und in kalten,
Bei guter Sterne Walten,

So ruf ich: „Heil dem Alten!
Des deutschen Wohllauts weichem,
Romanisch formenreichem,
Herrn Gottfriebs Süße gleichem
Vollharmonien Gestalter: —
Heil ihm und seinem Psalter.
Wer von uns Jüngern holprig nicht
Die Reime flicht und rabebricht, —
Der dankt es dir, dem Weibel
Des Versturniers, o Geibel!" —
Wie schaltest du in München
Auf handwerkmäßig Tünchen:
Dem Falschreim wurde höllenangst,
Dem Flickwort bange, bänger, bangst:
„Was?" — hörte man dich dröhnen,
„Hiatus? Ellisionen?
Könnt ihr's nicht abgewöhnen?
Schock Schwerenot Schwadronen!
Poeten wollt ihr heißen?
Mit Knüppeln sollt' man schmeißen!"
Doch nicht allein dies ABC
Erlernten wir in beiner Näh', —
Auch daß die Weihe müsse schweben
Um echten Dichters Lied und Leben, ·
Daß sternenhoch das Ziel entfernt
Und daß du selbst nie ausgelernt —:
Wie doch die Eitelkeit zerschmolz
Vor beinem tief bescheib'nen Stolz! —
Auch jetzt sprichst du bescheiden
Von „Spätherbstblättern" bloß:
Und doch lauscht, — schwer zu neiden! —
Aus dieser Blätter Schos,
Aus grüner Rebenlaube
Die goldne Spätherbsttraube,
Die Traube, herrlich ausgereift,

Die Roms und Hellas' Strahl gestreift:
In Deutschland reicht uns keiner
Trank edler, weicher, reiner,
Feinblumiger, wie deiner.

————

Haus-Weihe-Spruch.

Des Hauses beste Weihe sind die Menschen,
    Die es bewohnen, sind die wahren Stützen,
    Die einzig sichern Säulen seines Bau's:
    Und wohl gestützt auf euch und eure Söhne
        Scheint uns dies Haus.
Jedoch noch drei Bewohner, unsichtbare,
    Wünsch ich euch zugesellt: zunächst zum Schmuck,
    Doch auch zur Stütze taugen sie des Bau's.
Zuerst den Frieden: möge selbst der Schatte
    Von Kriegsgefahr nie dringen durch dies Thor!
    Und Friede unter euch und euern Kindern
    Und tiefer Friede in der eignen Brust:
    Denn zwar ist Friede nicht schon selber Glück,
    — Glück ist Begeisterung! — doch, fehlt der Friede,
    Erlischt verglimmend auch Begeisterung. — —
Und zu dem Frieden wünsch' ich euch gesellt
    Als Hausgenossin seine Schwester: Freude,
    Die freundliche, die silberstimm'ge Göttin,
    Die mit den bunten Flügeln heiter schwebt,
    Dem Schmetterling vergleichlich, über Blumen:
    Ein freudlos Haus ist nicht ein Haus, — ein Grab!
    Und endlich immerdar verbunden euch
    Wünsch' ich die Kunst, die Schönheit, bei euch wohnen:
    Nicht als ein Gast, als schüchterner Besuch,
    Der selten nur die Schwelle überschreitet, —
    Nein, als die Hausgenossin, gleichberechtigt

Mit Frieden, Freude und — der Hausfrau selbst,
Die selber ja — (ja so! sie mag's nicht hören! —
Nun sagen wir:) nicht allzuhäßlich ist.
Mit kund'ger Hand beschwöre dann der Hausherr
Der Töne Geister schwirrend aus den Tasten,
Die Farbe und des Marmors Glanz verschöne
Die Wände rings; doch an dem Herde sitze
Die anspruchsloseste von allen Musen:
Die Poesie: in ihren Schutz befehle
Ich euern Herd: dann wird er zum Altar,
Zum Göttertempel wölbt sich dann das Haus!

An eine Zehnjährige.

O Kind mit deinen hellen Augen,
Die Schönes nur zu sehen taugen,
Die spiegeln rein die reine Seele,
Ein Spiegel ohne Falsch und Fehle: —
Dir wünsch' ich, daß du selten weinst,
Und daß sie, schließest du sie einst,
Wie heute leuchten hell und traut,
Weil Häßliches sie nie geschaut.

Im September.

O weilet noch, ihr hellen, milden Tage,
September, letzter Sonnenblick des Jahr's!
Ihr seid so schön, ihr seid so friedevoll:
Denn eure Wärme ist ein sanftes Glimmen,
Wie eine treue, eheliche Liebe,
Kein wilder Brand versengend und verzehrend,
Und eure Kühle, wann der Abend kam,

Ist nicht ein starres, eisiges Entbehren
Ein Abschiednehmen ist's, ernst, doch gelassen.
O weilet noch! Schon fühl ich leise Schauer,
Schon wirft das nahe, frostige Verderben
Die dunkeln Schatten bis zur Gegenwart.
O senkt euch tief und voll in meine Seele,
Daß, wann der Glanz der Sonne nun geschwunden,
Ich meine Lampe mag, die winterliche,
Mit Sonnenglanz aus meiner Brust entzünden.

***

Welt-Anschauung.
(1878.)

Natur durchforschend und Geschichte
  Gelangst du zu dem herben Schluß,
  Daß alles Einzelne zu nichte
  Gesetznotwendig werden muß. —
Das schmerzt! — Doch mußt du's lernen tragen. —
  Zwar niemals trägst du's ohne Schmerz:
  Es will durchaus nicht ruh'n, zu schlagen,
  Wie schwer es schlagend litt, das Herz.
Der Held sogar, der hochbegeistert
  Fürs Vaterland zu sterben sprang, —
  Wann ihn die Wunde nun bemeistert,
  Wie hangt am Leben all sein Drang!

Das aber ist das Große eben,
Daß du das heißgeliebte Leben
  Doch opferst für dein Ideal:
  Das ist des Menschen Ruhm — und Qual.
Das Tier weiß nichts von Todesgrauen:
Der Mensch soll festen Mutes schauen
  Ins Angesicht der Vollvernichtung!
  Wohl dem, den Glaube, Traum und Dichtung

Hinwegtäuscht über diesen Schlund!
Doch, wer dem Sein sah auf den Grund,
  Den majestätischen Gesetzen,
  Die, ob sie wohlthun, ob verletzen,
Gleich unerbittbar sich vollziehn, — —
Kein frommes Wähnen tröstet ihn! —
Ihm hilft nur Eins: der bittern Wahrheit
In furcht- und hoffnungs-freier Klarheit
  Als des Notwend'gen sich gewöhnen
  Und mit dem Weltzwang sich versöhnen.

Vielleicht herrscht in dem „Kosmos" doch
Nicht bloß des dumpfen Zwanges Joch,
Vielleicht, wenn wir das Ganze hörten
  Der ew'gen Welten-Melodie, —
Die schrillen Töne, die uns störten,
  Sie lösten sich in Harmonie! —

Wer will das leugnen! wer beweisen?
In uns're Wissens engen Kreisen
  Steht nur das Eine traurig fest,
  Daß sich nicht mehr beweisen läßt,
Als eines Urgesetzes Walten,
  Das sonder Gnade, sonder Liebe,
  Endlos in ew'gem Radgetriebe
Stets neue Welten muß gestalten. —

Das nennt ihr: „trostlos", „unertragbar"?
Jawohl! es leidet auch unsagbar
  Die Seele, welche dies erkannt, —
  Bis daß sie — selbst sich überwand:
Bis sie erfaßt, daß unvergänglich
  Doch ward, was einmal sich vollendet:
  Denn niemals mehr wird rückgewendet,
Was sich an Schönheit überschwänglich,
  An Kraft und Weisheit wunderbar
  Auf Erden Einmal lebte dar!

Was Einmal selig du genossen
  An Liebe, Freundschaft, Volksruhm,
  An Wissen, Kunst und Heldentum,
Das hält'st für immer du umschlossen,
Das ist für immer dir gegeben,
  So lang' du denkst, zu Eigentum!
„So lang' du denkst! — Da liegt es eben!"
  Nun sage, Freund, ist's gar so schwer,
Das Einmal nicht du denkest mehr?
Der Augenblick ist Ewigkeit,
Den du dem Ideal geweiht! —
„Beglückt dich solche Lehre? Nein!
Der Glaube nur beglückt allein."
Müßt ihr denn durchaus „glücklich" sein?
Begeisterung ist Glück allein!
Und sie kann auch mein Denken leihn,
Sich allem Edelsten zu weih'n.
Ich rüttle nicht an eurem Glauben, —
  Wollt' mir auch nicht die Einsicht rauben,
  Die nicht aus Mutwill', nein, gezwungen
    Von des Gedankens Machtgebot,
  In Kämpfen schwer ich mir errungen,
  In Kämpfen, bitter wie der Tod. —
Und lästert nicht: bei solcher Lehre
Verloren sei der Menschheit Ehre!
Mir dünkt, wer ohne Lohn zu hoffen
  In eines Jenseits Seligkeit,
Wo ihm die Himmel stehen offen,
  Der Pflicht sein Leben selbstlos weiht,
  In seines Volkes Herrlichkeit
Das höchste Gut des Mannes findet,
  Für das er lehren, schaffen, werben,
  Für das er leben soll und sterben, —
Mir dünkt, daß den ein Kranz umwindet,
  Der höchsten Menschenruhm verleiht.

Leonidas stirbt ohne Wanken,
   Obgleich ihm grau der Hades dräut
Soll minder ihm die Menschheit danken,
   Als einem Martyr, der sich freut
Im Tod die Seligkeit zu erben?
   Wie König Teja leben, sterben,
   Ganz für sein Volk, ein ernster Held: —
   Das ist die Art, die mir gefällt.
Nicht Lächeln spendet solche Lehre:
   So gönnt ihr doch des Lorbeers Ehre.
Die Seelenstimmung aber, die
   Aus solcher Weltbetrachtung fließt,
Gleicht zwar nicht jener Melodie,
   Die Mozart's Silberton ergießt:
Doch, ist nicht auch Vollharmonie
Beethovens Helden-Symphonie?
So zwischen Lust und Jammer schweben,
   Gedämpften Ton's, nicht laut, nicht zag,
Und stets empor zum Lichte streben
   Mit nimmer müdem Flügelschlag,
Sich selbst genügend, hilfreich andern,
Der Rose: „Kunst" im heißen Wandern
Sich manchmal freu'n: jedoch das Schwert
Des Kampf's nie legen aus den Händen: —
Das scheint ein Leben, völlig wert,
   Als Mann, als Held es zu vollenden:
Denn bei der Art, die mir gefällt,
Heißt „Mann" genau soviel als — „Held".

Das Glück.
(An meine liebe Frau Therese.)
(1878.)

Das Glück, das immer vor mir schwand,
   Das ich verfolgte sonder Ruh', —
Erreicht nun hab' ich's und erkannt:
   Das Glück — bist du.

„Ferien".
Epistel an Josef Victor von Scheffel.
(1870.)

„Hei, Ferien!" — du Wort voll Fröhlichkeit!
   Aufatmend spricht man's: und es haucht daraus
   Wie Morgenluft, die frisch den Wandrer grüßt:
   Man denkt dabei ans leichte Ränzlein und
   Den buchenlaubgeschmückten Reisehut.
Das ist der Segen der Schulmeisterei,
   Daß uns im grauen Haar, wie unsern Jungen,
   Das Wörtlein „Ferien" noch so silbern tönt
   Wie in der Knabenzeit: es hüpft das Herz
   Mit raschrem leichtrem Schlage bei dem Wort
   Und breiter dehnt sich, atmend frei, die Brust. —
Ja, ja, das ist das Glück der Schulmeister:
   Der richtigen, die ihre „Jungen" lieber
   Als sämtliche Geheimen Räte seh'n:
   Wir bleiben selber jung, wir alten Knaben:
   Wir wissen's, wie die jungen Herzen schlagen,
   Denn unser eignes Herz ward noch nicht alt.
O goldner Tag, da vom Gymnasium,
   Nach durchgerungener Examensqual,
   Mutwillig Abschied winkend dem Pedell,

(Der grimm, ein alter Unteroffizier,
    Nachsah den seiner Macht Entsprungenen,)
    Halb fliegend durch Alt-Münchens Gassen hin
    Ins Elternhaus zurück schritt: „der Student!“

Am andern Morgen schon mit zwei Kam'raben
    Ging's auf die Wanderschaft, — nicht viele Gulden,
    Doch eine ganze Zukunft eiteln Goldes
    Im Reiseranzen, in die Ferien!

So ging's zum alten Isarthor hinaus
    Gen Rosenheim, den lieben Bergen zu.
    Mit welchem Stolz in jedes Fremdenbuch
    Der Landwirtshäuser (gar nicht Vorschrift war's!)
    Schrieb man den Namen und „Student aus München“.

Und wie wir auf der Fraueninsel dann
    Im blauen Chiemsee — Freund, du kennst sie gut! —
    Den jungen Malern, die den Gymnasisten
        Nur wenig Ehr' gegönnt, jetzt überlegen
        Den „Universitäts-Studenten“ zeigten!

O blaue Berge meines Heimatlands,
    O duft'ge Jugendzeit — wie liegt ihr fern!
    O rascher Schritt durchs saubre, fremde Städtchen,
    O frischer Stegreiftrunk am Thor der Schänke,
    O Lieder, fremde, eigne, auf der Straße
    Gefunden und gegeben: kleine Sträuße,
    Dem Wanderbursch' halb scherzhaft nachgeworfen
    Von Mädchenhand wohl übern Gartenzaun: —
    O duft'ge Jugendzeit — wie bist du fern,
    Nichts mag der ersten Ferienreise doch
    An Unschuld und an Hoffnung sich vergleichen.

Das sind des Lebens Osterferien!

In weiß und roten Frühlingsblüten prangt
    Das Dasein und wie Osterglocken klingt es:
    So edel und so feierlich, so rein
    Und so verheißungsvoll! — —

Nun, jede Knospe kann zur Frucht nicht reifen:
    So manche fiel, vom Frost, vom Wurm zerstört,
    Von eigner Hand bedachtlos abgestreift:
    Es steht uns an, uns dankbar zu bescheiden
    Mit der gereiften Ernte: und den Sternen
    Für still gestreuten Segen fromm zu danken:
    Denn manche Saat ist besser uns gedieh'n,
    Als eigne Kraft und Müh' zu hoffen gab. — —
Und der Professor auch hat Ferien
    Zum Glücke, nicht nur der Student allein!
Herbstferien freilich sind's, nicht Frühlingsferien:
    Nicht Aprikosenblüten nicken rosig
    Ob unsrem Haupte mehr aus Maiengrün:
    Doch der September ist ein weis'rer Mai
    Und nur der Herbst giebt klaren, goldnen Wein. —
    Wie wird noch heute jung das Herz, wann nun
    Zu Ende sich das Sommerhalbjahr schleppt.
    Bald ist der letzte Paragraph erreicht
    Und ungeduldig harrt der Studio,
    Ob morgen oder übermorgen erst
    Das allerletzte „Meine Herrn" ertönt. —
    Da schlägt die Uhr (die allzulangsam geht)
    Durchs Marmor-Atrium: „nun Dank, ihr Herrn,
    Daß ihr so lang getreulich ausgehalten:
    Gedenket dieser Stunden gern. — Lebt wohl!"
Vergnügt geht's an der Ecke nun vorbei,
    Die viermal jeden heißen Julitag,
    Die schattenlose, grollend man passierte.
Daheim steht schon der Koffer, wohl gepackt:
    Zu langer Trennung ist das Haus bestellt:
    In Flor gehüllt Apoll und Zeus von Gips,
    Das Manuskript des Buchs, des werdenden,
    — Ach, des Professors einzig Wertpapier! —
    Wird dem befreundeten Bankier vertraut:
    Ein letzter Blick auf die Excerpte noch:

„Die machten Mühe — fern aus Mailand kam
Der Codex — achten Sie darauf, Herr Hirsch."
„Da liegt noch mehr, was nicht verbrennen darf,
In diesem Arnheim! Gute Ferien!
Erholen Sie sich! — ich hab' niemals Ferien!" —
Nicht mehr zu Fuß geht's nun zum Thor hinaus:
Das Dampfroß schleppt uns fort von Stadt zu Stadt,
Bis endlich Berg und Wald und See uns grüßt.
Und seßhaft, nicht mehr flugs in Wanderung,
Wird wohl verdiente Muße nun gekostet.
Manch Lieblingsbuch, das im Semesterdrang
Muß unberührt stehn, wurde mitgenommen:
Ein Bändchen Goethe für den Waldspaziergang,
Für Ruhn am Meeresstrand die Odyssee,
Fritz Reuter für den Abendtrunk, den heit'ren:
Doch nur beim besten Glase Rheinwein wird
„Frau Aventiure" tropfenweis geschlürft. —
Ja, manch' gelehrt Problema, dran vergeblich
Im Lärm der Stadt und der Geschäfte Hast
Der abgemüdete Gedanke drehte,
Fällt nun von selbst, wie reife Frucht, gelöst,
Erschlossen in den Schos des Sinnenden,
Im Schatten hoher, feierlicher Wipfel,
Am Seegestad, beim Flüsterwort der Wellen.
Der ausgeruhte Geist taucht ganz in sich,
Und hebt sein Bestes still aus seinen Tiefen. —
Doch zuviel Muße trägt kein Rüstiger!
Wann allzufrüh des Abends Schatten sinken,
Dann aus Italiens grünsten Myrtenhecken
Zieht's zu dem schlichten Pult mich zwingend heimwärts,
Den aus der Schulzeit unverändert ich
Vom Isarstrande mit geführt zur Ostsee.
Und eher nicht beschwichtet sich der Geist,
Bis wieder traulich am Oktoberabend
Die Lampe brennt auf altgewohntem Tisch,

Die alten Götter und die alten Bücher,
Die treuen Studiengenossen, zeigend.
Ja, leise Ungeduld ersehnt den Tag,
Der wiederum auf das Katheder ruft,
Der deutschen Jugend deutsches Recht zu weisen.
Wohl dem, der, wie aus Arbeit sich nach Muße,
Aus Muße sich nach seiner Arbeit sehnt.
So laß uns denn noch eine Weile schaffen,
Die tücht'gen Burschen auch was Tücht'ges lehrend,
(Mir schlägt das Herz, schau' ich die wackre Schar,
Die tragen soll des deutschen Reiches Ehre,
Wann lang die Augen sich geschlossen, die
Den Pulverdampf von Sedan qualmen sahn),
Bis endlich nach dem letzten der Semester
Die großen Ferien, die da nicht mehr enden,
Für immer schließen Mund mir und Kolleg.

Inhalt.

Zweite Abteilung.

Von zwei Königskinden.

Von

Felix Dahn und Therese Dahn (geborene Freiin von Droste-Hülshoff).

Kleine Lieder, Sprüche und Tagebuchblätter.
Von Felix Dahn.

Balladen und Lieder. Dritte Sammlung.

Erste Abteilung.

Balladen, Romanzen und Verwandtes.

Zweite Abteilung.
Lieder, Sprüche, Vermischtes.